AF215808

Jagd

„Wie tötet man einen Menschen? Es ist eine Sache, nur davon zu träumen, aber es ist eine völlig andere Sache, wenn du es mit deinen eigenen Händen tun musst."

Antonio Salieri in „Amadeus" (1984)

Sandra Camehl

Jagd

Bibliografische Information der Deutschen Nationalbibliothek: Die Deutsche Nationalbibliothek verzeichnet diese Publikation in der Deutschen Nationalbibliografie; detaillierte bibliografische Daten sind im Internet über http://dnb.dnb.de abrufbar.

© 2018 Sandra Camehl

Herstellung und Verlag: BoD – Books on Demand, Norderstedt.

Covergestaltung: Tony Camehl

ISBN: 978-3-7481-3108-3

Inhaltsverzeichnis

Prolog

„Es ist deine eigene Schuld."

Die Stimme des Mannes war trotz des heulenden Windes klar und deutlich zu hören. Sintflutartig zog sich der Regen vom Himmel herab und ließ die Konturen der schwarzen Gestalt verschwimmen. Emotionslos blickte der Fremde sein Gegenüber an, einen zitternden Mann, der einen halben Meter vor einem Abgrund stand und an dem eine Bö nach der anderen zerrte. Trotzdem schien er keine Angst zu haben, denn die Tiefe würde nicht sein Tod sein.

„Nein, warte! Wir können doch über alles reden!", brüllte der Unglückliche, aber seine Worte wurden ihm von den Lippen gerissen und in die Nacht hinausgetragen. Als Antwort erhielt er nur ein müdes Lächeln, und das Letzte, was er sah, war die tiefschwarze Mündung einer Pistole, die auf seine Brust gerichtet wurde.

Der darauf folgende Knall ging im Heulen des Windes unter. Den Bruchteil einer Sekunde später wölbte sich der Rücken des am Abgrund Stehenden nach hinten. Sein rechter Fuß suchte noch sicheren Halt, doch da war nichts mehr außer Luft und Leere. Die Schlagkraft des Schusses katapultierte ihn über die Kante des Hochhauses, und gnadenlos zog ihn die Schwerkraft hinunter, bis er auf dem Boden aufschlug.

Die Mündung rauchte noch, als der Schütze seine Waffe wegsteckte und gemächlich das Dach überquerte. Als er an der Tür angekommen war, zog er seine Handschuhe aus und kramte in der Manteltasche nach drei durchsichtigen Kunststoffquadraten. Behutsam schälte er sie auseinander und platzierte den ersten dicht neben dem Türgriff. Er strich über den Fingerabdruck, und während er seine Arbeit verrichtete, pfiff er munter vor sich hin. Dieses Prozedere wiederholte er noch einmal auf der anderen Seite der Tür und am Treppengeländer. Dann machte er sich an den Abstieg. Unten angekommen schenkte er der Leiche, die mit grotesk verdrehten Gliedmaßen im Schlamm lag, nicht einen Blick. Der Regen spritzte von dem leblosen Gesicht ab und vermengte sich mit dem Blut, das aus dem Loch in der Brust des Toten floss. Mit schmatzenden Schritten spazierte sein Mörder am Ufer des Chicago River entlang, bis die Dunkelheit ihn verschluckte.

Ein stinknormaler Mord

In aller Frühe hatte ein dringlicher Anruf den Police Captain Patrick Meister, den alle wegen seiner extremen Vorliebe für Star Trek nur Kirk nannten, aus dem Schlaf gerissen. Ein paar Teenager, die sich unerlaubterweise auf einer stillgelegten Baustelle aufgehalten hatten, waren dort buchstäblich über eine Leiche gestolpert. Weitere Details hatte die Zentrale ihm vorerst nicht durchgegeben. Natürlich war er sofort aus dem Bett gesprungen und hatte sich in seinem alten Chevrolet auf den Weg gemacht, das Haar noch zerzaust und die Augen klein und verschlafen. Für seinen geliebten Kaffee blieb diesen Morgen keine Zeit, obwohl jede Pore seines übermüdeten Körpers nach dem heißen Gebräu schrie.

Als er schließlich am Tatort vorfuhr, war bereits überall Absperrband gezogen worden. An jeder Ecke standen Polizisten, Männer in weißen Anzügen machten sich am Tatort zu schaffen, und die hübsche Rechtsmedizinerin Erika Rain beugte sich über die Leiche. Kirk hasste Leichen. Vor allem ihren Geruch, bei dem sich ihm ständig der Magen umdrehte. Selbst nach acht Jahren in seinem Beruf hatte er sich partout nicht an den Anblick und Geruch gewöhnen können, und er bezweifelte stark, dass sich jemals etwas daran ändern würde. Obwohl sich alles in ihm sträubte, biss er die Zähne zusammen und trat näher.

Die Arme und Beine des Toten standen in unnatürlichen Winkeln vom Torso ab. Unter dem zerschmetterten Kopf hatte sich eine rote Blutlache gebildet, und die Augen waren in entgegengesetzte Richtungen gedreht. Eines schielte missbilligend hinüber zu der Rechtsmedizinerin, aber die ließ sich davon nicht im Geringsten beeindrucken. Aufmerksam untersuchte sie das Loch, das in der Brust des Toten klaffte. Kirk schluckte schwer und zwang sich zu einem professionellen Gesichtsausdruck, der wohl nicht sehr überzeugend war, denn die Medizinerin warf ihm einen mitleidigen Blick zu.

„Todesursache?", fragte Kirk mit, wie er glaubte, fester Stimme.

„Guten Morgen erst mal."

„Ja, dir auch einen guten Morgen. Woran genau ist der Mann gestorben?" Er riss den Blick von der riesigen Wunde los, die eindeutig zu viel vom Innenleben des Toten preisgab, und fixierte die Medizinerin.

„Theoretisch gibt es zwei Möglichkeiten. Erstens könnte er an den Folgen des Sturzes gestorben sein. Dafür sprächen sein Schädel, der schwere Verletzungen aufweist, und sein Rückgrat, das wohl mehrmals gebrochen ist." Voller Tatendrang wollte sie ihm die Kopfwunde zeigen, aber er winkte rasch ab.

„Und zweitens?"

„Zweitens wäre da noch die Schusswunde in seinem Brustkorb." Mit einem Finger fuhr sie den Rand des Einschusslochs nach, als ob nicht jeder mit halbwegs gesunden Augen den Krater in der Brust des Mannes sehen konnte. „Die Lunge ist praktisch kaum mehr vorhanden, und das Herz hat wahrscheinlich auch einiges abbekommen. Es muss eine Waffe mit sehr hoher Durchschlagskraft gewesen sein." Es wunderte Kirk immer wieder aufs Neue, wie diese zarte Person in so einem nonchalanten Ton über zerfetzte Eingeweide und zertrümmerte Schädel sprechen konnte.

„Also ist er an den Folgen des Schusses gestorben?"

Rain nickte, stand auf und strich sich den Rock glatt. „Ich vermute, dass die Wucht des Schusses ihn von der Kante dort oben befördert hat. Entweder ist er sofort gestorben oder erst auf dem Weg nach unten."

Kirk legte den Kopf in den Nacken. Das Gebäude hatte fünf Stockwerke, und man konnte sich nur allzu leicht vorstellen, wie jemand nach einem Sturz vom Dach wie eine überreife Tomate auf dem Boden aufprallte.

„Genaueres kann ich aber erst nach der Obduktion sagen."

„Natürlich. Vielen Dank."

Sie packte ihre Gerätschaften ein und drückte Kirk zum Abschied kurz den Arm. „Versuche, dich diesmal nicht zu übergeben, okay?"

Kirk wollte ihr einen giftigen Blick zuwerfen, aber ihm war in der Tat etwas mulmig. Stattdessen winkte er sie unwirsch davon und presste sich einen Finger an die Schläfe, während er über die Informationen und Eindrücke, die er bisher gesammelt hatte, nachdachte.

Die Frage, wieso sich jemand die Mühe machen und in diese verlassene Gegend am äußersten Stadtrand fahren sollte, nur um jemanden zu erschießen, hatte er sich bereits auf dem Weg hierher gestellt. Gab es nicht einfachere Wege, jemanden aus dem Weg zu räumen? Wozu dieser Aufwand? Eine symbolische Tat? Hatte er es etwa mit einem Fanatiker zu tun? Er hoffte inständig, dass es kein religiöses Ritual gewesen war. Solche ausufernden Ermittlungen wollte er lieber seinen übermotivierten Kollegen überlassen.

„Haben wir schon irgendwelche Spuren?", wandte er sich an einen Kollegen der Spurensicherung, der ihn mit blutunterlaufenen Augen anblinzelte. Für ihn war es offenbar eine durchzechte Nacht gewesen, und die Tatsache, dass er in aller Herrgottsfrühe einen Tatort untersuchen musste, stimmte ihn nicht wirklich froh. Als er sprach, wehte Kirk eine Alkoholfahne entgegen.

„Bisher nicht. Aber wir sind ja auch noch nicht lange beschäftigt."

Kirk runzelte die Stirn und überlegte, ob er etwas zum derzeitigen Gesundheitszustand des Kollegen sagen sollte, entschied sich dann aber dagegen. Er bedankte sich nur und wollte sich an den Aufstieg des Hochhauses machen, als er eine Bewegung aus dem Augenwinkel wahrnahm. So unauffällig wie möglich entfernte er sich vom Tatort und überquerte die Baustelle. Überall lagen verrottende Bretter, Steine und verrostetes Bauwerkzeug herum. Die perfekte Kulisse für einen Mord. Er schauderte.

Victor Gayoski Duva war trotz seiner Größe und der auffälligen Garderobe so schwer auszumachen wie die sprichwörtliche Nadel im Heuhaufen. Er war von oben bis unten in Schwarz gekleidet, und zu seinem bodenlangen Mantel trug er einen breitkrempigen Hut, der sein blasses Gesicht vor neugierigen Blicken abschirmte. Zu sehen war nur der schmallippige Mund, der in scheinbar immerwährender Missbilligung verkniffen war. Seine eigentümliche Art, mit hochgezogenen Schultern und leicht nach vorn gebeugt durch nächtliche Gassen zu schleichen, hatte ihm den Spitznamen Hurple eingebracht. Als Kirk vor ihm stehen blieb, hob der Privatdetektiv den Kopf. Eine bemerkenswert krumme Nase ragte dem Polizisten entgegen.

„Duva", begrüßte er den Mann knapp.

„Irgendetwas Interessantes?"

„Noch nicht. Die Spurensicherung ist noch dran."

Sein Gegenüber hob eine Braue. „Wieso hast du mich dann herbestellt?"

„Ich dachte, du würdest dir den Tatort vielleicht anschauen wollen. Solange er noch … frisch ist."

Ein verächtliches Schnauben war zu hören. „Bei dem Wetter werdet ihr ohnehin nichts Brauchbares mehr finden."

„Optimismus ist für dich ein Fremdwort, oder?"

Duva ging nicht auf diesen Seitenhieb ein. „Personendaten?"

„Henry Butchers, neununddreißig Jahre alt. Er war Bankangestellter an der Federal Reserve Bank of Chicago. Kein hohes Tier. Ledig, hatte aber bis vor Kurzem eine

Beziehung zu einer gewissen Shondra Banks. Die Kollegen sind bereits auf dem Weg zu ihr."

Duva nickte wortlos und ließ seine Adleraugen über den Tatort schweifen. „Zuerst müssen wir seine Bankdaten prüfen. Hatte er Schulden, eine schmutzige Affäre, irgendwelche Geheimnisse?", fuhr Kirk fort und machte sich im Geiste eine Liste, die mit jeder Sekunde länger wurde.

„Jeder hat ein dreckiges Geheimnis", murmelte Duva und fuhr sich rasch mit der Zunge über die Lippen.

„Das werden wir herausfinden. Wir werden ihn durchleuchten wie eine Klarsichtfolie." Bei dieser Bemerkung meinte Kirk die Andeutung eines Lächelns auf Duvas Gesicht zu sehen. Doch dieser Eindruck war so schnell verflogen wie er gekommen war.

„Für mich sieht das wie ein stinknormaler Mord aus. Was soll ich also hier?", wiederholte der Detektiv seine Frage und vergrub die Hände tief in den Manteltaschen.

„Ein… ein stinknormaler Mord?"

„Ich sehe hier nichts Besonderes."

„Außer einer Leiche vielleicht." Kirk schloss kurz die Augen und presste sich Daumen und Zeigefinger fest auf den Nasenrücken, um die Kopfschmerzen, die sich langsam anbahnten, einzudämmen. „Er ist nicht durch den Sturz vom Hochhaus ums Leben gekommen, sondern wurde erschossen", erklärte er. „Fast die ganze Brust ist aufgerissen. Es muss sich also um eine großkalibrige Waffe handeln."

„Nur weil es eine große Wunde ist, muss es noch keine Kalaschnikow gewesen sein. Meistens verursachen die unscheinbarsten Waffen den größten Schaden", klärte Duva ihn auf. „Es wird sicherlich nicht schwer sein, die Bauart und den Käufer herauszufinden."

„Für dich, meinst du wohl?"

Duva zuckte mit den Schultern und zog die Nase hoch. „Soll ich euch helfen oder nicht?"

Kirk sträubte sich schon allein wegen seiner Ehre als Hüter des Gesetzes dagegen, einen im Untergrund agierenden Privatdetektiv zu den Ermittlungen hinzuzuziehen, besonders wenn es sich dabei um einen Detektiv mit solch schwierigem Charakter handelte. Trotzdem brauchte er diese Kratzbürste von einem Genie, denn Kirk ahnte, dass es sich um einen sehr heiklen Fall handelte, bei dem er jede Unterstützung gebrauchen konnte. „Melde dich einfach bei mir, wenn du Genaueres weißt."

Damit wandte Kirk sich ab und kehrte zum Tatort zurück. Dort rückte man bereits mit einer Trage an, um die Leiche in die Gerichtsmedizin abzutransportieren. Kurz bevor er das Absperrband erreicht hatte, drehte er sich noch einmal um. Gegen den kalten Wind hatte der Detektiv seinen Mantelkragen hochgeschlagen, und mit hochgezogenen Schultern schritt er am Ufer des Chicago Rivers entlang. Unvermittelt blieb er stehen und wandte den Kopf nach rechts in Richtung des Flusses. Gebannt starrte er in das sprudelnde Wasser. Etwas musste seine Aufmerksamkeit erregt haben. Gerade wollte Kirk zu ihm gehen, um sich zu erkundigen, ob er etwas entdeckt hatte, das den Augen der anderen verborgen geblieben war. Doch da warf Duva dem Polizisten einen Blick über die Schulter zu und beeilte sich, vom Schauplatz des Verbrechens fortzukommen.

Auf die Rache

Nur mit Boxershorts und T-Shirt bekleidet stand Darron Randolphs vor dem ovalen Spiegel in seinem Badezimmer und betrachtete sein Gesicht. Im künstlichen Licht des fensterlosen Raumes sah seine ohnehin blasse Haut noch kränklicher aus. Seine tief in den Höhlen vergrabenen Augen ließen ihn ständig böse dreinblicken, selbst wenn er relativ guter Laune war. Er vermittelte den Eindruck eines Tod bringenden Rächers. Oft hatte er sich das zu Nutze gemacht, um Leute einzuschüchtern und so Dinge aus ihnen herauszubekommen, die sie sonst niemals preisgegeben hätten. Gut möglich, dass sie sogar Dinge gestanden hatten, die sie gar nicht getan oder gewusst hatten, nur um seiner bedrohlichen Gesellschaft zu entkommen.

Probehalber zog er einen Mundwinkel nach oben und versuchte sich an einem Lächeln, das aber eher wie ein Zähnefletschen aussah. Resigniert gab er auf und ließ den Mundwinkel an seinen angestammten Platz zurücksinken. Nachdem er sich etwas Gel in die haarige Katastrophe auf seinem Kopf geschmiert hatte, klebte das schwarze Haar nun an seiner Schädeldecke und schimmerte stark in dem künstlichen Licht. Er warf seinem Spiegelbild einen skeptischen Blick zu.

„Besser", versuchte er sich zu überzeugen und nickte dabei bekräftigend. Dann mähte er sich den dichten Bart ab. Ein hohlwangiges Gesicht, das von jahrelangem Alkoholmissbrauch zeugte, kam zum Vorschein. Er fragte sich, ob er nicht besser damit beraten gewesen wäre, den Bart stehen zu lassen. Das Wenige, das er sich noch an Barthaar gegönnt hatte, fühlte sich rau und stoppelig an. Eine perfekte Beschreibung seiner Selbst.

Mental gestärkt durch seine Verwandlung vom Obdachlosen zum zivilisierten Mann tapste er barfuß durch die dunkle Wohnung. Überall lagen leere Chipstüten, Coladosen und anderer undefinierbarer Müll herum. Er würde eine Haushaltshilfe einstellen müssen. Neben dem, was er vorhatte, blieb keine Zeit für Banalitäten wie Aufräumen oder Putzen. Auf dem Bett lag ein gewöhnlicher Anzug mit passendem Hemd und Schuhen. Randolphs überlegte, wie lange er schon keinen solchen Anzug mehr getragen hatte, aber es wollte ihm partout nicht einfallen. Es war wohl zu lange her.

Vor dem großen Spiegel im Schlafzimmer begutachtete er den Faltenwurf des Anzugs und jeden einzelnen Knopf seines Hemdes. Erst als er mit dem Ergebnis vollkommen zufrieden war, knöpfte er sein Jackett zu. Gerade wollte er sich zum Gehen wenden, da fiel sein Blick auf etwas, das auf dem Boden unter einem Haufen alter Wäsche lag. Er bückte sich und zog eine verblichene Akte hervor, aus der etliche lose Papiere zu Boden flatterten, darunter auch ein Foto. Mit zitternden Händen hob er es auf, um sich das Bild genauer anzusehen. Sein Gesicht verzerrte sich zu einer zornigen Fratze.

„Victor. Gayoski. Duva."

Jedes einzelne Wort presste er zwischen zusammengebissenen Zähnen hervor und seine Kiefer mahlten aufeinander. Seine Hand ballte sich zur Faust und zerknüllte dabei das Foto. Mit einer ruckartigen Bewegung schleuderte er es von sich und spürte, wie sein Körper vor Wut bebte. Seine Fingernägel gruben sich schmerzhaft in die Handflächen, und erst als ein metallener Geschmack seinen Mund erfüllte, entspannte er sich wieder. In seiner Rage hatte er sich auf die Zunge gebissen. Mit weit ausgreifenden Schritten durchquerte er die Wohnung und spuckte Blut ins Waschbecken. Das wütende Rot schrie ihn förmlich an, was ihn nur noch mehr anstachelte. Seine Wut war wiedergekehrt und brodelte tief und beständig in ihm.

Das Lokal, in dem Randolphs auf seine Verabredung wartete, hatte sich über die Jahre sehr stark verändert. Früher waren hier ehrliche Geschäftsleute nach einem anstrengenden Arbeitstag herein gewankt, hatten ein oder am besten gleich zwei Bier bestellt und sich mit anderen Männern lautstark über die heiße Bedienung hinter dem Tresen ausgelassen. Von dieser angenehm ordinären Atmosphäre war nicht das Geringste mehr übrig geblieben. Jetzt saßen hier Neureiche mit hässlichem Schmuck beladen und stocherten lustlos in ihren veganen Salaten herum, unterhielten sich über eine neue Kunstausstellung, die in der Stadt zu besuchen war, und nippten betont elegant an ihrem Rotwein. Missmutig beobachtete Randolphs sie und verspürte ein schmerzhaftes Ziehen in der Magengegend. Als er merkte, wie seine Hände zu zittern begannen und sein Mund trocken wurde, wandte er sich rasch ab und verfluchte im Stillen alle Menschen, die in seiner Gegenwart dem Alkohol frönten.

„Verzeihen Sie bitte, Sir", näselte plötzlich ein Kellner, der unbemerkt neben ihm aufgetaucht war, woraufhin Randolphs heftig zusammenzuckte. „Darf ich Ihre Bestellung aufnehmen?"

„Eh … ja", erwiderte Randolphs lahm. „Ja. Ich hätte gerne ein Seven Up. Aber bitte in einem Whiskeyglas."

Die Bedienung warf ihm einen maximal befremdeten Blick zu. „Wie bitte?"

„Seven Up im Whiskeyglas. Was ist daran nicht zu verstehen?" Randolphs' Worten war sein Unmut deutlich zu entnehmen, also quittierte der Pinguin seine Order mit einem artigen Lächeln und zog dann in Richtung der Küche davon. Mit der Rechten fuhr sich Randolphs über das frisierte Haar, als müsste er prüfen, ob noch jede Strähne an ihrem Platz war, und ließ den Blick weiter durch den

Raum schweifen. Die Eingangstür öffnete sich, und ein kalter Luftstoß wehte herein.

Alles an dem Mann, der soeben das Lokal betreten hatte, wirkte kantig. Die Frisur, der Schwung der Brauen, das Kinn und seine gesamte Statur waren kantig. Man musste befürchten, einen blauen Fleck davonzutragen, sobald man ihn berührte. Er machte aber ohnehin nicht den Eindruck, als wäre er ein Freund von körperlichem Kontakt. Er war ein Fels. Kantig, kalt und hart.

Karl Jaikovsky, der nur Jaiko genannt wurde, wechselte ein paar Worte mit dem Portier, der ihm steif zunickte und ihn zu Randolphs Tisch am hinteren Ende des Raumes führte. In seinen Augen, deren Iris viel zu hell waren, um als menschlich durchzugehen, war keinerlei Gefühlsregung zu erkennen, als sie Randolphs ins Visier nahmen. Dieser erhob sich und wartete geduldig, bis sein Gast am Tisch angekommen war. Der aschgraue Mantel mit den dick aus-gepolsterten Schultern verstärkte den Eindruck eines Steinquaders. Er ließ sich aus dem Mantel helfen und zog die schwarzen Lederhandschuhe aus, bevor er Randolphs die Hand zum Gruß reichte. Der Händedruck war stark, als wollten die beiden die Kräfte des jeweils anderen mes-sen. Beide Männer nahmen Platz und ließen einander keine Sekunde aus den Augen. Bald begannen Randolphs Augen zu tränen, und er musste als Erster den Blick senken, was ihm gewaltig gegen den Strich ging.

„Ich war ziemlich überrascht, dass Sie mich angerufen haben", brach Jaiko das Schweigen. Bevor Randolphs zu einer Antwort ansetzen konnte, kehrte der Kellner mit seiner Bestellung zurück und servierte ihm seine Limonade im Whiskeyglas.

„Einen doppelten Scotch mit der gleichen Menge Wasser und drei Eiswürfeln, bitte", bestellte Jaiko, und der Kellner zog ob dieser ebenfalls sehr speziellen Order die Brauen zusammen.

„Sie sehen scheiße aus", stellte Jaiko trocken fest, als er sich sein Gegenüber genauer ansah. Er warf einen vielsagenden Blick in das mit Limonade gefüllte Whiskeyglas. „Ich frage mich, wieso."

„Jeder hat seine Laster", wich Randolphs ihm aus und nahm einen großen Schluck Limonade. „Am besten wir lassen den Smalltalk und kommen gleich zum Geschäftlichen. Das erspart uns beiden sehr viel Zeit und Nerven."

Aber Jaiko ging nicht darauf ein, sondern musterte den um etliche Jahre älteren Mann eingehend. Noch nie hatte Randolphs sich derart unwohl gefühlt. Jetzt verstand er die Menschen, die sich unter seinem durchdringenden Blick gewunden hatten. „Für einen Moment dachte ich, dass mich jemand verarschen will." Jaiko beugte sich vor und durchbohrte Randolphs mit seinem eisigen Blick. „Zuerst hielt ich Sie für einen Geist. Darron Randolphs, der von den Toten auferstanden ist." Er warf den Kopf in den Nacken und lachte donnernd. Randolphs Nackenhaaren sträubten sich, und er nickte bloß, als würde er den Witz verstehen und ihn für gut befinden. Sofort wurde Jaiko wieder ernst. „Nach dem Vorfall vor vierzehn Jahren waren Sie wie vom Erdboden verschluckt. Ihretwegen wäre ich fast im Knast gelandet." Seine Augen sprühten tödliche Funken, und am liebsten hätte Randolphs eine Waffe bei sich gehabt. Nur als Vorsichtsmaßnahme.

„Ja." Er räusperte sich. „Das stimmt. Aber Sie haben sicher nicht vergessen, wer Sie letztendlich vor dem Gefängnis bewahrt hat."

„Nein", knurrte Jaiko finster. Offenbar war die Stimmung an ihrem Tisch so feindselig, dass der Kellner in Windeseile das Whiskeyglas vor Jaiko abstellte, wobei er beinahe den Inhalt über den Tisch verteilte. Rasch befeuchtete Randolphs seine Kehle mit dem billigen Zuckerwasser. „Sie sind mir nichts schuldig. Ich hätte Sie fast in den Knast gebracht, konnte Sie aber noch davor bewahren. Das soll wohl genügen."

„Wir sind quitt. Was wollen Sie also von mir?", brachte Jaiko das Gespräch endlich auf den Punkt.

„Einen Gefallen."

„Niemand fordert von mir Gefallen ein."

„Dann werde ich eben der Erste sein", gab Randolphs trocken zurück.

„Sie haben echt Eier."

„Das Kompliment kann ich nur zurückgeben."

Jaiko zog einen Mundwinkel nach oben. „Worum handelt es sich also? Sie wissen, dass ich aus diesem Geschäft schon vor Jahren ausgestiegen bin."

„Was sehr löblich ist. Sie haben Ihr Leben offenbar in den Griff bekommen. Meinen Glückwunsch." Er machte eine wirkungsvolle Pause. „Die Frage ist nicht, worum es geht, sondern um wen." Er zog etwas aus seiner Jackentasche und legte es in die Mitte des Tisches.

Es bereitete Randolphs das reinste Vergnügen, die Veränderung im Gesicht des sonst so reservierten Mannes zu verfolgen. Jegliche Farbe wich aus seinen Wangen, als hätte er tatsächlich einen Geist gesehen. Seine Nasenflügel begannen zu beben, und er presste die Lippen fest aufeinander, als müsste er die Worte, die aus ihm herausbrechen wollten, krampfhaft zurückhalten.

„Ich dachte mir schon, dass Sie sich freuen würden, Ihren alten Freund wiederzusehen", sagte Randolphs und lächelte süffisant. Jaiko reagierte nicht, sondern starrte so konzentriert auf die Fotografie, als wollte er diese mit der bloßen Kraft seiner Gedanken in Flammen aufgehen lassen. Es zeigte einen großen, breitschultrigen Mann, der an einen Baumstamm gelehnt auf einen bestimmten Punkt starrte, der außerhalb des Aufnahmebereichs lag. In Gedanken versunken hatte er wohl nicht bemerkt, dass ihn jemand verfolgt und fotografiert hatte. Seine dunklen Augen blickten düster drein, während er die schmalen Lippen zu einem Strich zusammenpresste. Unter dem Hut ragten pechschwarze Haare hervor, die das blasse Gesicht noch geisterhafter erscheinen ließen. Alles in allem war er keine Erscheinung, der man nachts auf einer verlassenen Straße begegnen möchte.

Nach einer gefühlten Ewigkeit riss Jaiko endlich den Blick los, und sein Gesichtsausdruck war eine Mischung aus Wut und Hass.

„Egal, was Sie vorhaben", presste er hervor, „ich bin dabei."

Jetzt grinste Randolphs breit und erhob sein Glas zum Toast. „Auf die Rache." Glückselig schüttete er die grüne Flüssigkeit den Rachen hinunter.

Der Mann hinter der Maske

Aus den Lautsprechern der Double Cross Lounge schallte gemütlicher Smooth Jazz, zu dem sich die Gäste des Kinzie Hotels gedämpft unterhielten. Das Licht war gedämmt und trug so zu der angenehmen Atmosphäre bei. Ausschließlich elegant gekleidete Männer und Frauen von Welt hatten sich zu dieser späten Stunde eingefunden, um in die betörende Gesellschaft ihresgleichen einzutauchen. An der Bar tummelten sich Männer, die hübschen Frauen einen Drink ausgaben oder ihren Kummer in Alkohol ertränkten, den sie sich wie Wasser die Kehlen hinunterkippten. Ein solches Exemplar, das bereits sehr betrunken war, beugte sich gerade weit über den Tresen, um Duva mit seinem leeren Glas vor der Nase herum zu wedeln.

„Hörst du mir überhaupt zu?", fragte der Betrunkene lallend und schaute ihn vorwurfsvoll an. „Meine Frau hat mir auch nie zugehört. Da hätte mir schon etwas auffallen müssen", lamentierte er weiter über seine gescheiterte Ehe. Der Detektiv presste die Lippen zusammen und umklammerte das Glas, das er soeben abtrocknete, fester als nötig. Seit Stunden hatte er sich nun schon das Gejammer dieses Mannes anhören müssen, dessen Frau ihn mit ihrem Therapeuten betrogen hatte. Jener Therapeut, zu dem sie gegangen waren, damit er ihre Ehe retten würde. In dieser Hinsicht hatte der Therapeut eindeutig versagt.

Damit der bemitleidenswerte Mann endlich den Mund hielt, füllte Duva sein Glas wieder auf und hoffte inständig, dass er damit aus seiner unfreiwilligen Rolle als stummer Zuhörer entlassen war. Doch der Mann dachte gar nicht daran, sondern nahm seine Schimpftirade auf seine Frau und den Therapeuten wieder auf. Resigniert trocknete Duva ein Glas nach dem anderen ab, während er scheinbar gleichgültig immer wieder in eine Ecke der Lounge hinüberblickte.

Dort hatte es sich ein Mann in hellblauem Anzug mit zwei freizügig gekleideten Damen gemütlich gemacht. Ihm haftete etwas Südländisches an, und tatsächlich hatte Duvas Recherche ergeben, dass seine Familie aus Italien stammte. Obwohl er in den Staaten unter dem Namen Matthew Daniels gemeldet war, lautete sein richtiger Name Mattheo Danesi. Alles deutete darauf hin, dass er Teil der Mafia in Chicago war. Die kleine Gesellschaft hatte bereits zwei Champagnerflaschen geleert und war im Verlauf des Abends zu den härteren Sachen übergegangen. Je mehr Alkohol sie tranken, desto lauter und ausgelassener wurden sie. Es fehlte nicht mehr viel und die Rothaarige saß auf seinem Schoß. Die andere Frau füllte immer wieder sein Glas auf.

„… hat er uns geraten, beim, naja, Sie wissen schon …" Er legte sich mit dem Oberkörper auf den Tresen und flüsterte die nächsten Worte, als wären sie ihm peinlich: „Beim Sex mal etwas anderes auszuprobieren. Etwas Gewagteres. So was wie in diesem Buch. Wie hieß das noch gleich?" Der Betrogene runzelte die Stirn, während er versuchte, in der zähen Masse seiner Gedanken die Antwort zu finden. Man konnte ihn förmlich denken sehen. „Dieses Sex-Buch, auf das alle Frauen so stehen." Er schnipste mit den Fingern und schaute Duva erwartungsvoll an. Der seufzte tief.

„Shades of Grey?"

Begeistert klatschte er in die Hände. „Genau das! Jedenfalls meinte dieser Mistkerl, das würde das Feuer neu entfachen", lallte der Betrogene weiter, und seine Augen schimmerten verräterisch. „Stattdessen vögelt er selber meine Frau." Eine Träne kullerte seine Wange hinunter, aber er machte sich nicht die Mühe, sie wegzuwischen.

In diesem Augenblick erhob sich Daniels, und mit je einer Frau an seiner Seite durchschritt er die Lounge in Richtung Ausgang. Duva schnappte sich ein Rotweinglas, füllte es rasch auf und balancierte es auf einem Tablett. Behutsam schlängelte er sich an ein paar Gästen vorbei und kreuzte fast den Weg des Italieners, als jemand ihn unsanft am Arm packte.

„Ich war noch nicht fertig, Mann!", brüllte der Betrunkene ihn an, und in seiner Rage und Trunkenheit stolperte er über seine eigenen Füße und rempelte heftig gegen Duva. In hohem Bogen segelte das Rotweinglas vom Tablett, der Inhalt schwappte über den Rand und durchtränkte den feinen Stoff des Anzugs. Duva konnte einen Sturz verhindern und prallte stattdessen gegen den Mafioso. In der allgemeinen Verwirrung und Aufregung bemerkte niemand Duvas Hand, die bei dem Zusammenstoß für den Bruchteil einer Sekunde unter dem Hemdkragen des Mannes verschwand.

Aller Augen waren auf die Szene in der Mitte der Lounge gerichtet, aber nach allgemeinem Kopfschütteln und abfälligen Worten über die Inkompetenz des Personals widmete man sich wieder den eigenen Angelegenheiten. Daniels Mund klaffte in einem runden O auf, und mit genauso runden Augen starrte er von dem Rotweinfleck zu Duva und wieder zurück.

„Weißt du eigentlich, wie teuer dieser Anzug war?", brüllte er und schüttelte ungehalten die beiden Damen ab, um sich bedrohlich vor Duva aufzubauen. Dass er um einiges kleiner als der vermeintliche Barkeeper war, hielt ihn nicht davon ab, sich aufzuplustern und eine Schimpftirade über Duva niedergehen zu lassen. Der Detektiv entschuldigte sich immer wieder, während der Betrunkene mit leerem Blick danebenstand. Offenbar begriff er noch immer nicht, weshalb dieser Mann so einen Aufstand machte.

„Jetzt halten Sie mal die Klappe und lassen den Mann hier in Ruhe!", brüllte der Betrunkene plötzlich, und der andere Mann verstummte mitten in seinen Drohungen, mit Duvas Vorgesetzten sprechen zu wollen.

„Wie bitte?"

Der Betrunkene trat näher und zeigte auf den Rotweinfleck. „Wenn Sie mich fragen, verschönert das diesen babyblauen Anzug sogar. Hätten Sie nicht diese zwei Damen bei sich, könnte man meinen, Sie wären vom anderen Ufer." Er gab dem völlig perplexen Mann einen brüderlichen Klaps auf die Wange. „Kaufen Sie sich mal etwas Anständiges."

Es dauerte einen Moment, bis Daniels seine Sprache wiedergefunden hatte. Sofort holte er tief Luft, um seine Wut nun über den Betrunkenen hereinbrechen zu lassen, aber da schaltete sich die Rothaarige ein, die ungeduldig am Arm des Mannes zupfte.

„Lass uns endlich gehen. Das hier kannst du morgen immer noch klären." Verführerisch strich sie ihm mit einem Finger über die Wange und presste ihre knallroten Lippen auf seinen Mund. Das schien ihn tatsächlich zu beruhigen, und er fuhr sein Temperament etwas herunter, was ihn aber nicht davon abhielt, Duva und dem Betrunkenen einen tödlichen Blick zuzuwerfen. Sie zogen ab, und über die Schulter zwinkerte die Rothaarige Duva zu. Dann waren sie verschwunden.

„He", sprach der Betrunkene Duva an, der sich daran machte, die Glasscherben aufzusammeln. „Mach dir nichts draus, Kumpel." Er klopfte ihm auf die Schulter und kehrte an seinen Platz an der Bar zurück, als wäre nichts geschehen. Duva schnaubte verhalten. Der Mann hatte keine Ahnung, wie sehr er ihm gerade geholfen hatte.

Als er die Sauerei weggeräumt und seine Arbeit als Barkeeper wieder aufgenommen hatte, trat jemand an den Tresen und legte eine kalkweiße Pranke auf die Steinplatte. Duva sah auf und erblickte einen Mann, dessen eisblaue Augen unverwandt auf ihn gerichtet waren. Trotz der Wärme in der Lounge hatte er seinen Mantel anbehalten.

Die Lederhandschuhe hielt er in der anderen Hand, als wollte er gleich wieder aufbrechen. Vermutlich hatte er es eilig und brauchte nur schnell einen Drink zwischendurch.

„Guten Abend, Sir", begrüßte Duva ihn pflichtbewusst. „Was darf ich Ihnen bringen?"

Einen Augenblick lang schwieg der Gast und musterte Duva nur mit einem unergründlichen Blick, der langsam unangenehm wurde. Dann brach seine emotionslose Miene, und er lächelte. „Einen doppelten Scotch mit der gleichen Menge Wasser und drei Eiswürfeln."

„Gerne." Duva wunderte sich nicht über diese überaus genaue Bestellung. Es gab viele Menschen, die ihre persönliche Lieblingsmischung durch etliche Versuche gefunden hatten, und sie ließen in dieser Hinsicht auch nicht mit sich reden. Er mischte also den bestellten Drink und stellte das volle Glas vor den Herrn im Mantel. „Lassen Sie ihn sich schmecken."

Doch der Mann machte keine Anstalten, zu trinken. Stattdessen starrte er Duva nur wortlos an. Sein Gesicht war hart wie Stein, und es hätte Duva keineswegs gewundert, würde er sich auch genauso kalt anfühlen. Instinktiv vermied der Detektiv es, dem merkwürdigen Fremden den Rücken zuzudrehen, und behielt ihn stets im Auge. Nach einer gefühlten Ewigkeit nahm der Fremde endlich einen großen Schluck aus seinem Glas. Dann führte er langsam die Hand in Richtung der Innentasche seines Mantels. Instinktiv spannte Duva sich an und umklammerte den Griff des Messers, mit dem er gerade Limetten schnitt.

Verstohlen beobachtete er den Mann, dessen Hand nun in seinem Mantel verschwunden war. Er hatte kein gutes Gefühl dabei. An diesem Fremden haftete eine düstere und unberechenbare Aura, die ihm ganz und gar nicht gefiel. Jeden Moment rechnete er damit, dass der Mann eine Pistole hervorziehen würde, und jeder Muskel in seinem Körper war derart angespannt, dass die Sehnen am Hals hervortraten und sich die Knöchel weiß färbten.

Ein einfaches Feuerzeug kam zum Vorschein, und der Mann hielt es hoch. „Darf man hier rauchen?", fragte er. Duva sah ihn perplex an, dann nickte er stumm und stellte einen Aschenbecher vor ihn hin. Gemächlich rauchte der Mann eine Zigarette, trank dabei seinen Scotch und verließ dann ohne ein weiteres Wort die Lounge. Duva sah ihm nach und war erleichtert und besorgt zugleich. Erneut wurde ihm bewusst, was für merkwürdige Gestalten in Chicago herumliefen. Sich selbst schloss er von dieser Gruppe nicht aus.

On the Road Again

Wegen der Eiseskälte hatten sich die Menschen in dicke Mäntel und Schals gehüllt und beeilten sich, ins Warme zu kommen. Jaiko saß schon seit zwei Stunden in seinem BMW und schlürfte einen Kaffee nach dem anderen. Früher einmal mochte ihm diese Überwachungsarbeit gefallen haben, immer den Nervenkitzel zu spüren und der Gefahr ausgesetzt zu sein. Jetzt aber war er dieser Arbeit überdrüssig geworden und fragte sich, ob er nicht doch eine falsche Entscheidung getroffen hatte, als er Randolphs wahnwitzigem Plan zugestimmt hatte.

„Immer noch keine Bewegung", nuschelte eine gedämpfte Stimme in sein Ohr. Jaiko warf einen Blick in den Rückspiegel und sah einen Obdachlosen auf einer Parkbank sitzen. „Geduld", ermahnte Jaiko seine Leute. Er hatte Duvas Tagesablauf, so sonderbar dieser sein mochte, bis ins kleinste Detail auskundschaftet, und es war nur eine Frage der Zeit, bis er endlich sein Haus verlassen würde.

„Um die Alte ist gesorgt?", fragte er noch einmal nach. Vertrauen ist gut, Kontrolle ist besser.

„Die ist beim Bingo." In der Stimme des Mannes war eindeutig Verachtung herauszuhören.

Jaiko kniff die Augen zusammen und meinte gefährlich ruhig: „Ich spiele sehr gerne Bingo, Landon. Wollen Sie mir damit etwas Bestimmtes sagen?"

Der arme Kerl am anderen Ende der Verbindung stammelte rasch: „Nein, Boss, natürlich nicht. Bingo ist super. Ich wollte nur sagen, dass uns die alte Dame noch eine ganze Weile keine Probleme bereiten wird."

„Da", unterbrach ein anderer ihre Diskussion.

Jaiko richtete sich abrupt in seinem Sitz auf. Die vergilbte Tür, das Zentrum ihrer Aufmerksamkeit, schwang auf und ein komplett in Schwarz gekleideter Mann mit Hut trat auf die Straße. Er warf einen Blick in beide Richtungen, bevor er mit hochgezogenen Schultern den Gehweg entlang marschierte. Einen Augenblick später schlenderte ein Pärchen in dieselbe Richtung davon.

„Showtime." Sofort setzten sich zwei Männer in Bewegung, die in einer nahegelegenen Gasse auf ihren Einsatz gewartet hatten. Gemächlich steuerten sie auf das Haus zu, aus dem Duva gekommen war, und während der eine geschickt die verschlossene Tür öffnete, zündete sich der andere eine Zigarette an.

„Zugang frei." Der Mann, der sich am Schloss zu schaffen gemacht hatte, richtete sich auf und verschwand im Innern des Hauses. Der andere zog an seiner Zigarette und lehnte sich gegen die Hauswand, während er den Blick über die Straße wandern ließ.

„An die Arbeit." Jaiko zog sich seine Handschuhe über und stieg aus. Der Obdachlose warf ihm einen resignierten Blick zu. Zwischen den Autos steuerte ein Mann in Handwerkerkluft auf die offene Eingangstür zu, und Jaiko folgte ihm.

„Hey, Boss!", rief ihm der Mann zu, der sich eine Zigarette angesteckt hatte. Landon war der lauteste und chaotischste Mensch, dem Jaiko jemals begegnet war. Trotzdem verrichtete er stets gute Arbeit, besonders wenn es darum ging, sich unbefugt irgendwo Zutritt zu verschaffen. Achtlos schnippte er den Glimmstängel zu Boden. „Hätte ja nie gedacht, dass wir zwei noch mal zusammenar-" Er war im Begriff gewesen, das Haus hinter Jaiko zu betreten, doch der hatte ihm einen Stoß gegen die Brust versetzt. Überrascht stolperte Landon zurück. „Was soll denn das?"

„Sie setzen keinen Fuß in dieses Haus. Mit Ihrem Gestank könnten wir ja gleich ein Banner spannen: ‚Jaiko und

seine Meute waren hier'." Er deutete auf den Zigaretten-
stummel. „Entsorgen Sie das."

„He, wenn das wegen dem Bingo ist, dann –" Aber Jaiko
hörte ihm nicht zu, sondern betrat das Wohnhaus. Drinnen war es muffig und dunkel. Früher oder später würde
Duva vermutlich ersticken, dann könnten sie sich den
Aufwand sparen, dachte Jaiko und rümpfte die Nase. Die
Farbe blätterte bereits von den Wänden ab und der Boden
knarzte bedrohlich unter dem Gewicht der Männer.

Eine wackelige Wendeltreppe führte in das erste Stock-
werk, wo sich der Rest seiner Leute daran machte, ihre
Gerätschaften anzubringen. Duvas Wohnung sah praktisch
unbewohnt aus. Keine Luxusartikel, keine persönlichen
Gegenstände, keine Spur von menschlichem Leben. Auf
seinem Weg durch die Wohnung spähte Jaiko in das Badezimmer und die Küche. Dort fanden sie zwei Schränke, die
vollgestopft waren mit nur einer Art Instant Nudeln. Auf
der Anrichte standen drei Packungen Pringles.

„Der hat noch nie was von gesunder Ernährung gehört,
oder?", kommentierte Kyle die Essgewohnheiten des Detektivs, während er einen kleinen schwarzen Knopf an der
Dunstabzugshaube über dem Herd anbrachte.

Statt eines Wohnzimmers gab es nur einen Raum, der im
Verhältnis zu den restlichen Zimmern minimal mehr Platz
bot. In der einen Hälfte standen ein klappriges Bett und
eine Kommode, in der anderen ein spärlich bestückter
Bücherschrank und ein Schreibtisch. Dort wartete neben
einigen Papierbergen ein fein säuberlich aufgestellter Laptop darauf, dass ihn jemand benutzte. Jaiko runzelte die
Stirn. Langsam streckte er eine Hand aus und startete das
Gerät. Es brauchte unglaublich lange, um hochzufahren,
aber Jaiko wartete geduldig.

„Nichts Brauchbares", ertönte Kyles Stimme vom Bücherschrank her. „Ich glaube, der verarscht uns nur."

„Das glaube ich auch langsam", murmelte Jaiko und
durchforstete den Inhalt des Laptops, der aber nichts wei-

ter enthielt als ein paar Dokumente zu Fahrzeughaltern und anderen Infomaterialien, die Duva im Laufe seiner Arbeit angesammelt hatte. Es stellte sich als weitaus weniger heraus, als man es bei einem Detektiv erwarten würde. Jaiko öffnete einen unbenannten Ordner, der einige Fotos und Videos enthielt. Begierig zu erfahren, welche schmutzigen Geheimnisse der Detektiv da wohl aufgenommen hatte, spielte er das erste Video ab.

Überdimensionale Brüste wackelten vor einer schlecht aufgestellten Kamera hin und her, und es ertönte lautes Gestöhne. Augenblicklich drehten sich die Männer zu ihm um. Jaiko ließ die Hand sinken und starrte auf den Pornostreifen, der über den Bildschirm des Laptops flimmerte. Sein Gesicht verzerrte sich vor Wut, und er schlug mit der Faust auf den Tisch, sodass der Laptop heftig zitterte.

Die spärlich beleuchtete Bar war voll und laut. Zigarettenrauch hing als graue Dunstwolke unter der Decke und verlieh dem Treiben eine mysteriöse Note. Mit Händen und Füßen bahnte Duva sich einen Weg durch die Menschenmenge. Am Tresen erspähte er Kirk, der vor einem großen Bierglas saß und sich dem Trubel wegen in entsprechender Lautstärke mit dem Barkeeper unterhielt.

„Vodka", unterbrach er forsch das Gespräch der beiden und verscheuchte mit einem finsteren Blick einen kränklich aussehenden Mann von seinem Barhocker, auf den sich der Detektiv schwer fallen ließ. Kirk sah ihn von der Seite mit einer hochgezogenen Augenbraue an.

„Vodka? Du trinkst nie Vodka", bemerkte er trocken. Wie um seine Worte Lügen zu strafen, stürzte Duva wortlos den Inhalt seines Glases in einem Zug hinunter. Mit einem Knall stellte er das Glas ab und bedeutete dem bärtigen Barkeeper, nachzufüllen. Kirk beobachtete ihn mit wachsender Besorgnis. Duvas Gesicht war aschfahl und dunkle Ringe hatten sich unter seinen geröteten Augen gebildet. Ein verkniffener Zug lag um seinen Mund.

„Ist etwas passiert?", fragte er.

„Ich hatte Besuch. Ich wusste, dass sie kommen würden, aber heutzutage hält man ja nichts mehr davon, vorher Bescheid zu sagen."

Seufzend drehte sich der Polizist ganz zu dem Detektiv um. „Musst du immer in Rätseln sprechen?"

Der Detektiv warf ihm einen düsteren Blick zu. „Es wurde sich darum gekümmert. Mehr brauchst du nicht zu wissen."

„Standardantwort." Kirk gab auf und wandte sich seinem Bier zu. „Ich wollte dich nur noch einmal daran erinnern, dass du –"

„Ja, ja, ich weiß. Die Ermordung in Riverdale."

Kirk ließ sich nicht von seinem genervten Tonfall beeindrucken und kramte ein kleines Notizbuch heraus. „Die Obduktion hat unsere Vermutung bestätigt, dass das Opfer an seinen schweren Verletzungen durch den Schuss gestorben ist und nicht durch den Sturz." Unbeirrt las er seine Notizen vor, auch wenn Duva ausdruckslos geradeaus starrte und keine Anzeichen machte, dass er dem Polizisten überhaupt zuhörte. „Einen Selbstmord können wir ebenfalls ausschließen, denn man kann sich nur schwer selbst in die Brust schießen. Das hätte einige Verrenkungen erfordert." Um seine Argumentation zu demonstrieren, tat er so, als würde er sich mit einer imaginären Pistole in die Brust schießen wollen, und fiel dabei fast vom Stuhl.

Duva seufzte schwer. „Ich habe schon verstanden. Was habt ihr noch herausgefunden?"

„An der Leiche wurden keine weiteren äußerlichen Einflüsse gefunden, die darauf hingewiesen hätten, dass er mit Gewalt auf das Hochhaus gebracht worden wäre. Er ist also aus freien Stücken hinaufgegangen, was die Vermutung nahelegt, dass er den Mörder kannte."

Duva nickte und leerte sein drittes Glas. Langsam musste er aufpassen, dass er sich nicht betrank. „Abgesehen von etlichen Fuß- und Fingerabdrücken des Opfers haben wir keine Spuren eines zweiten Beteiligten gefunden. Der Täter scheint ein Profi zu sein, denn er hat rein gar nichts hinterlassen. Normalerweise hinterlässt man immer irgendeine Spur, aber hier gab es nicht den Hauch eines Hinweises." Dieser Punkt schien den Polizisten besonders zu ärgern, denn er presste missmutig die Lippen aufeinander und hämmerte mit dem Kugelschreiber auf den Tresen. „Hinzu kommt natürlich noch das Wetter. Dieser verdammte Regen hat die meisten Spuren schon längst verschwinden lassen. Es ist, als wäre dort nie eine zweite Person gewesen, sondern nur das Opfer. Aber einen Mörder muss es gegeben haben, dessen bin ich mir sicher."

„Was hatten seine Angehörigen zu sagen?", trieb Duva den Informationsaustausch weiter.

„Ah, ja. Das scheint etwas vielversprechender zu sein." Hastig blätterte Kirk in seinen Unterlagen, bis er an der gewünschten Stelle angelangt war. „Seine Ex-Freundin konnten wir zuerst erreichen. Nachdem sie sich vor einem Monat getrennt hatten, ist sie bei einer Freundin untergekommen. Was sie zu sagen hatte, könnte uns vielleicht weiterbringen. Offenbar litt Butchers kurz vor seinem Tod an Paranoia."

Diese Neuigkeit ließ Duva nun doch interessiert aufhorchen. „Wie genau sah diese Paranoia aus?"

„Shondra Banks zufolge war er von heute auf morgen aggressiv geworden und litt unter nervöser Unruhe. Butchers war ein sehr friedliebender und gutmütiger Mensch. Dass er sich so plötzlich derart verändert hatte, besorgte seine Freundin. Sie dachte, es läge an seiner Arbeit, dass er unter Druck stand. Aber offenbar hatte sein Verhalten einen anderen Grund."

Duva wartete geduldig, dass der Polizist weitersprach.

„Vor einigen Wochen hat er spätnachts einen Anruf erhalten. Seine Freundin hat nicht mitbekommen, wer angerufen hat oder worum es gegangen war. Nach ein paar Tagen aber waren ihr Veränderungen in seinem Verhalten aufgefallen. Erhöhte Aggressivität, Nervosität, er hatte sogar einmal Anstalten gemacht, sie zu schlagen." Kirk seufzte und klappte sein Notizbuch zu. „Knapp einen Monat später hat sie sich von ihm getrennt. Offenbar kam sie mit seinem veränderten Wesen nicht mehr zurecht. Seither hatten sie keinen Kontakt mehr."

„Und du meinst, sein Tod hängt irgendwie mit dem Anruf zusammen?", schlussfolgerte Duva.

Kirk nickte. „Es muss etwas Schwerwiegendes vorgefallen sein, dass jemand sich so stark verändert. Wir werden seine Anrufliste auswerten, vielleicht kommt dabei etwas Brauchbares heraus."

„Ist ja nicht gerade viel", brummte Duva und verfolgte mit Argusaugen, wie der Barkeeper das vierte Glas mit Vodka auffüllte. Als er seine Hand danach ausstreckte, war es plötzlich verschwunden. Kirk hielt das Glas in die Höhe.

„Wir haben noch etwas Anderes herausgefunden", verkündete er und kippte selbst die durchsichtige Flüssigkeit hinunter. Er verzog das Gesicht und keuchte. „Vor vierzehn Jahren hat er als Berater bei der Kriminalpolizei gearbeitet."

Hier horchte Duva auf. „Worin genau hat er sie denn beraten?"

„In allen möglichen finanziellen Betrugsfällen. Wirtschaftskriminalität, Versicherungsbetrug, Steuerhinterziehung. Offenbar hat es ihm dort ganz gut gefallen, denn er blieb dort für mehr als zwei Jahre. Seine Kündigung kam aus heiterem Himmel." Der Detektiv rieb sich nachdenklich das Kinn. „Wir werden die entsprechenden Akten bis ins Detail durchforsten. Es könnte gut sein, dass er sich in dieser Zeit irgendwelche Feinde gemacht hat, die sich an ihm rächen wollten." Als der Polizist keine Antwort erhielt, steckte er das schwarze Büchlein weg und beugte sich zu Duva hinüber. „Willst du mir nicht erzählen, was passiert ist?"

„Es gibt nichts zu erzählen", blockte Duva ab und erhob sich zum Gehen. „Keine Sorge, ich helfe euch bei dem Fall." Halbherzig klopfte er dem Polizisten auf die Schulter und wandte sich um, als ihn jemand heftig anrempelte. Der Alkohol zeigte seine Wirkung, denn Duvas Reaktionszeit war beeinträchtigt. Beinahe wäre er der Länge nach auf den Boden geknallt, aber er konnte sich mit Kirks Hilfe noch auf den Beinen halten. Zornig blickte er in das teigige Gesicht eines muskelbepackten Mannes, dessen weißer Bart kunstvoll rasiert war. An seiner Seite war eine unscheinbare blonde Frau, die Duva gar keines Blickes würdigte. Unter ihrem weiten Oberteil konnte man aber starke Oberarme erkennen. Der Mann murmelte eine Entschuldigung und gemeinsam zog das Paar ab. Duva wollte ihnen hinterher, aber da schob sich eine hübsche Rothaarige zwischen ihn und Kirk. Mit ihren langen Fingernägeln trommelte sie auf den Tresen.

„Will mir einer von euch Jungs einen Drink spendieren?", fragte sie, sah dabei aber nur den Detektiv an. Der bedeutete dem Barkeeper, ihr Drink gehe auf seine Rechnung. Kirk verfolgte das Geschehen neugierig und leicht verwirrt.

„Wie war dein Abend gestern?", fragte die Frau und nippte an ihrem Drink, während sie ihm einen Arm um die Schultern legte. Mit der anderen Hand fuhr sie ihm über die Brust und ließ dann die Hand unter seiner Jacke verschwinden. Kirk schielte mit großen Augen zu den beiden hinüber.

„Informativ."

„Das will ich auch hoffen. Wisst ihr, ich bin total pleite, nachdem ich gestern so hart gefeiert habe. Hättet ihr mir wohl fünf Dollar?"

Duva fischte einen hellbraunen Umschlag aus seiner Manteltasche und schob ihn ihr zu. Mit einem Lächeln ließ sie das Kuvert in einer winzigen Handtasche verschwinden, die an ihrer Armbeuge baumelte. „Ich mache so gern

Geschäfte mit dir", trällerte sie und drückte ihm einen Kuss auf die Wange, bevor sie mit ihrem Drink in der Menge verschwand.

Duva langte in die Brusttasche und knallte einen USB-Stick auf den Tisch. „Was ist das?", fragte Kirk. „Hat sie dir den etwa gerade zugesteckt? Wer ist sie?" Neugierig lehnte er sich auf seinem Barhocker weit zurück, um einen Blick auf die Fremde zu erhaschen, aber die war wie vom Erdboden verschluckt.

„Tonbandaufnahmen, die die kriminelle Tätigkeit von Matthew Daniels beweisen."

Kirk sah ihn mit großen Augen an. „Wie bist du da rangekommen? Hat sie damit etwas zu tun?"

Duva schnaubte und leerte sein zweites Glas. „Das willst du nicht wissen."

„Nein, vielleicht lieber nicht", stimmte Kirk ihm zu und steckte den Stick ein.

„Sobald ich etwas zu dem Mord herausgefunden habe, melde ich mich bei dir", sagte Duva noch an Kirk gewandt, während er schon auf dem Weg nach draußen war.

„Danke."

Nach der angenehmen Wärme der Bar stach die Kälte draußen umso mehr auf Duvas ungeschützter Haut. Er zog die Schultern hoch und den Hut etwas tiefer ins Gesicht. Um die belebten Straßen Chicagos zu vermeiden, bog er zielstrebig in Nebenstraßen und Gassen ab. Zuerst bemerkte er das Pärchen hinter sich nicht, denn er war tief in Gedanken versunken. Erst als er eine Abkürzung nahm, die nur er kannte, und hinter ihm Schritte zu hören waren, war er alarmiert. Rasch bog er um eine Hausecke und versteckte sich in dem Schatten eines Hauseingangs. Aus seinem Versteck heraus erkannte er den Mann mit dem weißen Bart und die Frau. Er wartete, bis sie an seinem Versteck vorbeikamen, dann streckte Duva blitzartig seinen Arm aus. Der Mann lief geradewegs in die ausgestreckte Faust hinein.

Sofort machte die Frau einen Satz zur Seite und fingerte nach etwas in ihrer Jackentasche, doch Duva war ihr bereits hinterher gesprungen und packte sie am Handgelenk. Mit einer Drehung riss er ihr den Arm auf den Rücken, bis sie vor Schmerzen aufschrie. Nach einem harten Schlag gegen seine linke Schulter ließ er den Arm der Frau los und duckte sich weg. Der Mann holte zu einem zweiten Schlag aus, doch diesen sah Duva kommen, drehte sich zur Seite und hieb mit dem Ellenbogen in die Flanke des Mannes. Der sackte ächzend an der Hauswand zusammen. Die Frau hatte nun ihre Waffe gezückt und das harte Metall einer Pistole schimmerte auf.

„Keinen Schritt näher", fauchte sie ihn an. Sie hatte einen starken Akzent. Europäisch, vielleicht Skandinavisch. Er hob die Arme zu beiden Seiten seines Kopfes und wartete darauf, was sie als Nächstes tun würde. Die Pistole weiterhin auf Duva gerichtet, beugte sie sich zu ihrem reglosen Partner hinab. Mit einem gezielten Tritt gegen ihre Hand wurde die Waffe in die Dunkelheit der Gasse geschleudert.

Keuchend starrten sie einander an. Offenbar erwartete die Angreiferin, dass er jeden Moment wieder auf sie losgehen würde, aber seine Wut war verraucht. Seine Schulter schmerzte, und er war angetrunken. Er ging in die Hocke, damit er mit der Frau auf Augenhöhe war. Wütend starrte sie ihn an, während der Mann vor Schmerzen aufstöhnte.

„Ihr werdet mir bestimmt nicht freiwillig verraten, wer euch geschickt hat?", fragte er und erntete als Antwort nur einen zornerfüllten Blick der Frau. Duva seufzte und deutete dann auf den am Boden liegenden Mann. „Der gehört in ein Krankenhaus. Zwei Blocks weiter findet ihr eins." Zum Abschied klopfte er der Frau, die ihn nunmehr vollkommen perplex anstarrte, auf die Schulter. Im Weggehen schüttelte er ungläubig den Kopf. „Die Leute werden heutzutage gar nicht mehr richtig ausgebildet. Ein Jammer. Wo soll das bloß noch hinführen?" Aber das war nicht sein

Problem. Sein Rausch war durch den Kampf ebenfalls verschwunden, und er fühlte sich wie durch den Fleischwolf gedreht. Er brauchte einen Drink.

Vaterliebe

Unschlüssig saß Randolphs in seinem Auto und betrachtete das schneeweiße Kuvert, auf dem seine Adresse abgestempelt war. Auf der Vorderseite waren zwei ineinander verhakte Ringe abgebildet. Der Brief war noch verschlossen. Seit Monaten lag er auf der Kommode neben seiner Wohnungstür, und immer, wenn er die Wohnung verließ oder heimkam, glitt sein Blick automatisch über das anklagende Weiß.

„Komm schon, Darron", murmelte er zu sich selbst, „du kannst das."

Mit einem Ruck riss er den Brief auf und fischte eine ebenso weiße Karte heraus. Der Rand war mit goldenen Ornamenten versehen und umrahmte ein hübsches Foto des Brautpaares. Der Mann war dunkelhäutig und schien indischer Herkunft zu sein. Sein pechschwarzes Haar hob sich vom hellen Hintergrund ab. Ein seliges Lächeln umspielte seine Lippen, und er hatte den Blick auf das lachende Gesicht seiner Verlobten gerichtet, die wie ein Honigkuchenpferd in die Kamera strahlte.

Fröhlich wie eh und je, dachte Randolphs und lächelte seiner Tochter zu. Ihr kastanienbraunes Haar fiel in sanften Wellen über die Schultern, und der Wind spielte mit einer eigensinnigen Locke. Sofort musste er an sein eigenes Hochzeitsfoto denken, auf dem er in inniger Umarmung mit Pamela posiert hatte. Es erstaunte ihn, wie sehr seine älteste Tochter ihrer Mutter glich. Ein unangenehmes Ziehen in der Brust ließ ihn abrupt die Tür aufreißen und aus der plötzlichen Beengtheit des Wagens fliehen. Die Einladungskarte hielt er noch immer in Händen.

Eine breite Auffahrt führte zu dem kleinen Haus hinauf, in dem seine Tochter wohnte. Rabatten säumten den Weg zur Haustür und dahinter erstreckte sich ein großer Garten. Randolphs sah sich das Haus lange Zeit an und kam sich bald wie ein verrückter Stalker vor, also nahm er all seinen Mut zusammen und überquerte die Straße. Es war eine ruhige Wohngegend, fast zu ruhig für seinen Geschmack, aber perfekt für eine kleine Familie. Das Ziehen in seiner Brust kehrte zurück, und er schüttelte sich heftig, um einen klaren Kopf zu bekommen.

Auf der Veranda reihten sich Blumentöpfe in verschiedenen Größen aneinander, und etwas Laub hatte sich in den Ecken angesammelt. Er streckte seinen dürren Zeigefinger aus, und als er gerade auf den Knopf drücken wollte, wurde die Haustüre aufgerissen. „Ich bin schon viel zu spät dran, wir reden später weiter, ja?", rief eine junge Frau hektisch ins Innere des Hauses und prallte heftig gegen Randolphs, der sie am Arm packte, damit sie nicht stürzte. Im ersten Moment starrte sie ihn nur verwirrt an, bis die Erkenntnis einkehrte und sie erst blass und dann bezaubernd rot wurde. „Dad! Was machst du denn hier?", rief sie und warf stürmisch die Arme um ihren Vater. Der stand nur ratlos da und wusste nicht so recht, was er tun oder sagen sollte.

Ein Mann trat an die Tür und besah sich das Szenario mit skeptischem Blick. Das musste ihr Verlobter sein. In der Realität sah er sehr viel grimmiger aus als auf dem Foto. Vielleicht war er aber auch nur kein Morgenmensch.

„Sammy?", fragte er, und seine Stimme klang bedrohlich. Randolphs schob seine Tochter auf Armeslänge von sich und streckte dem Mann die Hand entgegen.

„Darron Randolphs. Ich bin Samanthas Vater."

Der Inder hob eine Braue, und sein Blick glitt von seiner Verlobten zu dem Fremden auf seiner Veranda. Ihre ungestüme Begrüßung und die Vertrautheit zwischen den beiden schienen ihn zu überzeugen. Er ergriff Randolphs' Hand und drückte kräftig zu.

„Amir Baksha. Ich bin Samanthas Verlobter."

„Dad, ich bin so glücklich, dich endlich wieder zu sehen", unterbrach Samantha die steife Begrüßung der Männer und hüpfte wie ein Kind auf und ab. „Amir, ist das nicht eine riesige Überraschung?"

Amir nickte und verschränkte die Arme vor der Brust. „Freut mich, Sir."

„Mich ebenfalls, Amir. Falls ich Sie so nennen darf", fügte er rasch hinzu. Aus irgendeinem Grund hatte er das unbestimmte Gefühl, als müsste er sich mit dem Verlobten seiner Tochter gutstellen.

„Natürlich."

„Was machst du hier?", fragte Samantha und hängte sich an den Arm ihres Vaters.

Endlich wandte er sich an seine Tochter. „Ich war zufällig in der Gegend und dachte mir, ich könnte euch zu eurer Verlobung gratulieren. Natürlich reichlich spät, aber besser spät als nie." Er versuchte sich an einem entschuldigenden Lächeln, das Amir mit einem undefinierbaren Blick quittierte.

„Du kannst dir gar nicht vorstellen, wie sehr mich das freut." Ihr strahlendes Gesicht sprach Bände. „Willst du reinkommen?"

„Sammy, du musst zur Arbeit", erinnerte Amir sie.

„Ach, das hat Zeit. Mein Vater hat sich nach all den Jahren wieder gemeldet, da kann so ein Blinddarm schon mal warten." Sie lachte auf und wollte ihren Vater in das Haus zerren, aber der wand seinen Arm aus ihrer Umklammerung.

„Ich würde wirklich gern reinkommen, aber die Arbeit geht vor, Samantha. Lass uns bald gemeinsam etwas essen, dann können wir ausführlich reden." Mit einem Blick zu Amir fügte er rasch hinzu: „Natürlich wir alle drei. Ich möchte Sie gern kennen lernen, Amir. Und wissen, was du die letzten Jahre getrieben hast", sagte er an seine Tochter gewandt. Sanft strich er ihr über die Wange. „Wir haben einiges aufzuholen."

„Das stimmt." Sie umarmte ihn fest. „Ich rufe dich an, Dad. Und du musst rangehen."

„Natürlich. Das werde ich."

Sie fischte die Autoschlüssel aus ihrer Handtasche und zögerte einen Moment. Dann stellte sie sich auf die Zehenspitzen und drückte ihrem Vater einen Kuss auf die Wange. Lachend hüpfte sie die Treppen hinab und fuhr davon, wobei sie den beiden Männern noch einmal fröhlich winkte.

„Möchten Sie auf einen Kaffee hereinkommen?", fragte Amir betont höflich und trat beiseite, aber Randolphs hob abwehrend die Hände. In der einen hielt er noch immer die Einladungskarte.

„Nein, vielen Dank. Ich habe es selbst auch eilig." Er gab dem Verlobten seiner Tochter erneut die Hand und drückte nun seinerseits kräftig zu. „Aber es war mir ein Vergnügen, Sie kennen zu lernen, Amir. Ich hoffe, wir sehen uns bald wieder." Der Inder senkte den Kopf, ohne seinen Schwiegervater in spe aus den Augen zu lassen. Randolphs würde es nicht im Mindesten wundern, wenn der junge Mann bei der Kriminalpolizei wäre. Er würde gründliche Nachforschungen über ihn anstellen müssen.

„Dito."

Etwas verwirrt ob dieser knappen Antwort eilte Randolphs zu seinem Wagen zurück und hob ein letztes Mal kurz die Hand, bevor er einstieg. Im Rückspiegel sah er, wie sich der Mann an die Brüstung der Veranda lehnte und dem Wagen hinterher sah.

„Komischer Kerl", murmelte Randolphs und fuhr schnell davon.

Taliah

Ein kalter Windstoß fegte über den Friedhof, und vereinzelt tanzten bunte Blätter durch die Luft. Eine Schar Krähen flog über die Grabsteine hinweg und ließ sich auf den kahlen Ästen der Bäume ringsum nieder. Fest in seinen Mantel gehüllt stand Duva vor einem Grab, um das sich schon lange keiner mehr gekümmert hatte. Es bestand lediglich aus einem dunkelgrauen, verwitterten Stein, auf dem der Name Alastair R. Nightingale und darunter „Crow" eingemeißelt war. Dreck und Moos hatten sich des Steines über die Jahre bemächtigt, und über dem einst gepflegten Beet wucherten Gras und Unkraut. Duva zog eine Flasche Single Malt Whiskey aus der Innentasche seines Mantels. Die honiggelbe Flüssigkeit spiegelte sich in den letzten Sonnenstrahlen des Tages.

„Den hast du immer so gemocht", murmelte er und lehnte die Flasche an den kalten Stein. „Hast fast nichts Anderes getrunken." Seine Stimme verlor sich, und er verstummte. Eine Erinnerung drängte sich ihm auf, und er schloss müde die Augen, um sich ihr hinzugeben.

Nach einem langen, arbeitsintensiven Tag hatte Crow den jungen Duva in eine Bar geschleppt und ihm seinen ersten Whiskey spendiert. Das Gesöff hatte für den damals jungen Detektiv die geschmackliche Anziehungskraft von Putzmittel, und selbst als der Barkeeper mit einem süffisanten Grinsen ein paar Eiswürfel hineinplumpsen ließ, wollte sich der Geschmack einfach nicht verbessern.

„Verzieh nicht so das Gesicht, Junge, das ist das Beste, das du in deinem ganzen Leben kosten wirst!", dröhnte Crows volltönende Stimme durch die Bar. Ein paar Leute drehten sich zu ihnen um und lachten lautstark, als sie Duvas verzerrtes Gesicht sahen. Crow hob sein eigenes Glas und prostete ihnen zu. Dann stieß er mit Duva an, warf den massigen Kopf in den Nacken, sodass sich dort dicke Speckschwarten aufrollten, und kippte das Zeug die Kehle hinunter.

„Los!", brüllte Crow und donnerte sein Glas auf den Tresen. Tapfer kniff Duva die Augen zusammen und machte es Crow nach. Der Whiskey brannte ihm in der Kehle, und ihn überkam ein heftiger Hustenanfall, der noch mehr Gelächter nach sich zog. Crow klopfte ihm kräftig auf den Rücken und bestellte für sie beide das Gleiche noch einmal. Am liebsten hätte Duva abgelehnt, aber er traute sich nicht.

Kraftlos ließ sich Duva neben dem Grabstein ins gelbliche Gras sinken. „Du warst ein verdammter Arsch, weißt du das? Aber du warst einer von den Guten." Seufzend bettete er den Kopf an den Stein und genoss die Kühle auf seiner Haut. Seine Schulter schmerzte höllisch von dem Kampf gestern Nacht, und er wagte kaum, sie zu bewegen. Die Wut, die er am Vorabend noch verspürt hatte, war verflogen, und übrig blieb nur Leere. Linderung verschafften ihn nur Erinnerungen an längst vergangene Stunden, in denen er so etwas wie Glück verspürt hatte.

Alles hatte an jenem Tag ein jähes Ende gefunden.

Wie ein Lauffeuer hatte sich in der Stadt herumgesprochen, dass Pepe, ein hochgeschätzter Privatdetektiv und sogar oftmaliger Kollege der Polizei, mitten in der Nacht aus den Armen seiner Frau gerissen und vor den Augen seiner Kinder verhaftet worden war. Er war wegen Mordes angeklagt worden und war nach einem unglaublichen Strafprozess, der gerade mal einen Monat gedauert hatte, im Hochsicherheitstrakt eingekerkert worden. Diesem Vorfall waren etliche mehr gefolgt. Mit wachsender Besorgnis hatten Crow und Duva diese Entwicklung verfolgt.

Beide wussten, dass es nur eine Frage der Zeit war, bis auch jemand an ihre Tür klopfen und sie wegen eines verdrehten Tathergangs mit fatalen Folgen ins Gefängnis befördern würde. Crow hatte jedoch nicht vor, es so weit kommen zu lassen. Daher plante er eine Nacht-und-Nebel-Aktion, die damit enden würde, dass er sich auf eine verlassene Insel absetzen und nach Belieben Whiskey trinken würde, bis er eines Tages eines natürlichen Todes starb. Aus irgendeinem Grund zweifelte Duva stark daran, dass die Sache so glimpflich ausgehen würde.

„Wieso willst du denn abhauen?", hatte er seinen Mentor an jenem Abend gefragt. Crow hievte seinen schweren Körper von einer Seite der kleinen Wohnung auf die andere und packte emsig irgendwelche Gerätschaften in eine Reisetasche, die bereits überquoll. Seine Miene wirkte gehetzt, und er machte fahrige Bewegungen, sodass er ein altes Fernglas zu Boden fallen ließ. Duva hob es auf und reichte es ihm. „Wir haben doch nichts verbrochen. Wieso sollten wir wie Kriminelle mitten in der Nacht fliehen? Und vor allem vor *wem* sollen wir überhaupt davonrennen?"

Anstatt ihm eine Antwort zu geben, kramte Crow seine Habseligkeiten weiter zusammen und stopfte sie in seine Taschen. „Crow!", rief Duva und packte ihn am Arm. Endlich sah ihn sein Lehrer an, und was Duva in seinen Augen sah, ließ ihn stutzen. Nie hatte er in den Jahren, die er nun schon mit Crow zusammenarbeitete, diesen Ausdruck bei ihm gesehen und hätte auch nie für möglich gehalten, dass das jemals geschehen würde.

Blanke Angst stand auf Crows Gesicht geschrieben. Seine Augen waren weit aufgerissen, als befürchtete er, dass jeden Moment eine Horde Polizisten durch die Wohnungstür stürmen und sie beide zu Boden werfen würde.

„Glaubst du, die machen vor uns Halt?", rief er und ließ einen Spuckeregen über Duva niederprasseln. „Nein! Wir sind doch nur das Sahnehäubchen für deren Vorzeigeregis-

ter, wen sie dingfest gemacht haben. Illegale Informationsbeschaffung. Körperverletzung. Mord!" Er schüttelte sich
und riss sich aus Duvas Griff los. „Niemals werde ich es so
weit kommen lassen, dass mich jemand wegen Mordes auf
den elektrischen Stuhl zerrt! Ich habe vor, an Altersschwäche und Fettleibigkeit zu sterben, und nicht, weil es irgendwelchen Sesselpupsern gerade in den Kram passt!"
Voller Elan warf er ein ausklappbares Stativ in die Tasche
und wandte sich wieder seinem jungen Detektivkollegen
zu. „Komm mit mir. Zusammen sind wir sicher."

Einen Augenblick lang sah Duva seinen langjährigen
Lehrer und Freund an und bedauerte bereits die Worte, die
er als nächstes sagen würde. „Ich kann nicht."

„Wegen dieser Kleinen? Vickie, die ist doch nur vo-
rübergehend interessant. Wenn du erst einmal aus der
Stadt raus bist, wirst du sie in null Komma nichts vergessen haben, glaub mir."

Aber Duva schüttelte den Kopf. „Das mit ihr ist etwas
vollkommen Anderes."

Crow lachte auf. „Das sagst du jetzt. Für sie ist das Ganze bestimmt auch nur eine flüchtige Bekanntschaft, die –"

„Wir haben im Sommer geheiratet und ein Kind zusammen."

Das Lachen verstummte, und Grabesstille senkte sich
über die beiden. Es dauerte eine ganze Weile, bis Crow
sich umständlich räusperte, und sagte: „Du… ihr habt ein
Kind?"

Duva presste die Lippen aufeinander und nickte nur
wortlos. Es schien, als wäre ein unsichtbarer Vorhang zwischen sie gezogen worden. Beiden war klar, dass es hier für
sie enden würde. Duva hatte eine Schimpftirade erwartet,
die Crow ihm an den Kopf werfen würde, aber es passierte
nichts dergleichen. Stattdessen legte sich Verschlossenheit
über sein blasses Gesicht, und er nickte.

„Wenn das so ist."

„Ja."

Crow sah ihn noch einen Moment an, dann holte er tief Luft und klatschte in die Hände. „Dann bleibt mehr Platz für mein Zeug."

So etwas wie Glückwünsche hatte Duva gar nicht erwartet, und er war auch froh darum. Eine herzzerreißende Abschiedsszene wäre nicht ihr Stil gewesen. Nachdem Crow zu Ende gepackt hatte, warf er sich die Tasche über die Schulter und wollte gerade die Wohnung verlassen, als sein Handy klingelte.

„Was?", bellte er und erstarrte plötzlich. „Bist du sicher? Wenn du mich verarschst ..." Er drehte sich zu Duva um und bedeutete ihm mit einem Kopfnicken, ihm zu folgen. Die Tasche ließ er neben der Wohnungstür liegen. Völlig überrumpelt und mit einem unguten Gefühl rannte Duva ihm nach. Für einen Mann solchen Umfangs war Crow erstaunlich schnell unterwegs. Dennoch keuchte er, während er Duva in abgehakten Sätzen berichtete, was vorgefallen war.

„Poletti hat für heute Nacht eine Aktion in einem Restaurant in Bridgeport geplant", berichtete er Duva. „Wahrscheinlich kann das arme Schwein das Schutzgeld nicht mehr zahlen, und jetzt will Poletti den Laden hochnehmen." Seit fast einem Jahr waren sie dem Mafioso auf den Fersen, hatten ihm aber nie etwas Handfestes nachweisen können. Es schien beinahe, als führte er sie an der Nase herum.

„Wie sicher ist die Information?", fragte Duva nach. Sie hatten schon einmal einen Zugriff auf Poletti und seine Männer geplant, aber es hatte sich herausgestellt, dass ihnen eine Falschinformation zugespielt worden war. Nur allzu gut erinnerte sich Duva an Crows Wutausbruch.

„Sehr sicher, glaub mir." Selbst wenn Duva das nicht täte, wäre er seinem Lehrer gefolgt. Ihm blieb keine andere Wahl.

Der Schauplatz sah aus wie das Set für einen Kriminalfilm. Die Fenster des Restaurants waren allesamt zerschossen, und die Vorhänge hingen in Fetzen herunter. Drinnen waren Tische und Stühle umgekippt. Auf dem Gehweg und der Straße war Blumenerde verteilt. In dem Lokal war niemand zu sehen, und es war ungewöhnlich ruhig. Kein Auto fuhr vorbei, keine Sirene war zu hören, kein Mensch brüllte etwas quer über die Straße.

„Was –?", begann Crow, da tauchte ein Kopf hinter einer Barrikade aus geparkten Autos auf und rief ihnen etwas auf Italienisch zu. „Nimm den Schwanz aus deinem Mund, dann versteh ich dich vielleicht!", brüllte Crow zurück und brach über seinen eigenen Witz in schallendes Gelächter aus. Duva sah sich automatisch nach einer geeigneten Deckung um. Auf der dem Restaurant gegenüberliegenden Seite standen große Müllcontainer. Augenblicklich bewegte sich Duva darauf zu. Ein Knall ertönte, und eine Kugel grub sich neben ihm in eine Hauswand hinein. Kleine Betonstückchen stoben davon.

„Bleib stehen, Arschloch!", rief ihm ein weiterer Mafioso zu, der hinter einem Seitenspiegel hervorschaute.

„Crow, was geht hier vor?", raunte Duva ihm zu und widerstand dem Drang, nach seiner eigenen Waffe zu greifen.

„Genau das, wovor ich fliehen wollte. Jetzt haben wir den Salat."

In diesem Moment kam ein dicklicher Mann mit pechschwarzem Haar, das mit glänzender Pomade nach hinten drapiert war, aus dem Restaurant. Ein selbstsicheres Grinsen klebte auf seinem Gesicht, und er spielte mit einem antiquierten Revolver herum. „Poletti", knurrte Crow. Duva lief es kalt den Rücken hinab. Poletti war einer der brutalsten Mafiabosse in der Stadt. Grauenerregende Bilder von geschändeten Leichen tauchten vor seinem inneren Auge auf, und er schüttelte sich. Nonchalant trat der Mafioso auf den Gehweg und wandte sich an die beiden Detektive.

„Schön, dass ihr kommen konntet. Ich entschuldige mich, dass es etwas kurzfristig ist, aber trotz allem kann ich mich noch auf die Pünktlichkeit meiner beiden Lieblingsdetektive verlassen!", rief Poletti und lachte gackernd, während er den Revolver am Zeigefinger rotieren ließ.

Crow machte einen Schritt vor. Sofort richteten sich fünf Pistolenmünder auf ihn. „Ich habe schon viel von der Gastfreundschaft der Italiener gehört, aber so bleilastig hatte ich sie mir nicht vorgestellt."

„Eine kleine Überraschung. Nur für euch. Darauf könnt ihr euch etwas einbilden!" Er hob die Hände über den Kopf und drehte sich zu beiden Seiten um, als wäre er der Showmaster einer TV-Sendung.

„Ich kann Überraschungen nicht ausstehen", konterte Crow trocken. Ungeduldig trat Duva von einem Fuß auf den anderen. Er hatte überhaupt kein gutes Gefühl bei der Sache. Am liebsten hätte er sich so schnell wie möglich mit Crow hinter den Containern verschanzt, aber das war allein schon wegen der Fülle seines Kollegen unmöglich. „Legen wir doch die Karten auf den Tisch, das erspart uns allen viel Zeit."

„Klingt, als hättest du heute noch was Wichtiges vor, Crow."

„Das habe ich tatsächlich. Du weißt ja jetzt, dass ich ein pünktlicher Mann bin. Also entweder lässt du uns jetzt gehen oder die Sache endet sehr unschön."

Poletti stimmte erneut sein unmelodisches Lachen an und streckte Crow einen hochgereckten Daumen entgegen, an dem ein protziger Ring funkelte. „Schade, dass ich dich und deinen kleinen Freund töten muss. Wir hätten uns sicher gut verstanden."

Es passierte so schnell, dass Duva kaum wusste, wie ihm geschah. Instinktiv schossen seine Arme nach vorne und stießen Crow zu Boden. Gerade noch rechtzeitig duckte sich auch Duva weg und hörte eine Kugel direkt an seinem Ohr vorbeizischen. Schon lag die Waffe in seiner Hand, und er gab Crow Feuerschutz, während dieser so schwerfällig wie ein Käfer auf dem Rücken in Richtung der Container krabbelte. Duva folgte ihm rasch. Die Schüsse knallten wie Feuerwerkskörper gegen die Container und veranstalteten einen ohrenbetäubenden Lärm. Duva beugte sich zu Crow hinunter, der auf der Seite lag und heftig aus einer Wunde am Oberschenkel blutete.

Der dicke Detektiv fluchte lautstark, während sein Kollege seinen Gürtel löste und kurz überlegte, ob er diesen überhaupt um das mächtige Bein würde schlingen können. Es blieb ihm keine Wahl, als den Gürtel so fest darum zu befestigen, wie er konnte. Crow brüllte wie am Spieß, dann rappelte er sich immer noch fluchend auf. Mit blutverschmierten Fingern zückte er seine Waffe.

„Wären wir sofort aufgebrochen, hätten wir jetzt schon längst aus dieser verfluchten Stadt raus sein können", keifte er in Duvas Richtung und blickte vorsichtig hinter dem Container hervor. Sofort kam eine Kugel als Antwort auf ihn zugeflogen, und er beeilte sich, wieder in Deckung zu gehen.

„Das hilft uns jetzt auch nicht weiter", schrie der ihn an und feuert eine Salve auf ihre Gegner ab. „Wir müssen weg von hier." Im Erdgeschoss des Hauses, vor dem die Müllbehälter aufgereiht worden waren, befanden sich drei verhangene Fenster. Duva riss Crow den Schal vom Hals und wickelte ihn sich um die linke Faust. Gerade als er den Arm zum Schlag hob, ertönte wieder Polettis Stimme.

„Ihr steht vielleicht nicht auf Überraschungen, meine Freunde, aber hier ist etwas, das ihr euch unbedingt ansehen müsst! Es wäre schade, wenn ihr das verpassen würdet." Duva hob den Kopf und in der Spiegelung des Fensters sah er einen gelben Fleck aufblitzen. Sein Herz setzte aus. „Komm, ruf nach deinem Liebsten, Täubchen", trällerte der Italiener, und Duva schloss für einen Moment die Augen. Es war nur ein Traum. Es konnte nicht real sein.

„Victor." Ihre Stimme zitterte hörbar.

„Taliah", flüsterte er und barg den Kopf in den Händen. Neben ihm fluchte Crow noch lauter und schlug mit der Faust gegen den Container. Duva ließ die Waffe fallen und erhob sich. Wie in Trance trat er aus seiner Deckung hervor und wagte kaum, den Blick zu heben. Es war zu kalt für das gelbe Sommerkleid, das er so sehr an ihr liebte, und er sah, dass sie vor Angst und Kälte zitterte. Er war wie gelähmt und konnte sie nur wortlos anstarren. Ihre wilde, dunkle Mähne wehte im Wind, und der zarte Stoff drückte sich gegen ihre schlanken Beine. Traurig sah sie ihn an.

„Oooh", machte Poletti und trat neben Taliah. Duva presste die Kiefer aufeinander. „Was für eine tragische Liebesgeschichte. Das gute Mädchen stirbt wegen des bösen Buben. Das sollte jemand aufschreiben, oder?" Er wandte sich an seine Leute, die nun hinter ihren Autos hervorgekommen waren, und lachte laut. Taliah zuckte zusammen, als hätte man ihr eine Ohrfeige gegeben. Duva ballte die Hände zu Fäusten.

„Lass den Scheiß, Mann! Die Frau hat nichts damit zu tun!", brüllte Crow aus seiner Deckung.

„Möglich, aber ich habe meine Anweisungen. Ich würde diesem hübschen Gesichtchen nie freiwillig etwas antun." Er packte Taliah am Kinn und drehte ihr Gesicht zu sich herum. Duva machte einen Schritt auf sie zu, und sofort hob der Italiener seine Waffe, die Mündung direkt auf Duvas Kopf gerichtet. „Na na na! Deine Ritterlichkeit in Ehren, aber einen Schritt weiter, und du hast ein Loch zwischen den Augen." Auf einmal wurde er todernst und bewegte langsam die Waffe von Duva hinüber zu Taliah.

„Nein", flüsterte Duva. Ihm blieb keine Kraft mehr, um zu brüllen oder zu toben oder auch nur zu blinzeln.

Ein Knall zerriss die Stille, und kraftlos sackte Taliah in sich zusammen. Duva öffnete den Mund, brachte aber keinen Ton heraus. Hart schlug er mit den Knien auf den Asphalt und ignorierte die Kugeln, die die Luft um ihn herum durchschnitten. Jemand packte ihn am Arm und zerrte ihn weg.

Dort lag sie in ihrem gelben Sommerkleid, das sich langsam rot färbte. Ihre leblosen Augen starrten in Duvas Richtung. In jeder Nacht der kommenden vierzehn Jahre träumte er von diesem Anblick, und es schmerzte ihn mehr als alles andere, dass er sich nur noch an den leeren Blick ihrer toten Augen erinnern konnte.

Eine Träne kullerte seine Wange hinunter, und er hob den schmerzenden Arm, um sie wegzuwischen. Seufzend tätschelte er Crows Grabstein und rappelte sich mühsam auf. „Wenigstens hat sich dein Wunsch erfüllt, und du bist an Altersschwäche gestorben." Aus einem Impuls heraus, schraubte er die Whiskey-Flasche auf und nahm einen großen Schluck daraus. Den Rest kippte er über dem Grab aus. „Wohl bekomm's."

Alles nur Show

Das Publikum der Freesticks war nicht gerade groß, aber dafür hörte es umso aufmerksamer zu. Größtenteils handelte es sich um Klassenkameraden der vier Jungen, die auf der Bühne standen und ihre Songs zum Besten gaben. Ein liebevoll gebasteltes Banner schwang im Takt der Musik über den Köpfen der Zuschauermenge mit. Das dazugehörige Mädchen lächelte selig und sang bei jedem Lied lautstark mit.

In der Mitte spielte Arith, ein dunkelhäutiger Junge, voller Inbrunst auf seiner Gitarre und sang mit ebenso viel Elan ins Mikrofon. Flankiert wurde er vom dürren Ken, der einen Buckel machen musste, um auf seinem Keyboard in die Tasten hauen zu können, während auf der anderen Seite der quirlige Ollie mit seiner E-Gitarre über die Bühne hüpfte. In der Mitte etwas erhöht auf einem Podest sitzend wirbelte der dickliche Milo die Trommelstöcke so schnell von einem Becken zum anderen, dass einem beim Zusehen fast schwindelig wurde. Nachdem die letzten Töne verklungen waren, brach das Publikum in Applaus aus. Das blonde Mädchen mit dem Banner rief in einer beeindruckenden Lautstärke „Zugabe! Zugabe!", aber die anderen warfen ihr bloß skeptische Blicke zu.

„Danke, ihr wart super!", rief der Junge den Leuten zu und grinste breit. Dann wandte er sich zu seinen Bandmitgliedern um, die ebenfalls von einem Ohr zum anderen grinsten. Er hob den Daumen und nickte ihnen eifrig zu. „Das war der absolute Hammer, Leute!", rief er und hob die Arme über den Kopf. „So gut wie heute haben wir noch nie gespielt!"

Ken streckte den Rücken durch. „Ah! Das tut gut." Er ließ die Schultern kreisen und massierte sich den Nacken.

„Hey, Leute! Wie seid ihr denn abgegangen, Mann!", brüllte Ollie ihnen zu und hüpfte auf sie zu. Er musste als Kind wohl einmal einen Flummi verschluckt haben und hatte sich nun dessen Sprunghaftigkeit angeeignet. „Das war ja krass, das war so genial geil, das war so…"

„Professionell", half Milo ihm weiter, der von seinem Podest heruntergestiegen war. Man sah ihm keine ausufernde Begeisterung an, aber auch auf seinem stoischen Gesicht konnte man die Freude zumindest ansatzweise erkennen.

„Genau das ist es!", plapperte Ollie weiter, und nach einem Sprung von der Bühne landete er auf festem Boden. Voller Aufregung ruderte er mit seinen Armen in der Luft herum und hätte dabei fast das Mädchen getroffen, das auf sie zugeeilt kam. Das Banner flatterte hinter ihr her.

„Ihr wart so gut!", rief sie und rannte Arith, der nun mit den anderen die Bühne verlassen hatte, beinahe über den Haufen, so stürmisch umarmte sie ihn. Als würde sie Ollie imitieren wollen, hüpfte sie wild herum und wehte mit ihrem Banner Ken und Milo Wind ins Gesicht. Ken trieb der kalte Luftstoß sofort Tränen in die Augen.

„So gerührt habe ich dich ja noch nie gesehen, Ken", rief Ollie. „Aber sie sind auch ein süßes Paar, oder nicht?" Er deutete auf das Mädchen und Arith, der sie nun mit sanfter Bestimmtheit von sich losmachte, während er so tat, als hätte er Ollies Bemerkung nicht gehört.

„Danke, dass du heute da warst, Lilly", sagte er und lächelte sie an. Sie strahlte und errötete bis über beide Ohren. „Wie schaffst du es eigentlich immer, auf jedem einzelnen unserer Gigs zu sein?", fragte er, aber sie zuckte nur mit den Schultern.

„Ich bin eben ein großer Fan der Freesticks!", rief sie und warf begeistert die Hände in die Höhe, wobei das Banner in hohem Bogen durch die Luft segelte und vor den Füßen ihres Kunstlehrers, Mr. Hodge, landete. Der zog seine dichten Brauen so weit hoch, dass sie fast seinen Haaransatz berührten.

„Deinen Elan in allen Ehren, Lilly, aber hier wird nicht mit Kunst geworfen." Er grinste breit, dann klatschte er mit seinen Schülern ab. „Das war klasse, Jungs! So gut hätte es unsere High-School-Band nicht hinbekommen." Verschwörerisch beugte er sich zu ihnen hinüber. „Aber sagt das ja nicht Mr. Ronson, der würde mich sonst lynchen."

„Mr. Hodge, Sie sind einsame Spitze!", rief Ollie und streckte ihm beide Daumen entgegen.

„Das hört man gerne, Ollie", erwiderte der Kunstlehrer und verabschiedete sich von ihnen, bevor er in der Menschenmenge verschwand. Es waren erstaunlich viele Leute hier, was vermutlich an dem guten Wetter lag. Draußen hüllte die Abendsonne den Campus der Boyd-Buchanan-School in goldenes Licht und ließ die bunten Blätter in kräftigen Farben erstrahlen. Da dies heute Abend eine Schulveranstaltung war, befanden sich hauptsächlich Schüler mit ihren Familien unter den Anwesenden. Ein kleiner Basar war in der Eingangshalle der Schule aufgebaut worden. In der Schulküche wurden verschiedene Speisen gekocht, die dann auf einem langen Büffettisch am anderen Ende der Halle aufgereiht wurden.

„Nach der ganzen Singerei habe ich richtig Durst", meinte Arith und deutete auf den Getränkestand. „Kommt ihr mit?" Lilly hakte sich sogleich bei ihm unter. Ollie kaufte zwei Cola, und schüttelte eine Dose kräftig, bevor er sie Milo gab. Wortlos wie immer nahm der sie entgegen, und obwohl er es sich hätte denken können, ergoss sich eine Cola-Fontäne über ihn, als er die Dose öffnete.

„Der gibt wohl nie auf, Milo einen Gefühlsausbruch zu entlocken", kommentierte Arith das katastrophale Szenario, und Lilly kicherte neben ihm.

„Arith?" Er wandte sich um und sah seine Großeltern. Sie machten nicht den Eindruck, als würden sie sich hier besonders wohlfühlen. Besonders sein Großvater sah sich mit gerunzelter Stirn um und schüttelte über jede Kleinigkeit den Kopf, obwohl er nicht weiter erläuterte, was ihn so verstimmte. Seine Großmutter dagegen war interessiert an allen Schulaktivitäten, mehr noch als Arith selbst.

„Ihr habt wirklich gut gespielt", sagte sie und tätschelte liebevoll die Wange ihres Enkels.

„Danke, Grandma." Sein Großvater stieß ein missbilligendes Schnauben aus.

„Was ist denn jetzt schon wieder, Harry?", schalt seine Frau ihn und war nun selbst ungehalten über das ständige kommentarlose Geschnaube ihres Mannes.

„Manieren haben diese Jungs von heute", grummelte er und schüttelte den Kopf. Dabei sah er Milo hinterher, der in seinem nassen T-Shirt in Richtung Herrentoilette marschierte, während Ollie um ihn herum wuselte. Ken folgte ihnen mit wiegenden Schritten.

„Das war doch nur Spaß", beschwichtigte seine Frau ihn und wandte sich wieder Arith zu, dem sie einen vielsagenden Blick zuwarf. „Nun, ich glaube, wir lassen euch beide wieder allein. Arith, ruf an, wenn wir dich abholen sollen, ja?" Sie hakte sich bei ihrem Mann unter und zog ihn von der Menschenmenge fort.

„Deine Großeltern sind wirklich süß", kommentierte Lilly das kurze Gespräch.

„Ja, sie sind echt in Ordnung."

In diesem Augenblick rauschte eine Gruppe Schüler an ihnen vorbei, die die gesamte Aufmerksamkeit auf sich zogen. Die muskelgestählten Spieler des Footballteams posierten in der Mitte des Raumes, und sofort scharte sich eine aufgeregte Menschentraube um sie. Vereinzelt zuckten Lichtblitze auf. Arith traute seinen Augen kaum, denn offenbar war sogar der ein oder andere Journalist gekommen, der eifrig etwas in ein Notizbuch kritzelte und nebenbei versuchte, ein paar Schnappschüsse zu ergattern.

„Die sind so affig", kommentierte Lilly das Geschehen, aber es klang nicht sehr überzeugt.

„Na ja, unser Footballteam ist ziemlich gut, das muss man ihnen lassen", erwiderte Arith mechanisch und wandte sich ab. „Ich schnappe mal frische Luft, okay? Bin gleich wieder da."

Schnell durchquerte er die Halle und flüchtete beinahe aus dem Schulgebäude. Milde Herbstluft empfing ihn, und nach dem ganzen Trubel atmete er die frische Luft dankbar ein. Es war ruhig hier draußen, und mit seiner Cola in der Hand spazierte er über den perfekt getrimmten Rasen des Campus. Ein lauer Wind kam auf und ließ einen Blätterregen auf das Gras niedergehen. Hinter dem Schulgebäude erstreckte sich eine flache Grünanlage, und es gab sogar einen großen Teich, der durch einen aufgeschütteten und begrünten Wall in zwei Hälften geteilt wurde. Auf einer Bank ließ er sich im Schneidersitz nieder und legte den Kopf in den Nacken, um die Wärme der Sonne auf seiner Haut zu genießen.

„Darf ich mich zu dir setzen?"

Arith schrak auf und blinzelte in das Sonnenlicht. Eine dunkle, kantig wirkende Silhouette hob sich davor ab, aber er konnte nicht erkennen, um wen es sich dabei handelte.

„Eh … ja, klar." Er rutschte zur Seite und ließ den Fremden Platz nehmen. Arith schätzte ihn auf Anfang Vierzig, und er machte einen aufgeräumten Eindruck. Seine Füße steckten in rostroten Cowboystiefeln, und auch seine Lederjacke musste bestimmt ein kleines Vermögen gekostet haben. Auf der Nase thronte eine Carrera Sonnenbrille, deren Gläser hellbraun gefärbt waren. Schweigend saßen sie eine Weile da, in der Arith verkrampft seine Coladose umklammerte. Gerade wollte er aufstehen, um zu seinen Freunden zurückzukehren, da sprach der Mann ihn erneut an.

„Ihr habt wirklich gut gespielt, deine Band und du."

„Das ist nicht *meine* Band."

Der Mann hob entschuldigend die Arme. „Gut, dann eben die Freesticks." Dabei betonte er besonders den Bandnamen, um seinen Fauxpas wiedergutzumachen. „Wie seid ihr auf den Namen gekommen? Sicher hat es was mit Freiheit zu tun, oder?"

„Ja", antwortete Arith lahm und fragte sich einen Moment, ob er das diesem Mann wirklich erzählen wollte. „Wir alle wollen aus dieser Stadt so bald wie möglich raus, in die Freiheit, deswegen Free. Und Sticks. Na ja, nur Free hätte sich blöd angehört, also haben wir von Milos Drumsticks einfach…" Er merkte, dass er schwafelte, und verstummte.

„Rede ruhig weiter." Der Mann nahm die Brille ab und blickte ihn aus erschreckend hellen Augen auffordernd an. Es klang sogar aufrichtig. Nicht so wie dieses nachsichtige Interesse, das Erwachsene Kindern entgegenbrachten, obwohl es ihnen eigentlich egal war, was diese Halbwüchsigen zu sagen hatten.

„Wieso wollen Sie das überhaupt wissen?", fragte Arith gerade heraus.

„Weil es mich interessiert", antwortete der Mann und grinste Arith an, sodass seine weißen Zähne im Sonnenlicht aufblitzten. Arith runzelte die Stirn.

„Ich muss gehen."

Sofort packte der Mann ihn am Arm und zwang ihn, stehen zu bleiben. Der Griff war fest und tat schon fast weh. „Lassen Sie mich los", warnte Arith den Fremden und machte sich innerlich bereit, davonzurennen. Für den Bruchteil einer Sekunde strahlte der Fremde eine kalte und bedrohliche Aura aus, aber dann blitzten seine Zähne wieder auf, und er ließ ihn los.

„Tut mir leid. Ich bin froh, dass ich dich endlich gefunden habe. Da wollte ich nicht, dass du einfach gehst."

„Wieso gefunden? Haben Sie mich etwa gesucht? Warum?" Arith wurde dieser Mann und dieses Gespräch mit jeder Minute unangenehmer und suspekter. Er war froh, endlich auf den Beinen zu sein, aber es wäre ihm lieber gewesen, wenn er nicht so weit von den anderen entfernt wäre. Um den Teich herum waren mannshohe Büsche und Sträucher gepflanzt, sodass man von außen kaum einen Einblick hatte.

Der Mann lehnte sich entspannt auf der Bank zurück und schlug die Beine übereinander. „Ich bin einer der Mitorganisatoren des Riverbend Festivals, falls du das kennst."

Arith lachte auf. „Ob ich das kenne? Soll das ein Witz sein?"

„Hätte mich auch gewundert, wenn du das Riverbend nicht gekannt hättest. Jedenfalls bin ich als Scout in der Stadt und näheren Umgebung unterwegs, um neue Jungtalente zu suchen. Und da ich schon öfters von euch gehört habe und ihr heute hier spielen solltet, bin ich vorbeigekommen."

Arith starrte ihn mit offenem Mund an. „Im Ernst jetzt? Sie verarschen mich nicht?"

Der Mann lachte, stand auf und hielt ihm die Hand hin. „Karl Jaikovsky, aber nenn' mich einfach Jaiko. Wie wär's, wenn ich dir eine frische Cola spendiere, und wir unterhalten uns ein bisschen?"

List und Lügen

Die letzten Sonnenstrahlen fielen durch die Scheiben des Lagerhauses und tauchten das Innere in kaltes Licht. Meterweit über dem Boden brachen die messerscharfen Zähne der zerbrochenen Fensterscheiben das Licht und funkelten gefährlich. Der Wind drängte sich daran vorbei ins Innere des Gebäudes, und als würde er sich an den kaputten Scheiben schneiden, heulte er wild auf. Mit dem Verschwinden der Sonne wuchsen die Schatten, und bald schon war das Lager in Dunkelheit gehüllt.

Lautlos huschte ein Schatten zwischen den verstaubten Gerätschaften, Schränken und Tischen hindurch. Eine wackelige Stahltreppe führte auf eine Arte Galerie, die notdürftig mit einem Geländer gesichert worden war. Duva kramte einen Schlüssel hervor und schloss die Tür auf, die in ein winziges Büro führte. Auf jeder freien Fläche waren Kartons deponiert. Unter einem winzigen Fenster befand sich ein alter Schreibtisch, der mit veralteten Gerätschaften und weiteren Kartons beladen war. Der Detektiv kniete sich hin und suchte die Unterseite des Tisches ab, bis seine Finger ein schwarzes Kästchen gefunden hatten. Mit der anderen Hand kramte er einen Transponder hervor und hielt ihn an das Kästchen. Sogleich ertönte ein leises Piepen, und Duva betrat durch eine weitere Tür einen größeren Raum, der hinter dem verlassenen Büro lag. Darin reihten sich mehrere Tische in einem Halbkreis aneinander, über denen etliche Monitore hingen.

Als er die Tür hinter sich schloss, ertönte ein weiteres Piepen. Es war dunkel in dem Raum, und leise brummten die Computer vor sich hin. Obwohl es draußen eisig kalt war, herrschte hier drinnen eine angenehme Wärme. Der Detektiv hängte Mantel und Hut an einen Ständer und blickte auf eine Reihe Monitore, auf denen in monotonem Grau die Außenanlage des verlassenen Lagerhauses zu sehen war. Keinerlei Bewegungen waren auszumachen, also ließ er sich schwer auf einen Stuhl fallen, woraufhin er ein paar Zentimeter nach hinten rollte.

Er rückte an den Tisch und spähte in eine Kaffeetasse, deren Inhalt aber schon nicht mehr genießbar war. Er seufzte und kramte den USB-Stick hervor, den die Rothaarige ihm an jenem Abend in der Bar gegeben hatte. Weder ihr Name noch ihre Identität waren ihm bekannt, was vermutlich auch besser so war. Also nannte er sie einfach Red. Wann immer er Informationen benötigte, kümmerte sie sich darum, und jedes Mal erledigte sie seine Aufträge zu seiner vollsten Zufriedenheit. Es befand sich nur eine Audiodatei auf dem Stick.

„…meine Verbrechen im Gegensatz zu denen ja ein Witz!", lallte Matthew Daniels, und ein gackerndes Lachen ertönte. Der Mafioso im blauen Anzug, den Duva vorsätzlich mit Rotwein übergossen hatte, saß mittlerweile in Untersuchungshaft und musste sich stundenlangen Befragungen der Chicagoer Polizei unterziehen.

„Darauf wette ich", schnurrte Red. „Du bist ein schlimmer Junge. Ein ganz schlimmer."

„Oh ja, das bin ich. So schlimm", gurrte Daniels, und die typischen Schmatzgeräusche sich küssender Menschen waren zu hören.

„Niemand könnte dir das Wasser reichen. Wie du dich damals in dieser schrecklichen Schießerei geschlagen hast…"

„Na, das war doch … warte, woher weißt du denn davon?"

Red zögerte keinen Moment. „Ich weiß alles über dich. Jemand wie du muss einem doch auffallen. So mutig und tapfer. So sexy."

Daniels schien zufrieden damit. „Ja, es war die Hölle auf Erden. Kugeln flogen durch die Luft. Neben mir brachen Kameraden zu Boden. Aber ich konnte ihnen nicht helfen. Ich musste doch diesen Polen zur Strecke bringen…"

„Hast du ihn erwischt?"

„Ja, natürlich. Na ja, beinahe. Mir ist dieser fette Poletti dazwischengekommen. Der musste ja unbedingt diese Frau umschießen." Duva mahlte die Kiefer aufeinander.

„Wie schrecklich."

„Ja", stimmte Daniels zu, und es klang fast so, als würde er es tatsächlich bedauern. „Sie war richtig heiß. So eine Verschwendung."

„Wieso hat er sie denn erschossen?"

Einen Moment herrschte Stille. Dann seufzte der Italiener tief, als trüge er die Last der Welt auf seinen Schultern. „Irgendwer hat ihm die Anweisung dazu gegeben. Ich war damals erst frisch dabei, und deswegen haben sie mir nicht jedes Detail auf die Nase gebunden. Wir haben sie damals aus ihrer Wohnung geholt. Ich weiß noch, dass ein kleiner Junge bei ihr war. Poletti hat sie gezwungen, so ein gelbes Kleid anzuziehen. Dann hat er sie ins Auto gesetzt und zu dem Restaurant gefahren."

„Hmhm", machte Red, um ihm zum Weiterreden zu animieren. Aber der Alkohol und ihre Gesellschaft lösten ohnehin Daniels Zunge.

„Sie war so jung. Und sie hatte keine Ahnung, was vor sich geht."

„Das ist ein schreckliches Verbrechen. Fast eine Art Hinrichtung. Poletti war einer der gefürchtetsten Mafiabosse in Chicago zu der Zeit. Wer war so mächtig, dass er dessen Befehlen gefolgt ist?" So eine direkte Frage war gewagt, aber Daniels hatte anscheinend derart viel getrunken, dass er die eigentliche Motivation hinter dieser Frage nicht erkannt hatte.

„Ich habe den Kerl bloß einmal kurz gesehen. Ziemlich groß war der und hatte so ein kantiges Gesicht und blaue

Augen, viel zu hell …" Seine Stimme verlor sich, und er klang schläfrig.

„Wie hieß er?", bohrte Red nach, und in ihrer Stimme war nun nichts Schmeichlerisches mehr zu hören. Sie wollte Antworten.

„Irgendein komischer ausländischer Name… vielleicht was Germanisches…"

„Den Namen!"

Daniels stöhnte auf, und Duva fragte sich, ob sie ihm wohl ein Messer an die Kehle gehalten hatte, damit er endlich weiterredete. „Konrad … nein, warte … der Name war kürzer … Karl! Jaikovsky!" Triumphierend wieherte er in das Mikrofon, und Duva stoppte die Aufnahme. Eine Zeit lang saß er regungslos in dem Stuhl und starrte ins Leere. Endlich hatte er den Namen. All die Jahre, in denen er im Alkohol das Vergessen gesucht hatte, erschienen ihm jetzt als bedauernswerte Zeitverschwendung. Erleichterung, dass er endlich einen Anhaltspunkt hatte, mischte sich mit Wut und tiefer Trauer um seine zerstörte Familie und sein kaputtes Leben.

Es war ein Leichtes, den Namen Karl Jaikovsky im Datenbanksystem der Polizei zu finden. Er war mehrfach vorbestraft wegen Raub, Bedrohung und Erpressung. Ein ansehnliches Vorstrafenregister beschrieb die kriminelle Laufbahn Jaikovskys, und Duva fand noch so einiges, wofür er ihn für Jahre hinter Gitter bringen könnte. Aber das wäre zu einfach gewesen, zu schmerzlos für ihn und nicht befriedigend genug für Duva. Also musste er tiefer graben und alles herausfinden, was man herausfinden konnte.

Nach der Schießerei von 2001 war er untergetaucht und hatte sich außerhalb Illinois niedergelassen. Wieso er nach drei Jahren zurückgekehrt war, erschloss sich Duva aus seiner Recherche jedoch nicht. Was er definitiv wusste, war, dass Karl Jaikovsky plötzlich an größere Mengen Geld gekommen war und investiert hatte, was das Zeug hielt. Er investierte in alles, worin es sich zu investieren lohnte, und langsam aber sicher war aus dem Kriminellen ein gemachter Mann geworden. Keine dunklen Machenschaften mehr, keine Delikte oder Vergehen. Er schien sauber.

Aber Duva wusste, dass jemand, der einmal Blut geleckt hatte, nie mehr etwas Anderes kosten wollte.

An einem betriebsamen Donnerstag stapfte Duva in blauer Arbeitskluft und mit einem großen Koffer in der Rechten durch die belebten Straßen von Loop, dem Herzen Chicagos. Es war ein verregneter Novembertag, und Duva zog sich die blaue Kappe tiefer ins Gesicht. Sein Ziel lag etwas abseits der Hauptstraßen, und nachdem er um die Ecke in die Van Buren Street gebogen war, blieb er kurz stehen und hob das Gesicht zum Wolken verhangenen Himmel. Dicke Tropfen klatschten ihm ins Gesicht und rannen ihm in den Kragen.

Das Old Colony Building ragte majestätisch in die Höhe, und an jeder Ecke wölbten sich runde Erker aus dem Gemäuer. Der Eingang wurde von zwei hohen Säulen flankiert, und eine gläserne Schiebetür fuhr auf und zu, während die Leute emsig ihrer Wege gingen.

Duva betrat hinter einem in einen schwarzen Mantel gekleideten Mann das Bürogebäude und wurde augenblicklich von einer elitären Atmosphäre empfangen. Das Foyer war nicht sehr groß, dafür aber umso extravaganter eingerichtet. Imposante Kronleuchter baumelten von der hohen Decke herab und verströmten goldenes Licht. Zur Rechten des Eingangs befanden sich schwarze Ledersessel, in denen es sich einige Geschäftsmänner bequem gemacht hatten und mit hochgezogenen Brauen die Aktienkurse auf ihren Smartphones studierten. Geradeaus ging es zu den Aufzügen und zwei kolossale Steintreppen führten auf eine Art Galerie, wo sich Menschen in maßgeschneiderten Anzügen tummelten und in gesenkten Stimmen wichtige Unterhaltungen führten.

Zur Linken befand sich der Empfangstresen, hinter dem eine Frau Mitte Dreißig mit streng zurückgekämmtem Haar Duva dabei beobachtete, wie dieser in seiner Arbeiterkluft zielstrebig auf sie zukam. Er lächelte sie an und legte eine Hand auf den Tresen. Die Frau quittierte dies mit einer hochgezogenen Braue, was kleine Fältchen auf ihre makellose Stirn warf.

„Guten Morgen, Sir", begrüßte sie ihn und machte keinen Hehl daraus, dass sie die Bezeichnung „Sir" für einen Mann wie ihn nicht angebracht hielt. „Wie kann ich Ihnen behilflich sein?"

„Ich soll hier die jährlichen Wartungsarbeiten an Ihrer Haustechnik durchführen." Er hob zur Erklärung den Koffer und schüttelte ihn ein wenig. „Nachsehen, dass alles beim Rechten ist. Damit ihr weiter Geld scheffeln könnt, nicht?" Er grinste sie frech an, und sie bemühte sich um eine neutrale Miene, was ihr aber nicht gelang.

„Einen Moment, bitte." Sie tippte etwas in ihren Computer ein, schob die Braue nun fast bis zum Haaransatz hinauf und schaute Duva dann skeptisch über den Rand des Bildschirmes hinweg an. „Es ist nichts von einem Wartungstermin eingetragen. Es tut mir leid. Klären Sie das bitte mit Ihrem Chef ab, der sich bei der Hausverwaltung melden soll." Ihre Stimme klang, als würde sie mit einem ungehobelten Kind sprechen, das ihr gehörig auf die Nerven ging.

Duva richtete sich auf und sah sie von oben herab böse an. „Na, hören Sie mal! Ich mache die Termine nicht, und wenn mein Chef sagt, Vickie, geh zum alten Colony, dann gehe ich da auch hin, verstehen Sie?" Er schnaufte laut und warf theatralisch die Hände in die Höhe. „Ich habe auch noch andere Termine, und überall muss ich mir so etwas bieten lassen!" Ein paar Köpfe drehten sich zu ihm und verfolgten interessiert das Schauspiel.

„Sir, ich muss Sie bitten, Ihre Stimme zu senken", zischte die Frau, aber er hörte nicht auf sie, sondern redete sich weiter in Rage.

„Die glauben wohl, mit dem gemeinen Mann können sie es machen, oder? Tja, ich sage Ihnen mal was, Fräulein", wandte er sich abrupt wieder an die Frau, die erschrocken zusammenzuckte. „Wenn Sie wollen, dass hier alles lahmliegt, weil eine winzig kleine Sicherung durchgebrannt ist ..." Er machte eine ausladende Handbewegung, als würde eine riesige Explosion stattfinden. „Dann ist hier die Hölle los! Was glauben Sie, werden Ihre Chefs mit Ihnen machen, wenn die erfahren, dass Sie den Elektriker weggeschickt haben? Der dreckige Elektriker, der diesen Super-GAU hätte verhindern können? Pah!"

Er schüttelte theatralisch den Kopf bei dieser schrecklichen Vorstellung.

„Was die an Aktien und Geldern verlieren, nur weil der Strom ausgefallen ist! Das will ich mir gar nicht vorstellen. Diese Leute", er beugte sich wieder zu ihr hinunter und sah sie mit großen Augen an, während er mit dem Daumen über die Schulter auf die Anzugträger deutete, die nun allesamt von ihren Zeitungen aufsahen, „werden Sie in der Luft zerreißen. Denn Sie", nun deutete er auf die Frau, die mittlerweile leichenblass geworden war, „haben den Elektriker weggeschickt!"

Duva richtete sich auf, dann lachte er und setzte sich die Kappe wieder auf. „Aber das ist ja nicht mein Problem. Mir soll's recht sein, dann komm ich früher in die Mittagspause. Vielen Dank auch. Schönen Tag noch." Er winkte ihr zu und wandte sich zum Gehen um, als die Frau wie von der Tarantel gestochen von ihrem Stuhl schoss und eine Hand nach ihm ausstreckte.

„Warten Sie!"

Der Detektiv musste ein Grinsen unterdrücken und warf ihr einen Blick über die Schulter zu. „Ja?"

Die Frau seufzte tief und winkte einen Mann heran, der neben der Eingangstür gestanden und alles mitangehört hatte. „Zachary, bringen Sie den Mann bitte in den Keller zur Haustechnik." Sie schien mit der Welt am Ende zu sein und ließ sich auf ihren Stuhl zurückfallen.

„Dann mach ich mich mal an die Arbeit, nicht?", rief er ihr freudig zu, während er Zachary folgte. Sie warf ihm einen letzten bitteren Blick zu, dann war sie aus seinem Blickfeld verschwunden.

Der Weg in den Keller war zwar nicht lang, dafür aber recht verwinkelt. Das Colony war ein altes Gebäude und noch nicht auf den neuesten Stand gebracht worden, was dem Detektiv sehr zugutekam. Da der Aufseher ein besonders wortkarger Mensch war, sprachen sie kein einziges Wort miteinander, und so konnte sich Duva den Weg gut einprägen. Als sie an einer von vielen unscheinbaren Türen vorbeikamen, erhaschte er einen Blick ins Innere eines kleinen Raumes. Auf etlichen Bildschirmen wurden die Übertragungen der Überwachungskameras aufgezeichnet. Ein gelangweilter Mann saß davor und schlürfte Kaffee. Wortlos stapfte er wieder Zachary hinterher.

Nach ein paar weiteren Abbiegungen blieb der Mann unvermittelt vor einer Doppeltür stehen und stieß diese auf. Stumm deutete er hinein, und Duva trat an ihm vorbei. Ein tiefes Surren und Brummen empfing ihn, und eine stickige Wärme hüllte ihn ein. Zachary schaltete das Licht ein, und Duva sah große graue Kästen, die in Reih und Glied an den Wänden standen.

„Sie kennen sich hier aus?", fragte Zachary und sah dem vermeintlichen Hauselektriker zu, während der ohne Umschweife die Klappe einer der Kästen öffnete.

„Klar, das ist mein Job", gab Duva fröhlich zurück, und während er seinen Koffer öffnete und ein paar Instrumente herauszog, pfiff er unmelodisch vor sich hin. „Meine Güte", unterbrach er sein Pfeifkonzert. „Es ist ein Wunder, dass euch nicht schon längst das ganze Gebäude um die Ohren geflogen ist, so schlampig sieht das hier aus. Das wird vermutlich ein bisschen dauern, also machen Sie es sich lieber bequem." Er gackerte ein lautes Lachen, warf die Kappe neben sich auf den Boden und nahm sein Gepfeife wieder auf.

Zachary sah nicht glücklich aus bei der Vorstellung, hier unten bei dem muffigen Gestank und dem schiefen Gepfeife des Elektrikers stundenlang herumstehen zu müssen. Er räusperte sich ungehalten. „Ich habe oben Verpflichtungen nachzugehen. Falls Sie Fragen oder Ähnliches haben, rufen Sie bei der Rezeption an." Er deutete auf ein altes Telefon neben der Tür, und ohne ein weiteres Wort ließ er die Tür hinter sich ins Schloss fallen.

Duva behielt den Eingang im Auge, während er noch ein paar schiefe Takte pfiff, dann schnappte er sich seinen Werkzeugkoffer und eilte auf einen Verteilerkasten am Ende des Raumes zu. Er förderte einen kleinen Laptop zutage und zog etliche Kabel aus dem Koffer. Mit einem Taschenmesser entfernte er den Gummi um die Kupferdrähte und befestigte die Kabel aus dem Koffer mit einer dafür vorgesehenen Klammer an den Drähten des Verteilerkastens. Er startete seinen Laptop und behielt während seiner Arbeit die Tür im Blick. Mit einem Ohr lauschte er stets nach verräterischen Schritten auf dem Gang.

Nach ungefähr einer halben Stunde klappte er den Rechner zufrieden zu und packte alles zurück in den Koffer. Bevor er den Technikraum verließ, blieb er vor dem Verteilerkasten stehen, den er unter Zacharies Augen scheinbar fachkundig inspiziert hatte. Mit einem Lötgerät machte er sich dann an den Kabeln zu schaffen. Sofort breitete sich ein bestialischer Gestank aus, und dichter Qualm stieg auf. Rasch verstaute er seine Gerätschaften und rannte den Gang zurück, den er gekommen war. Hinter sich hörte er bereits das Heulen des Feuermelders. Keuchend stieß er die Tür zur Überwachungszentrale auf, und der dicke Mann, der in einem Stuhl vor den flimmernden Bildschirmen saß, schrak zusammen.

„Was –?"

„Feuer! Ich glaube, da hinten brennt es!", rief Duva und deutete in die Richtung, aus der er gekommen war. Der Dicke zog erst die Stirn kraus, dann weiteten sich seine Augen, und er sprang vom Stuhl auf, so schnell das bei seiner Beleibtheit eben möglich war.

„Was haben Sie gemacht, verdammt noch mal?"

Der Detektiv richtete sich zu seiner vollen Größe auf und brüllte ihn an: „Halten Sie die Klappe, und rufen Sie die Feuerwehr, sonst können wir uns hier unten Gute Nacht sagen!" Der Dicke erbleichte, und für einen Moment schien er die Kontrolle über seine Gliedmaßen verloren zu haben. Als Duva heftig in die Hände klatschte, zuckte der Arme heftig zusammen. „Na los! Machen Sie schon!" Wie ein aufgeschrecktes Huhn scheuchte er den Dicken nach draußen und verschloss die Tür hinter ihm.

Schnell packte er seinen Laptop wieder aus und hämmerte wie wild in die Tasten. Er hatte nicht viel Zeit, aber er brauchte nur knapp drei Minuten, bis er das fand, wonach er gesucht hatte. Auf seinem Bildschirm erschienen sechs kleine Fenster, auf denen sich ein paar Menschen hin und her bewegten. Duva kniff die Augen zusammen und verfolgte einen Mann mit zurückgekämmtem Haar, der ihm merkwürdig vertraut vorkam. Es blieb aber keine Zeit, ihn sich genauer anzusehen. Bevor er den Raum verließ, lugte er nach draußen und hörte bereits hastiges Fußgetrappel. Er setzte sich in Bewegung und rannte auf die Horde Männer in braungelben Anzügen zu. Um ihnen Platz zu machen, drückte er sich an die Wand und deutete den Gang entlang.

„Da hinten! Schnell!"

Sie würdigten ihn keines Blickes, sondern eilten in die angegebene Richtung. Duva wandte sich in die entgegengesetzte Richtung und verließ rasch das Old Colony Building, während er seinen Koffer fest umklammert hielt.

Alte Feinde

Randolphs stand im Regen, und das Haar klebte an seinen eingefallenen Wangen. Den Kopf in den Nacken gelegt blickte er nach oben und bedachte den riesigen Schriftzug über dem gräulichen Gebäude der *Chicago Tribune* mit einem süffisanten Grinsen. Hinter den Scheiben sah er geschäftige Menschen ihrem Tagewerk nachgehen und verspürte ein nostalgisches Gefühl, als er an seine eigene Zeit im Police Departement Chicago zurückdachte. Er machte sich auf den Weg zum Haupteingang des Tribune Towers, wo reges Kommen und Gehen herrschte. Über den beiden eleganten Drehtüren, die ins Innere führten, erhob sich ein reich mit Ornamenten verzierter Rundbogen, der starke Ähnlichkeit mit dem Eingangsportal eines Doms hatte. Randolphs betrat patschnass das Foyer der größten Zeitung Chicagos.

Auf dem schwarzen Marmorboden schepperten die Schuhe der Leute, und ihre Stimmen hallten von der Decke und den Wänden wider. Direkt gegenüber dem Eingang befand sich ein langer, ebenfalls in elegantem Schwarz gehaltener Empfangstresen, den Randolphs geflissentlich umging. Stattdessen steuerte er zielstrebig auf die Fahrstühle zu und blieb neben einer attraktiven Frau in einem eng anliegenden Kostüm stehen. Sie warf ihm einen langen Seitenblick zu und musterte ihn von oben bis unten. Mit einem schiefen Lächeln fuhr er sich gekonnt durch das nasse Haar.

„Gießt wie aus Eimern heute", entschuldigte er sich für sein äußerliches Erscheinungsbild und gewährte ihr galant den Vortritt.

„Ich habe nichts dagegen, wenn es ein bisschen feucht ist", sagte sie und lächelte ihn an, wobei sie eine Reihe makelloser Zähne zeigte. Er erwiderte ihr Lächeln.

Im vierten Stock stieg sie aus, jedoch nicht ohne ihm ihre Visitenkarte zuzustecken. Er betrachtete die Karte und überlegte einen Moment, ob er sie zerknüllen und wegwerfen oder doch behalten sollte. Spontan ließ er die Visitenkarte in der Innentasche seiner Jacke verschwinden.

Im neunten Stock verließ er den Fahrstuhl und folgte zielstrebig dem Gang, der ins Innere der Etage führte. Niemand schien ihn zu beachten, was ihm nur recht war. Zunächst kam er an einer langen Glaswand vorbei, hinter der sich ein paar junge Angestellte um einen ovalen Tisch versammelt hatten und angeregt miteinander diskutierten. Sein Weg führte ihn weiter an einem typischen Großraumbüro vorbei. Hier war die Luft erfüllt von Kaffeegeruch, dem fordernden Klingeln der Telefone und vereinzelten Gesprächen. Dann fiel sein Blick auf eine Glaswand, die mit einer blickdichten Jalousie vom Rest des Büroraumes getrennt war. Auf dem Schriftzug neben der Tür war in silbernen Lettern *Karen MacLachlan, Watchdog Editor* zu lesen.

Ohne anzuklopfen betrat er das Büro. Durch eine deckenhohe Fensterfront bot sich ihm ein atemberaubender Blick über die Stadt. Davor war ein minimalistisch gehaltener Schreibtisch platziert worden. Es sah aus, als würde der Schreibtisch in der Luft über der Stadt schweben. Eine Frau in den Fünfzigern saß an eben jenem Tisch. Bei Randolphs ungebetenem Eintreten sah sie ungehalten von ihrer Arbeit auf. Das fein säuberlich frisierte Haar umrahmte ihr schmales Gesicht, aus dem bei Randolphs Anblick alle Farbe wich. In Zeitlupe hoben sich ihre zusammengezogenen Augenbrauen, und die hellblauen Augen weiteten sich. Kraftlos ließ sie den Stift, den sie eben noch in der Hand gehalten hatte, auf den Tisch fallen. Randolphs lächelte sie nur an und schloss mit sanfter Bestimmtheit die Tür hinter sich. Dann sah er sich aufmerksam in dem Büro um.

„Sie haben es wirklich zu etwas gebracht, Mrs. MacLachlan", meinte er und schritt an einem prall gefüllten Bücherregal vorbei, wobei er mit dem Finger über die Buchrücken fuhr. „Natürlich haben Sie Ihren Erfolg lediglich Ihrem Talent und Ihrem Ehrgeiz zu verdanken." Er warf einen Blick aus dem Fenster und ließ sich dann in einen Ledersessel fallen, der dem Schreibtisch gegenüberstand. „Nicht wahr?"

Steif erhob sich die Redakteurin und streifte ihr Kleid zurecht. Nach dem ersten Schock schien sie ihre Fassung wiedergewonnen zu haben und bedachte ihn mit einem herablassenden Blick, als hätte es sich ein ekelerregendes Insekt auf ihrem Sessel bequem gemacht. Ihre zitternden Hände sprachen jedoch Bände. „Was wollen Sie hier?", fragte sie und verschränkte die Arme vor der Brust.

„Wollen Sie mir nicht erst einmal einen Kaffee anbieten? Wo sind nur Ihre Manieren geblieben? Auf der Leiter nach oben wohl verloren gegangen, wie?" Randolphs schnalzte ungehalten mit der Zunge.

„Ich könnte Sie wegen Hausfriedensbruch auf der Stelle hinauswerfen lassen." MacLachlan holte tief Luft und fuhr betont höflich fort: „Ich frage Sie also ein letztes Mal: Was wollen Sie?"

Sein Lächeln verschwand. Er beugte sich in seinem Sessel vor und sah ihr fest in die Augen. „Meine Würde. Die haben Sie mir mit Ihrem kleinen Artikel, den Sie damals veröffentlicht haben, gestohlen. Und jetzt bin ich hier, um sie mir wiederzuholen." Sie starrten einander einen Augenblick stumm an, dann ließ er sich wieder zurück in den Sessel fallen, legte den Kopf in den Nacken und lachte laut.

„Wie Sie mich ansehen! Wie ein kleiner Hase, den der böse Wolf erschreckt hat." Er erhob sich und näherte sich ihrem Schreibtisch. Keine Sekunde ließ sie ihn aus den

Augen. „Hatten Sie wirklich gedacht, ich würde den Rest meines Lebens in irgendeinem Loch versauern und mit meiner Schande leben?"

„Soweit mich nicht alles täuscht", erwiderte sie nüchtern, „war genau das der Fall."

„Die Betonung liegt auf *war*, meine Liebe", sagte er und schnippte mit einem Finger gegen den Lampenschirm auf ihrem Tisch, der in weitem Bogen ausschwenkte. Dann ließ er sich in ihren Stuhl fallen und verschränkte die Arme hinter dem Kopf. „Ich bin sozusagen auferstanden, wie Phönix aus der Asche. Ist das nicht großartig?"

„Ich habe keine Zeit für solche Spielchen. Ich rufe jetzt den Sicherheitsdienst." MacLachlan griff nach ihrem Handy und hatte bereits eine Taste gedrückt, da schoss Randolphs Hand vor und packte grob ihren Arm. Erschrocken ließ sie das Telefon fallen und starrte ihn an. In seinen dunklen Augen blitzte es bedrohlich.

„Das würde ich an Ihrer Stelle nicht tun."

„Lassen Sie mich los. Sofort."

Für einen Moment hatte es den Anschein, als würde er ihrer Aufforderung nicht nachkommen, doch dann ließ er sie los und deutete mit einer ausladenden Handbewegung auf die Sitzgruppe in der Mitte des Raumes. „Wir sind doch beide zivilisierte Menschen. Reden wir auch wie solche." Sie zögerte, nahm dann aber doch Platz. Steif schlug sie die Beine übereinander, verschränkte die Arme vor der Brust und starrte auf einen nicht vorhandenen Fleck an der Wand gegenüber.

„Also", sagte Randolphs und erhob sich aus dem Stuhl, um gemächlich durch das Büro zu schlendern, „Sie haben keine Zeit für Spielchen, und ich habe keine Lust, mich länger als nötig mit Ihnen aufzuhalten. Dann sagen Sie mir doch, wo die Materialien zu Ihrem netten kleinen Artikel zu finden sind."

„Ich habe in meiner Zeit als Journalistin unzählige Artikel geschrieben." Süffisant zog sie einen Mundwinkel nach oben. „Welchen Artikel meinen Sie?"

Er lächelte nachsichtig. „Sie wissen ganz genau, welchen Artikel ich meine. *Die Säuberung Chicagos.*"

„Sie haben mir damals doch schon alle Unterlagen buchstäblich aus den Händen gerissen. Ich habe gar nichts mehr, was diese Sache angeht." Randolphs schwieg ungehalten. „Ah", machte da die Redakteurin und lächelte. „Sie haben Angst, ich könnte weitere Beweisstücke gefunden haben und diese Story neu aufgreifen. Seien Sie beruhigt. Ich möchte mit Ihnen und Ihren dreckigen Machenschaften nichts mehr zu tun haben."

„Und genau davon möchte ich mich selbst überzeugen. Sie sind eine kluge Frau. Sollten Sie damals Kopien gemacht haben oder es sich jetzt anders überlegen, doch einen Folgeartikel zu schreiben, wären die Folgen nicht abzuschätzen."

„Für Sie?"

Er zeigte ihr die Zähne. „Ganz genau. Für mich. Aber wissen Sie was? Ich sorge mich auch um Ihre Sicherheit und Ihren Ruf."

„Wie komme ich zu dieser Ehre?"

„Nun, ich musste diese schmachvolle Verleumdung, die Sie mir mit Ihrem Artikel beschert haben, am eigenen Leib erfahren. Ich würde nie wollen, dass Ihnen das gleiche Schicksal widerfährt. Es zehrt an der Seele. Und am Körper."

Einen Moment lang herrschte Stille. Dann holte MacLachlan tief Luft, bevor sie erneut zu sprechen begann. „Sie wollen mir also drohen." Es war eine Feststellung, keine Frage.

Randolphs lachte auf und hob abwehrend die Hände. „Wo denken Sie hin? Ich bin lediglich um Ihre Sicherheit besorgt."

„Und von wem, meinen Sie, würde Gefahr für mich ausgehen, wenn nicht von Ihnen selbst?"

Dem kalten Blick ihrer blauen Augen hielt Randolphs gelassen stand. „Ich kann Ihnen wirklich nichts vormachen. Sie haben in den letzten Jahren viel dazugelernt, das muss ich Ihnen lassen. Sie werden mir also nicht geben, worum ich Sie bitte?"

„Sie glauben ja wohl kaum, dass Ihnen irgendein Journalist einfach so sein Material aushändigt?" An ihrer Entschlossenheit war nicht zu rütteln. „Träumen Sie weiter."

„Ich verstehe gar nicht, was Ihr Problem ist. Ich will Sie lediglich von einer Last befreien, die Sie sich selbst aufgebürdet haben. Das ist doch ein sehr ehrenhaftes Motiv, finde ich."

„Ehrenhaft? Finden Sie es ehrenhaft, unschuldige Menschen zu foltern und zu töten? Sie für Dinge hinter Gitter zu bringen, die sie gar nicht begangen haben? Sie sind ein hoffnungsloser Fall, wenn Sie glauben, *das* sei ehrenhaft." Die Abscheu, die sie empfand, stand ihr ins Gesicht geschrieben.

Randolphs schnaubte. „Unschuldige Menschen, sagen Sie. Diese Menschen, die ich angeblich auf dem Gewissen habe, waren ganz sicher nicht unschuldig. Sie haben selbst illegale Methoden verfolgt und sind dabei immer tiefer in die Kriminalität abgerutscht. Das ist nicht meine Schuld, sie hätten besser und gewissenhafter arbeiten sollen."

Sein ganzes Auftreten zeugte von Hass und Abscheu. In diesem Moment sah Karen MacLachlan einen Mann vor sich, der sein Leben verschwendet hatte, um in diesen negativen Empfindungen Befriedigung zu finden. Es hatte ihn ganz offensichtlich von innen heraus zerfressen, sein Gewissen zerstört und seinen Körper dazu. „Ich will mir das nicht länger anhören. Ich weiß, dass Sie schuldig sind, und ich habe versucht, es den Menschen zu beweisen. Sie konnten nur freikommen, weil Sie mächtige Freunde hatten."

„Und Sie nicht."

„Nein. Damals nicht. Aber jetzt schon. Ich an Ihrer Stelle wäre vorsichtig, mit wem ich mich anlege, denn es könnte ganz schnell sehr hässlich werden." Sie stand auf und strich ihr Kleid glatt. Ihre Hände zitterten nicht mehr. „Ich würde vorschlagen, Sie gehen jetzt. Ich habe noch eine Menge zu arbeiten."

Randolphs streckte den Rücken durch und knöpfte in aller Ruhe seine Jacke zu. Bevor er das Büro verließ, drehte er sich ein letztes Mal zu ihr um. „Diesen Rat lege ich Ihnen auch ans Herz." Mit einem Klicken fiel die Tür ins Schloss, und er war verschwunden.

Verschenktes Vertrauen

„Bist du sicher, dass er dich nicht für dumm verkauft hat, oder so?", fragte Ollie nun zum dritten Mal. Langsam riss Arith der Geduldsfaden. Sie standen am Ross's Landing und sahen sich in der Menschenmenge um, aber es war vollkommen unmöglich, jemanden in diesem Gewühl zu finden. Es war ein schöner Herbsttag und zudem ein Samstagnachmittag. Einen schlechteren Zeit- und Treffpunkt hätten sie sich wohl kaum aussuchen können.

„Ja, Mann", knurrte Arith ungehalten und sah noch einmal auf sein Handy, aber er hatte keine neuen Nachrichten bekommen. Zum dritten Mal prüfte er die Nachricht, die Jaiko ihm am Tag zuvor geschickt hatte, und nickte. „Um drei am Ross's Landing. Hier steht's."

„Nur weil er das geschrieben hat, heißt das noch lange nicht, dass er auch kommen wird", maulte Ollie weiter und schob schmollend die Unterlippe vor.

„Am besten wir warten einfach noch ein bisschen", versuchte Ken die Wogen zu glätten.

„Bis wir graue Haare bekommen", grummelte Ollie und stapfte die breiten Stufen hinunter, bis er einen freien Platz gefunden hatte. Missmutig folgten die anderen ihm.

Als Arith ihnen noch am Abend des Schulfestes die Neuigkeit eröffnet hatte, dass sie womöglich beim nächsten Riverbend Festival würden auftreten können, waren sie vollkommen aus dem Häuschen gewesen. Ollie war um sie herum gehüpft wie ein wildgewordener Flummi, Ken hatte einen Asthmaanfall bekommen, und sogar Milo hatte die Aussicht auf ein solches Großereignis den Hauch eines Lächelns ins Gesicht zaubern können.

Den restlichen Abend hatten sie damit verbracht, sich vorzustellen, wie das Festival aus dieser neuen Perspektive ablaufen, wie ihr Auftritt sein und wie das Publikum ihnen voller Begeisterung zujubeln würde. Sie würden die Newcomer schlechthin in Chattanooga sein, und eine renommierte Plattenfirma würde endlich auf sie aufmerksam werden und ihnen einen Vertrag anbieten wollen, den Jaiko als ihr neuer Agent kritisch unter die Lupe nehmen würde. Es hatte sich alles zu schön angehört, um wahr zu sein.

„Also wenn der Kerl nicht in fünf Minuten auftaucht, dann gehe ich. Darauf könnt ihr Gift nehmen!", keifte Ollie.

„Dann bleibt mehr für mich übrig, denke ich mal", ertönte eine vertraute Stimme, und Arith sah auf. Zwei Stufen über ihnen stand Jaiko in einem luftigen Anzug und mit seiner Sonnenbrille auf der Nase. In beiden Händen hielt er prall gefüllte Tüten. Aus der einen duftete es verführerisch. „Tut mir schrecklich leid, Jungs, aber ich wurde noch im Büro aufgehalten. Aber als Entschädigung habe ich euch Hot Dogs mitgebracht." Er wedelte mit einer der Tüten vor ihren Nasen herum und verbreitete einen angenehmen Duft.

Ollie sah den Neuankömmling mit großen Augen an und schenkte ihm ein Grinsen, das von einem Ohr zum anderen reichte. „Ich mag Sie jetzt schon, Sir."

Der Scout verteilte die Hot Dogs, und es wurde ein angenehmes Picknick. Ollie stopfte sich seinen Hot Dog so schnell hinein, dass er kurze Zeit später verstohlen zu Milo hinüber blickte, der genüsslich seinen Hot Dog aß. Jaiko lachte auf und fischte eine zweite Portion heraus, die Ollie mit rotem Gesicht dankbar entgegennahm. Arith war sehr erleichtert, dass sich dieses Meeting als ein entspanntes Picknick entpuppt hatte.

„Ihr seid eine wirklich lustige Truppe", meinte dann Jaiko an die Jungen gewandt.

„Wir geben unser Bestes, Sir", antwortete Ollie und schob sich seinen zweiten Hotdog in den Mund.

Jaiko machte eine abwehrende Geste. „Lass das mit dem Sir, ich bin nicht mein Großvater."

„Stimmt es, dass Sie uns für das Riverbend Festival engagieren wollen?", fragte Ken rundheraus, und vier Augenpaare waren gespannt auf den Scout gerichtet. Dieser hielt einen Augenblick inne, dann nahm er seine Sonnenbrille ab und blickte sie einem nach dem anderen ernst an.

„Ihr seid im Gespräch als Newcomer-Band aus Chattanooga beim Riverbend aufzutreten, ja. Das heißt aber nicht, dass ihr auch automatisch dabei seid. Ich kann euch leider nichts versprechen. Das letzte Wort hat immer noch mein Chef." Da sie nun auf den Boden der Tatsachen zurückgeholt worden waren, schauten sie etwas zerknirscht drein. Offenbar taten sie ihm leid. „Aber ich werde ein gutes Wort für euch einlegen. Ihr seid wirklich gut, also stehen eure Chancen gar nicht so schlecht." Er klopfte Arith auf die Schulter. „Keine Sorge, ihr werdet das schon schaffen."

Sie nickten und waren merklich erleichtert. Eine ganze Weile sprachen sie noch über das Festival, während sich die Sonne stetig dem Horizont näherte. Die Leute wickelten sich fester in ihre Jacken oder verließen das Ross's Landing. Bald verabschiedeten sich auch die vier Jungen von Jaiko und schlenderten die Straßen Chattanoogas entlang, voller Hoffnung im Herzen und Freude über eine solch großartige Chance.

„Der Typ ist super", fasste Ollie das Treffen zusammen.

„Ja, er ist wirklich sehr nett und scheint uns auch zu unterstützen, damit wir beim Riverbend mitmachen können", fügte Ken hinzu. Seine Wangen waren gerötet, und er strahlte über das ganze Gesicht. Milo brummte zustimmend.

„Ich habe euch ja gesagt, dass er klasse ist", meinte Arith.

„Klar, hast du immer schon gesagt." Ollie nickte heftig und sah dabei aus wie ein Wackeldackel auf der Rückablage eines Autos. Sie lachten bei dem Anblick ihres Freundes.

An einer Kreuzung wartete ein großer Van, in dem Kens Mutter saß und die Jungen nach Hause fahren wollte. Ken, Ollie und Milo waren bereits eingestiegen, aber Arith machte keine Anstalten, seinen Freunden zu folgen. Fragend streckte Mrs. Ferguson den Kopf aus dem Fenster.

„Willst du nicht einsteigen, Arith?", fragte sie.

Der Junge schüttelte den Kopf. „Das ist nicht nötig. Meine Grandma wollte mich hier abholen. Ich warte so lange."

„Bist du sicher?" Sie schien diesen Plan nicht gutzuheißen. „Mir wäre wohler dabei, wenn du nicht alleine hier warten müsstest."

„Keine Sorge, Mrs. Ferguson. Meine Grandma wird bald hier sein." Obwohl seine Worte sie nicht milde stimmen konnten, nickte sie bloß und fuhr dann mit seinen drei Bandkollegen im Gepäck davon. Arith winkte ihnen zu und schlenderte dann auf den Grünstreifen der Kreuzung umher.

Es war eine ruhige Gegend, nur ab und an fuhr ein Auto vorbei. Er steckte die Hände tief in die Jackentasche, die Schultern zog er bis zu den kalten Ohren hoch und hoffte, dass seine Grandma sich beeilen würde. Der Hot Dog hielt nämlich nicht sehr lange vor. Als sie nach zehn Minuten immer noch nicht aufgetaucht war, rief er auf ihrem Handy an, aber das war ausgeschaltet. Vermutlich hatte sie wieder einmal vergessen, ihr Handy aufzuladen. Seufzend stöpselte er sein Handy an, um zum Zeitvertreib etwas Musik zu hören.

Das matte Licht, das aus den Fenstern der umliegenden Häuser drang, warf bizarre Schatten auf die Straße. Leise rauschte der Wind in den bereits kahler werdenden Baumkronen, und er zitterte. Um sich ein wenig aufzuwärmen, folgte er ein Stück weit der Straße.

Plötzlich hörte er Schritte. Er drehte die Musik leiser, bis sie kaum mehr zu hören war, und lauschte angestrengt. Die Schritte wurden lauter und kamen näher, je schneller Arith die Straße entlanglief. Sein Herz begann zu rasen, kalter Schweiß trat auf seine Stirn, und er verkrampfte die Hände in den Taschen. Er nahm all seinen Mut zusammen, blieb abrupt stehen und wirbelte herum, um seinen Verfolger direkt zu konfrontieren. Doch da war niemand. Obwohl er sich die Schritte definitiv nicht eingebildet hatte, konnte er nirgends eine dazugehörige Person ausmachen. Er blickte um sich und sah plötzlich eine blasse Hand, die sich nach ihm ausstreckte. Erschrocken hielt er die Luft an und wollte der Hand ausweichen, da stolperte er in seiner Hast und Panik über die eigenen Füße und krachte der Länge nach auf den Asphalt.

„Arith!", rief jemand, und der Junge hob mühsam den Kopf. Besorgt blickte Jaiko auf ihn herab. In der einen Hand hielt er die Ohrstöpsel, die er Arith bei dem Sturz aus den Ohren gerissen hatte.

„Aua", jammerte Arith und tastete seinen schmerzenden Hinterkopf ab, aber glücklicherweise blutete er nicht.

„Komm, steh auf." Jaiko half ihm hoch, und sofort wurde Arith schwindelig. Der Mann stützte ihn, damit er nicht noch einmal auf dem Boden aufschlug. Auf einer Bank ließen sie sich nieder.

„Alles klar?", fragte Jaiko besorgt und besah sich Ariths Hinterkopf, ob der Junge eine Wunde davongetragen hatte.

„Geht schon."

„Hätte ich gewusst, dass du so reagieren würdest, hätte ich mich nicht so angeschlichen", entschuldigte er sich. „Ich dachte, du könntest mich wegen der Ohrstöpsel nicht hören."

„Warum sind Sie mir überhaupt gefolgt?"

Jaiko sah ihn mit einem unergründlichen Blick an und ließ sich Zeit mit der Antwort. „Ich wollte noch einmal mit dir alleine sprechen."

„Wieso denn?"

Wieder zögerte Jaiko, dann holte er tief Luft und sagte: „Ich kenne deinen Vater."

Im ersten Augenblick glaubte Arith, nicht richtig gehört zu haben, und schüttelte den Kopf. „Was? Meinen Vater?"

„Ja, Victor Duva. Wir hatten in den letzten Jahren zwar nicht mehr so viel Kontakt, aber ich kenne ihn." Arith blinzelte verwirrt und wusste nicht, was er sagen sollte. Jaikos Lachen riss ihn aus seinen Gedanken. „Ich musste gerade daran denken, wie du die Straße entlanggegangen bist."

„Wieso? Was ist damit?"

„Dein Vater läuft genauso." Sofort verspürte Arith den Drang, aufzustehen und wegzurennen. Dieses Gefühl hatte er immer, wenn sein Vater das Gesprächsthema war. „Die Schultern nach oben gezogen, den Kopf dazwischen eingeklemmt und die Hände in den Taschen." Er machte diese Haltung nach und sah aus, als würde er eine Dehnübung machen. Trotzdem war Arith nicht nach Lachen zumute. Jaiko sah von seinem Versuch, ihn aufzumuntern, ab und ließ die Schultern sinken. „Du hast ihn nie kennen gelernt, oder?" Stumm starrte Arith in die Dunkelheit. „Aber ich weiß, dass er dich unglaublich gerne kennengelernt hätte. Das hat er mir erzählt."

„Wieso hat er es dann nie versucht? In vierzehn Jahren hat er es nicht ein einziges Mal geschafft, mich zu besuchen. Oder eine Karte zu schreiben. Oder anzurufen." Ohne auf Jaiko zu warten, erhob er sich und stampfte den Gehweg entlang. Jaiko lief hinter ihm her und packte ihn am Arm, um ihn zum Stehen zu zwingen. „Er hat es versucht, glaub mir, aber er hat es nicht übers Herz gebracht. Du erinnerst ihn zu sehr an deine Mutter, seine tote Frau. Den Anblick hätte er nicht ertragen." Arith presste fest die

Lippen aufeinander. „Versuch doch wenigstens, ihn ein bisschen zu verstehen."

„Er hat auch nicht versucht, *mich* zu verstehen." Er riss sich los und stapfte missmutig weiter. Er hörte, wie Jaiko ihm langsam folgte, aber er drehte sich nicht um. Nach ungefähr fünf Minuten hielt ein alter Passat mit quietschenden Reifen direkt neben Arith, und seine Großmutter ließ das Fenster herunter.

„Entschuldige, ich wurde aufgehalten. Geht es dir gut?", fragte sie, als sie sich ihren Enkel genauer ansah. „Ist etwas passiert?"

„Nein, nichts", beruhigte er sie rasch und drehte sich zu Jaiko um, der ein paar Meter hinter ihm stehen geblieben war. „Ich komme gleich", meinte er in Richtung seiner Großmutter. Dann kehrte er zu Jaiko zurück und sah betreten auf seine Schuhe. „Tut mir leid, falls ich unhöflich war. Es ist nur … Ich bin nicht gut auf meinen Vater zu sprechen, wissen Sie."

Jaiko nickte verständnisvoll. „Ja, ich weiß. Trotzdem musst du lernen, nicht jedem zu misstrauen. Es gibt Menschen, die sich um dich sorgen und dich lieben." Er legte ihm väterlich eine Hand auf die Schulter. „Du musst lernen, Menschen zu vertrauen, Arith." Er sah den Mann an, der ihm bereits nach so kurzer Zeit näherstand als sein leiblicher Vater. Vielleicht hatte er ja Recht.

„Ich versuch's."

Jaiko lächelte und drückte noch einmal seine Schulter, dann wandte er sich zum Gehen. Bevor er in der Dunkelheit verschwand, winkte er Arith noch einmal zu.

Enttarnt

Um das Lagerhaus herum heulte der Wind wie ein verwundetes Tier und peitschte den Regen gegen die maroden Mauern. In seiner Zentrale konnte Duva nichts von dem Sturm, der draußen tobte, hören. Große Kopfhörer bedeckten seine Ohren, und gebannt starrte er auf einen der vielen Bildschirme. Das Bild, dem er seine volle Aufmerksamkeit schenkte, zeigte einen hageren Mann mit einem ungepflegten Dreitagebart und schütter werdendem Haar. Seine dünnen Lippen bewegten sich unablässig, und Duva hörte gespannt mit, was er zu sagen hatte. Er führte ein Telefonat mit Karl Jaikovsky, den er mittlerweile als den Mann entlarvt hatte, dem er in der Lounge des Kinzie Hotels einen Whiskey serviert hatte und der zudem auch seine Wohnung auf den Kopf gestellt und bis hin zur Kloschüssel komplett verwanzt hatte.

„...nicht sehr erfolgreich verlaufen. Diese Frau treibt mich noch in den Wahnsinn. Ich bin sicher, dass sie in dieser Sache weiter herumgeschnüffelt und neue Beweise gefunden hat", sagte gerade der hagere Mann und klang dabei sehr frustriert. Offenbar war etwas nicht so verlaufen, wie er es sich vorgestellt hatte.

„Wenn Sie ehrlich sind, war Ihr Überredungsversuch doch von vornherein nicht vielversprechend gewesen", meinte Jaikovsky, dessen Spitzname offenbar die Kurzversion Jaiko war. „Kaum ein Journalist würde sein hart erkämpftes Infomaterial einfach so auf dem Silbertablett präsentieren. Weder einem Feind noch einem Freund."

„Hätte sie das mal lieber getan."

„Ich glaube nicht, dass sie eine Gefahr für uns wird. Sie hat vierzehn Jahre lang die Füße stillgehalten. Wieso sollte sie jetzt plötzlich den Mund aufmachen?"

„Weil diese verfluchte MacLachlan eine Verfechterin der Wahrheit ist. Wir hätten sie damals sofort mundtot machen sollen."

„Was sollen wir Ihrer Meinung nach jetzt tun?"

Duva sah, wie sich der Mann, dessen Namen er noch nicht kannte, in seinem Stuhl zurücklehnte. „Was nötig ist. Ich brauche Sie so schnell wie möglich hier, damit Sie die Sache erledigen können."

„Wieso machen Sie es nicht selbst?"

Einer der anderen Bildschirme blinkte plötzlich auf, und Duva öffnete eine E-Mail, die etliche Dokumente und Zeitungsausschnitte enthielt. Auf allen war das Gesicht des Mannes zu sehen, der in einem Büro des Old Colony Buildings saß und so gedankenlos telefonierte. Duva hatte gedacht, diese Leute würden vorsichtiger vorgehen, aber offenbar glaubten sie nicht, dass jemand es wagen würde, sie abzuhören oder Nachforschungen über sie anzustellen.

Er hieß Darron Randolphs und war ehemaliger Chief Detective der Chicagoer Polizei. Ein astreines Führungszeugnis strahlte Duva entgegen. Er war der beste Absolvent der Polizeischule gewesen, und auch seine berufliche Laufbahn schien aus dem Lehrbuch zu stammen. Scheinbar gab es keinen Makel an ihm, doch Duva wusste es besser. Kein Mensch auf der Welt war fehlerlos, jeder hatte ein Geheimnis, egal welcher Art. Ob es nun ein mittelschweres Vergehen gegen den unfairen Chef oder eine heikle Affäre mit der Frau des besten Freundes war: Jeder hatte Geheimnisse, und mit den richtigen Mitteln und Methoden konnte man diese auch aufdecken. Würde Duva nicht an diesen Grundsatz glauben, hätte er sich wohl bei der Berufswahl ordentlich geirrt.

Darron Randolphs war keine Ausnahme. Während der Lektüre von Randolphs Akte stieß er auf ein Detail, das ihn stutzten ließ. Nachdem er sich über zwanzig Jahre lang in der Polizei hochgearbeitet hatte, wurde Randolphs im Jahre 1999 plötzlich fristlos entlassen. Offiziell hieß es, er sei aus familiären Gründen zurückgetreten. Doch das war nur eine übliche Floskel dafür, dass er etwas verbockt hatte und ihn jemand loswerden wollte. Es war dasselbe Jahr, in dem all die Detektivkollegen Duvas hinter Gittern gelandet, spurlos verschwunden oder anderweitig aus dem Weg geräumt worden waren. Es war das Jahr, in dem Taliah vor seinen Augen erschossen worden war.

Duva runzelte die Stirn und besah sich das Foto des Mannes genauer. Er hatte kaum mehr etwas mit dem müden Mittfünfziger gemein, den er hier auf dem Bildschirm sah. Auf dem Foto war ein selbstsicherer, junger Mann zu sehen, dem alle Türen offenstanden und der auch den Mut und den Grips besaß, sie aufzustoßen und zu durchschreiten. Dann durchfuhr es Duva wie einen Blitz.

Er kannte ihn. Wie hatte er so blind sein können? Er hatte Randolphs vor Jahren schon gekannt und oft genug Fotos und Berichte im Fernsehen und in der Zeitung gesehen. Sogar im Radio war über ihn gesprochen worden, aber diesen verbitterten Mann hatte er mit dem erfolgreichen Polizeidirektor nie in Verbindung gebracht.

„Oh, Vickie, wie konnte er dir nur so leicht durch die Lappen gehen?", murmelte er zu sich selbst und schüttelte den Kopf, als ihm so einiges klar wurde. Er hatte das Gefühl, als wäre die Sache, in die er hier hineingeraten war, viel größer, als er geahnt hatte.

„...muss noch den Auftrag erledigen", drang Jaikos Stimme wieder an Duvas Ohr, und er horchte auf.

„Wie weit sind Sie denn schon?", fragte Randolphs und war aus irgendeinem Grund plötzlich sehr ungehalten.

„So etwas geht nicht innerhalb einer Woche."

„Ich will keine Ausreden von Ihnen hören, sondern Fortschritte."

Einen Augenblick herrschte angespannte Stille.

„Ich habe ihn so weit, dass er sich mir anvertraut. Das ist ein ziemlicher Fortschritt, wenn man bedenkt, wie wenig Zeit ich hatte." Auch Jaiko klang gereizt. Nach einer fruchtbaren Zusammenarbeit hörte sich das für Duva nicht gerade an.

„Er vertraut sich Ihnen an? Ich bitte Sie, Jaiko, Sie sollen nicht sein bester Freund werden, verdammt noch mal."

„Sie wollten *meine* Hilfe. Also entweder erledige ich das auf meine Art oder Sie können sich selbst mit diesen Halbwüchsigen herumschlagen." Ganz offensichtlich war er verärgert und frustriert. Duva fragte sich, weshalb die beiden unbedingt zusammenarbeiten mussten, wo sie sich doch nicht riechen konnten.

Randolphs ging gar nicht auf Jaikos Drohung ein. „Uns läuft die Zeit davon. Beeilen Sie sich also ein bisschen." Mit diesen Worten donnerte er den Hörer auf den Apparat und lehnte sich so weit in seinem Stuhl zurück, dass er Gefahr lief, hinten über zu kippen. Er presste die Handballen in die Augenhöhlen und verharrte eine ganze Weile in dieser Position. Nachdenklich verschränkte Duva die Hände vor dem Kinn und ließ sich das Gespräch noch einmal durch den Kopf gehen. Von welchem Jungen war die Rede gewesen? Und weshalb sollte dieser Jaiko sein Vertrauen gewinnen? Langsam formte sich ein Gedanke im Gehirn des Detektivs. Es dauerte nicht lange, bis der Gedanke konkrete Gestalt angenommen hatte, und als Duva dessen Tragweite vollkommen begriffen hatte, durchfuhr es ihn vor Schreck.

Arith.

Vater und Sohn

Die Freesticks hatten schon etliche kleinere Auftritte gehabt, auch bereits vor größerem Publikum, aber nie war Arith so nervös gewesen wie an diesem Tag. Für ihre Proben hatte sich Kens Mutter breitschlagen lassen, ihnen einen Teil des Kellers zur Verfügung zu stellen. Die Wände und Decken hatten sie behelfsmäßig mit Eierkartons zugeklebt, damit nicht irgendwann die Nachbarn wegen des Lärms auf der Matte stehen würden. Milo saß wie immer etwas erhöht auf einem kleinen Podest, wodurch er nur noch massiger wirkte. Ken hatte sich mit seinem viel zu kleinen Keyboard auf der rechten Seite postiert, Ollie hüpfte auf der anderen Seite herum, während Arith in der Mitte stand und sang.

Auf einem Stuhl direkt vor ihnen saß Jaiko und hörte ihnen aufmerksam zu. Seiner Miene war nicht zu entnehmen, ob er nun zufrieden mit ihrer Musik war oder sie grottenschlecht fand. Arith spürte, wie ihm der Schweiß auf die Stirn trat. Er warf seinen Freunden einen Seitenblick zu, aber die gingen vollkommen in der Musik auf und ließen sich keinerlei Nervosität anmerken. Also schloss er die Augen und tat es ihnen gleich. Tatsächlich legte sich seine Unruhe, und er genoss das Gefühl, mit seinen Freunden Musik zu machen.

Als sie geendet hatten, stand Jaiko auf und klatschte in die Hände. „Super, Jungs. Wenn ihr so bei meinem Chef vorspielt, habt ihr den Platz beim Riverbend so gut wie sicher." Er grinste sie an, und sofort brachen sie in Jubelgeschrei aus.

„Habt ihr auch selbst geschriebene Songs?", fragte er, als sie sich wieder beruhigt hatten.

Seine Bandmitglieder warfen Arith einen vielsagenden Blick zu. Der räusperte sich und meinte etwas verlegen: „Nur ein paar. Meistens covern wir Songs, aber wir haben auch zusammen ein oder zwei Songs selbst geschrieben. Sie sind aber nicht sehr gut."

„Was redest du da, Mann?", schaltete sich Ollie entrüstet ein. „Er hat einen ganzen Ordner mit Songs, die er selbst geschrieben hat. Die sollten Sie sich mal reinziehen."

Sofort wurde Arith rot und winkte ab. „Die sind wirklich nichts Besonderes. Wollen Sie sich vielleicht noch einen Song anhören?", fragte er rasch, um vom Thema abzulenken, und hatte schon seine Gitarre geschnappt, als Kens Mutter die Treppe herunterstieg. Dabei musste sie den Kopf einziehen, um sich nicht zu stoßen. Sie war genauso groß und schlaksig wie ihr Sohn. Hinter ihr kam ein ebenso großer, bulliger Mann drein. Er trug eine blaue Arbeiterkluft und hatte einen schweren Koffer in der Hand. Unter einer Kappe lag sein Gesicht im Schatten, und man konnte nur seine markante Hakennase hervorragen sehen.

„Jungs, ihr könnt jetzt erst mal nicht weiterspielen. Der Elektriker muss die Sicherungen prüfen." Sie ließ den Mann vorbei, der in Richtung des Sicherungskastens ging, ohne auch nur ein Wort zu verlieren. „Am besten macht ihr eine Pause, bis er fertig ist. Ich habe oben heiße Schokolade und Kekse." Ollie sauste augenblicklich quer durch den Keller und die Treppe hinauf, während Milo ihm etwas schwerfällig folgte.

„Mr. Jaikovsky, wir können dann schon einmal das Formale klären", meinte Mrs. Ferguson und warf ihm einen ernsten Blick zu. Arith grinste dem Scout zu, der nicht gerade begeistert aussah, und sie folgten Kens Mutter hinauf.

„Junge?", rief plötzlich eine tiefe Stimme, und Arith blieb auf der Hälfte der Treppe stehen. Der Elektriker deutete auf den Kabelsalat, der zu ihren Instrumenten und Lautsprechern führte. „Könntest du mir hier helfen?"

Arith seufzte, dann stieg er die Stufen wieder hinunter und trat zu dem Elektriker. „Warum kümmern Sie sich denn um die Kabel, wenn Sie doch nur die Sicherung –" Der Mann hob den Kopf und sah ihn aus den Schatten heraus an. Das Herz des Jungen setzte für einen Moment aus, und ihm klappte der Mund auf. Er wusste, wer dieser Mann war, obwohl er ihm zum ersten Mal im Leben direkt gegenüberstand.

„Arith."

Eine Gänsehaut überkam den Jungen. Er wusste nicht, was er sagen oder tun sollte, also stand er einfach nur da und starrte seinen Vater an. Auch der Mann suchte offenbar nach den richtigen Worten, aber als sie ihm nicht einfallen wollten, ließ er die Schultern hängen und seufzte. „Ich bin froh, dass es dir gut geht." Er atmete tief durch und richtete sich wieder auf. Sein Blick war fest auf seinen Sohn gerichtet. „Ich möchte dir so viel sagen, aber wir haben keine Zeit. Du bist in Gefahr. Verlass sofort dieses Haus, geh nach Hause und warte auf meine Nachricht."

„Wie… Wie bitte? Was?" Arith konnte noch immer nicht begreifen, was hier gerade passierte.

„Dieser Mann, der sich Karl Jaikovsky nennt, ist nicht der, für den er sich ausgibt. Er ist ein Krimineller, der dein Vertrauen missbraucht, um an mich heranzukommen. Ich muss dich so schnell wie möglich in Sicherheit bringen." Sein Vater hatte so schnell gesprochen, dass Arith ihm gedanklich nicht folgen konnte. Was redete er da nur?

„Ich verstehe gar nichts mehr." Als er sich abwenden wollte, packte sein Vater ihn an den Schultern und zwang ihn, stehen zu bleiben.

„Du bist verwirrt, das ist verständlich. Ich werde dir alles erklären, aber zuerst müssen wir von hier verschwinden", redete Duva auf ihn ein und warf einen raschen Blick die

Treppe hinauf. „Ich habe nicht mehr viel Zeit. Traue ihm auf keinen Fall, egal, was er zu dir sagt. Er ist gefährlich."

„Das ist doch …"

„Verhalte dich ganz normal, damit er keinen Verdacht schöpft. Tu nichts Unüberlegtes und warte auf meine Nachricht." Damit ließ er ihn los, schnappte sich seinen Koffer und wandte sich genau in dem Augenblick ab, als Jaiko die Treppe herunterkam.

„Arith? Kommst du?" Er warf dem Elektriker, der sich augenscheinlich an den Sicherungen zu schaffen machte, einen flüchtigen Blick zu. „Alles in Ordnung?"

Der Junge schluckte und zwang sich zu einem Lächeln. „Ja, klar. Ich komme." Ohne noch einmal in die Richtung seines Vaters zu schauen, stieg er die Treppe hinauf und setzte sich zu den anderen an den Tisch. Es fiel ihm schwer, sich zu konzentrieren, und im Nachhinein konnte er nicht mehr sagen, worüber sie sich eigentlich unterhalten hatten. Wie gelähmt saß er da und vergaß sogar seine Schokolade, die klumpig und kalt wurde. Immer wieder ging er das kurze Gespräch, das er mit seinem Vater geführt hatte, durch, und je länger er darüber nachdachte, desto verwirrter wurde er. Jaiko saß ihm gegenüber und unterhielt sich angeregt mit Kens Mutter. Arith wusste nicht, was schwerer zu glauben war: Dass dieser Mann ein Schwindler sein sollte oder dass sein Vater unten im Keller stand.

Ein plötzliches Klingeln riss ihn aus seinen Grübeleien, und er beobachtete Jaiko, der entschuldigend sein Handy hochhielt, um anzudeuten, dass er rangehen müsse. Er verschwand im Flur, und man hörte die Haustüre ins Schloss fallen. Der Junge wusste nicht, was ihn antrieb, aber auch er entschuldigte sich, dass er auf die Toilette müsse, und folgte Jaiko nach draußen. Bevor er das Haus verließ, schielte er durch eines der kleinen Fenster und sah den Mann in ein Gespräch vertieft im Vorgarten der Fergusons stehen. So leise wie möglich öffnete Arith die Tür, schloss sie hinter sich und hastete über die Veranda und die wenigen Stufen hinunter, um sich hinter einem hüfthohen Busch nahe Jaiko zu verstecken. Es war sehr riskant, und er hätte keine logische Erklärung, weshalb er sich im Garten versteckte, aber die Worte seines Vaters hatten sich ihm unangenehm ins Gehirn gebrannt. Arith musste sichergehen, dass sein Vater unrecht hatte, was Jaiko anging.

„… nicht entscheiden. Der Junge hat rein gar nichts damit zu tun. Er weiß nichts." Am anderen Ende der Leitung sagte jemand etwas, woraufhin Jaiko genervt schnaubte. „Wenn Sie mir nicht glauben wollen, kann ich ihn auch gerne nach Chicago verfrachten, damit Sie selbst mit ihm reden können." Ariths Herz setzte aus. „Aber er wird Ihnen nichts sagen, weil er nichts weiß!" Die letzten Worte zischte Jaiko regelrecht ins Telefon, und Arith überkam eine Gänsehaut. „Gut. Aber wenn wir uns selbst mit dieser Aktion Duva auf den Hals hetzen, sind Sie selbst schuld." Er legte auf, stieß ein bedrohliches Knurren aus und stapfte zurück ins Haus. Als er an Ariths Versteck vorbeikam, duckte sich der Junge und betete, dass der Mann ihn nicht sehen möge. Er hatte Glück und hörte gleich darauf die Tür wieder ins Schloss fallen. Erst jetzt merkte er, dass er die Luft angehalten hatte, und atmete aus.

Sein Vater. Was hatte er mit dieser ganzen Sache zu tun? Worum ging es hier? Arith hatte sich mit dieser Aktion Antworten versprochen, aber stattdessen blieb er nur mit noch mehr Fragen zurück.

„Halte es geheim. Bewahre es gut."
– Gandalf

So schnell es ihr enges Kostüm und die hochhackigen Schuhe erlaubten, hastete Karen MacLachlan die belebten Bürgersteige entlang. Sie hatte keine Zeit, auf die anderen Passanten Acht zu geben. Ungeniert rempelte sie alle möglichen Leute an, entschuldigte sich aber nicht, sondern suchte sich den schnellsten Weg durch die zähe Menschenmasse. Immer wieder sah sie auf das Display ihres Handys, als würde ihr Leben davon abhängen. An einer Ampel blieb sie stehen und musste sich zwingen, nicht nervös von einem Bein aufs andere zu wechseln. Als plötzlich ein schrilles Piepen ertönte, zuckte sie so heftig zusammen, dass ein Regenschauer von ihrem Schirm herabrieselte. Mit zitternden Händen nahm sie den Anruf an.

„Jessy", schrie sie fast und ignorierte die Leute um sie herum, die ihr vorwurfsvolle Blicke zuwarfen. „Wo bist du gewesen? Ich versuche seit Stunden, dich zu erreichen!"

„Ich habe jemanden interviewt. Da kann ich ja wohl schlecht ans Handy gehen, oder?", antwortete eine muntere Stimme.

Die Ampel schaltete auf Grün, aber MacLachlan konzentrierte sich voll und ganz auf das Telefongespräch. „Hör mir jetzt genau zu und unterbrich mich nicht!"

„Schon gut. Was ist denn heute bloß los mit dir?", murmelte die junge Frau am anderen Ende der Leitung, und MacLachlan konnte Kaugeräusche hören. Bildlich sah sie ihre Nichte vor sich, wie sie in dem überfüllten Büro der *Chicago Sun-Times* saß und genüsslich einen Burger verspeiste.

„Jasmine!" Nun brüllte sie tatsächlich und stampfte mit dem Fuß auf, sodass Wasser ihre Beine hoch spritzte. „Hör mir gefälligst zu!" Für einen Augenblick wurde es still in der Leitung. Die schrille Stimme ihrer Tante und die so gar nicht gewählte Ausdrucksweise ließen die Nichte aufhorchen.

„Was ist los?", fragte diese nun ernsthaft besorgt.

„Stell keine Fragen. Tu einfach das, was ich dir sage." Die Redakteurin holte tief Luft. „Geh in meine Wohnung. Hinter dem Foto deiner Mutter auf der Kommode im Wohnzimmer findest du den Schlüssel zu meinem Safe. Nimm ihn, öffne den Safe und hol alles heraus, was du darin findest." Vom schnellen Sprechen verhaspelte sie sich einige Male und musste sich zur Ruhe zwingen. „Nimm alles mit, und bring es an einen sicheren Ort."

„Welcher Ort ist denn sicherer als ein Safe?"

MacLachlan schloss die Augen. „Jasmine, bitte. Tu es einfach. Sofort."

„Karen, was ist eigentlich los? Du bist total komisch, und das macht mir Angst." Sie klang tatsächlich besorgt, aber MacLachlan versuchte erst gar nicht, ihr die Angst zu nehmen. Sie würde ihre Nichte antreiben und womöglich ihr beider Leben retten.

„Ich weiß, aber es ist wichtig, dass du das für mich tust. Gib die Unterlagen keinem anderen, zeige sie niemandem oder rede auch nur darüber. Bitte, tu das für mich, ja?"

„Ja, natürlich. Aber erst musst du mir sagen, was –"

Eine Hand schob sich zwischen den Menschen, die an der Ampel warteten, vorbei und griff nach ihrem Arm. Sie wurde herumgerissen und starrte in ein vor Schreck erbleichtes Gesicht. Die Augen waren weit aufgerissen, der Mund zu einem großen O geformt. Der Mann wollte etwas sagen, aber dazu kam es nicht mehr. Die Verbindung wurde unterbrochen, als das Handy von Karen MacLachlan knirschend auf dem Asphalt aufschlug. Ein Spinnennetz aus Glas zog sich über das Display, und einzelne Splitter stoben davon.

Was folgte, spielte sich wie in Zeitlupe ab. Zuerst hörte sie einen langgezogenen Aufschrei, der sich ins Unermessliche steigerte und dann abrupt abriss. Erst einige Sekunden später wurde ihr bewusst, dass sie diejenige gewesen war, die diesen Schrei ausgestoßen hatte. Etwas Hartes krachte gegen ihr Bein, und sie knickte ein. Ihr Oberkörper wurde bis zum Äußersten gebogen, und bevor das Rückgrat brach, prallte sie auf der Frontscheibe auf. Unkontrolliert schlackerten die Arme durch die Luft, ihr blondes Haar peitschte durch die Luft, und ihr Kopf wurde nach hinten geschleudert. Aus irgendeinem Grund hatte sich die Stadt auf einmal auf den Kopf gestellt, die Wolkenkratzer bohrten sich ins Erdreich hinein, und der Himmel bestand aus einem Wirrwarr an Menschen und Autos, die verkehrt herum in der Luft hingen.

In ihren Ohren rauschte es, als würde sie neben einem gigantischen Wasserfall stehen. Mit einem lauten Knirschen knallte ihr Kopf gegen die Windschutzscheibe. Im ersten Moment spürte sie nichts, doch dann überkam sie ein unglaublicher Schmerz, der ihr die Sinne raubte.

Für die Passanten bot sich ein grausames Szenario. Die Frau, die dicht am Straßenrand gestanden war, wurde von einem Van erfasst, prallte erst auf der Frontscheibe auf und segelte dann wie eine leblose Puppe quer durch die Luft. Erst einige Meter weiter kam sie auf der Straße zum Liegen. Bremsen kreischten, und Lenkräder wurden panisch herumgerissen, um die Frau nicht noch zu überrollen. Hupen dröhnten und rissen die Menschen aus ihrer Schockstarre. Manche schrien entsetzt auf, andere starrten die Frau bloß an, wieder andere eilten auf sie zu, wagten aber nicht, sie anzufassen. Es wurde ein Notruf abgesetzt, aber als der Rettungswagen angerast kam, war die Journalistin bereits tot.

Der Mann, der in der letzten Sekunde noch die Hand nach ihr ausgestreckt hatte, blieb hinter den Schaulustigen zurück und sah sich nach dem Unfallwagen um. Der schwarze Van stand noch an der Ampel, aber als hätte der Fahrer den Blick des Mannes bemerkt, wurde plötzlich der Rückwärtsgang eingelegt, und der Wagen brauste davon. Es hätte keinen Sinn gehabt, die Verfolgung aufzunehmen. Der Mann wusste ohnehin, wer der Täter war. Als Duvas Mitarbeiter war es seine Aufgabe gewesen, Karen MacLachlan zu beschützen, aber er war gescheitert. Mit gesenktem Kopf entfernte er sich vom Unfallort und wählte eine Nummer. Zwei Mal klingelte es, dann wurde der Anruf durchgestellt.

„Vickie, sie ist tot."

Die Verlierer der Welt

Ein steriler Geruch stach Randolphs in der Nase, als er den kahlen Raum betrat. Neonröhren flackerten an den Decken und verstärkten die unheimliche Atmosphäre der Leichenhalle. Auf der linken Seite stand ein großer Schreibtisch, auf dem sich lediglich ein Laptop und ein paar fein säuberlich aufgestapelte Akten befanden. Die Wände wurden von eisgrauen Schränken, deren Schubladen gewissenhaft mit Etiketten beschriftet waren, verborgen. Während seiner Polizeikarriere war Randolphs oft hier unten gewesen. Doch als er dann Detective Inspector geworden war, hatte er sein Büro nur noch verlassen, um große Reden zu schwingen oder für Fotos zu posieren.

Neben ihm stand ein zwergenhafter Mann, dessen viel zu große Brille ihm ständig auf die Nasenspitze rutschte. Mit dem Mittelfinger schob er sie dann am Steg wieder nach oben, was aussah, als würde er seinem Gegenüber den Stinkefinger zeigen. Der kritische Blick über die Brillengläser trug nicht gerade positiv zu seinem Erscheinungsbild bei. Randolphs hatte ihn mehrmals darauf aufmerksam machen wollen, aber er amüsierte sich viel zu sehr darüber, wenn Fremde diese Geste zum ersten Mal sahen und sich automatisch angegriffen fühlten.

Mitchell Abercrombie war sein Name, aber jeder nannte ihn bloß Abby. Obwohl er diesen Spitznamen hasste, tat er nichts, um sich ihm zu entledigen. Er meinte wohl, die arroganten Polizeibeamten wären die Mühe nicht wert. Für Randolphs war er eine Witzfigur sondergleichen.

„Ich hätte gedacht, Sie wären nach all den Jahren endlich aus diesem langweiligen Loch herausgekommen", meinte

Randolphs und fuhr prüfend mit einem Finger über die Oberfläche des Schreibtisches, die natürlich blitzblank war. Der Pathologe warf ihm einen giftigen Blick zu, verschränkte die Arme vor der Brust und antwortete patzig: „Das Gleiche könnte ich auch über Sie sagen."

„Wir waren uns nie grün, oder, Abercrombie?" Dass er seinen vollen Namen und nicht die demütigende Abkürzung benutzte, entging Abby nicht.

„Nein. Aber das lag wohl an unseren unterschiedlichen Arbeits- und Moralauffassungen."

„Ja, vermutlich." Randolphs setzte sich auf die Kante des Tisches und legte die Hände in den Schoß. „Erinnern Sie sich noch an die alte Dame, die hier war, um ihre verstorbene Tochter zu identifizieren?" Es war eine große Genugtuung zu sehen, wie Abbys Gesicht ebenso bleich wurde wie die Hautfarbe seiner toten Patienten und sich damit all sein Hochmut in Luft auflöste. Seine Lippen pressten sich zu einer schmalen Linie zusammen, und böse sah er Randolphs durch seine Brillengläser an.

„Wieso bringen Sie das wieder aufs Tablett?"

„Ich erinnere mich nur gerne an unsere gemeinsame Zeit zurück, als wir zusammen Verbrechen aufgeklärt und trauernden Angehörigen die Schulter zum Ausweinen angeboten haben. Oder sollte ich vermeintliche Angehörige sagen?" Er grinste diabolisch und weidete sich an dem kläglichen Anblick, den Abby bot.

„Woher sollte ich denn wissen, dass diese Alte bloß hinter dem Geld der Frau her war?" Obwohl dieser Vorfall schon Jahre zurücklag, frustrierte ihn sein Fauxpas, der ihm fast den Job gekostet hätte, immer noch. Er bekam hektische Flecken am Hals, und seine zu Fäusten geballten Hände zitterten.

„Natürlich konnten Sie das nicht wissen", beruhigte Randolphs ihn und näherte sich ihm. „Ich habe Sie vor einer Anklage bewahrt. Wissen Sie noch?" Widerstrebend nickte Abby und blickte an seinem ungebetenen Gast vorbei zu Boden. „Und wissen Sie auch noch, was Sie damals gesagt haben? Nachdem ich Sie gerettet hatte?" Er kaute auf seiner Unterlippe herum und murmelte etwas Unverständliches. Randolphs beugte sich zu ihm hinunter und legte eine Hand an das Ohr, um zu demonstrieren, dass er ihn nicht gehört hatte.

„Wie bitte? Ich bin alt geworden, wissen Sie, mein Gehör verabschiedet sich langsam."

„Ich sagte", wiederholte Abby mit knirschenden Zähnen, „Sie hätten was gut bei mir."

„Jawohl!", rief Randolphs aus, und Abby zuckte zusammen. „Genau das waren Ihre Worte. Sie haben wirklich ein gutes Gedächtnis, das muss ich Ihnen lassen, Abercrombie." Er tätschelte ihm brüderlich die Schulter. „Nun, wo haben wir denn unsere Verlierer der Welt aufgebahrt?" Er kannte die Antwort ganz genau, trotzdem wartete er ab, bis sich Abby in Bewegung setzte und die eisgraue Tür öffnete, die in einen größeren Raum führte. In diesem Augenblick vibrierte es in Randolphs Jackentasche, und entschuldigend hob er eine Hand. Abby sah ihn giftig an, sagte aber nichts.

„Ja?"

Jaikos rauchige Stimme ertönte. „Ich bin's."

„Ich weiß, dass Sie es sind. Was wollen Sie? Ich bin beschäftigt."

„Es ist etwas passiert."

„Haben Sie Duva?" Abby bemerkte den scharfen Unterton in Randolphs Stimme und duckte sich unwillkürlich.

„Nein", erwiderte Jaiko ungehalten. „Der Junge ist verschwunden. Ich habe versucht, seine Spur zu verfolgen, aber er ist weg. Ich werde noch einige Tage bleiben, um nach ihm zu suchen. Vielleicht wissen seine Freunde oder die Großeltern, wo er sich aufhalten könnte."

„Machen Sie sich nicht die Mühe. Duva ist Ihnen zuvorgekommen. Mal wieder." Jaiko setzte zu einer Erklärung an, aber Randolphs hatte einfach aufgelegt. Arith war verschwunden, und es war mehr als wahrscheinlich, dass Duva dahintersteckte. Allein würde der Junge nie auf den Gedanken kommen, einfach so ohne Grund abzuhauen. Vermutlich hatte der Detektiv herausgefunden, dass Jaiko bei ihm war, und Angst um seinen Sohn bekommen.

„Wie rührend", murmelte Randolphs. Sein Zorn hielt sich in Grenzen. Er brauchte Arith nicht zwingend, um an Duva heranzukommen. Dieser Mann war verletzlicher und angreifbarer als er zuerst gedacht hatte. Er würde einen Weg finden. Er fand immer einen.

„Gut." Er klatschte in die Hände und drehte sich wieder Abby zu, der automatisch einen Schritt zurückwich. „Schauen wir uns die Gute einmal an."

Gemeinsam betraten sie die Leichenhalle, in der es noch stärker nach Desinfektionsmittel roch. Abgesehen von den Schränken, die bis an die Decke reichten, war der Raum leer. Abby durchquerte den Raum und zog dann an einem der vielen Griffe. Er musste seine ganze Kraft aufbringen, damit er die Bahre herausziehen konnte. Ein ausgebeultes, weißes Tuch kam zum Vorschein, und mit einem Scheppern rastete die Bahre ein.

Randolphs begann zu zittern. Da lag sie. Noch vor wenigen Tagen hatte er ihr gegenübergestanden und sie gewarnt, aber sie hatte ja nicht auf ihn hören wollen. Es war ihre eigene Schuld gewesen. Bedächtig trat er an sie heran und bedeutete Abby, das Tuch zu entfernen. Der Pathologe zögerte.

„Wenn das hier rauskommt, bin ich meinen Job los. Das wissen Sie, oder?"

„Natürlich. Jetzt machen Sie schon", flüsterte Randolphs und hielt den Blick auf die zugedeckte Leiche gerichtet. Mit einem Ruck schlug Abby das Tuch zurück, und ein blasses Gesicht kam zum Vorschein. Im Licht der Neonröhren mutete die Haut fast durchsichtig an, auch die Lippen waren blutleer. Auf der rechten Seite war ihre Stirn merkwürdig eingedellt. Beinahe sah es so aus, als würde sie bloß schlafen. Neugierig beugte sich Randolphs über sie und betrachtete ihr Gesicht ganz genau, als wollte er sichergehen, dass sie ihm keinen makabren Streich spielte und jeden Moment nach Luft schnappen und ihn böse angrinsen würde.

„So schön", flüsterte er und strich mit dem Zeigefinger über ihre kalte Wange. „Was für eine Verschwendung." Er blieb einen Moment so über sie gebeugt, als wartete er auf etwas. Dann richtete er sich abrupt auf und ließ die Hände in den Jackentaschen verschwinden. Wortlos verließ er das Leichenschauhaus, nicht ohne ein zufriedenes Lächeln auf dem Gesicht.

„Machen Sie sich nicht die Mühe. Duva ist Ihnen zuvorgekommen. Mal wieder." Randolphs legte einfach auf, und ein Piepton drang an Jaikos Ohr. Ungläubig starrte er auf sein Handy und bleckte vor Wut die Zähne.

Es lief ganz und gar nicht nach Plan. Mehrmals hatte er Arith zu erreichen versucht, aber sein Handy war ausgeschaltet. Er konnte es nicht einmal orten oder ihn sonst irgendwie ausfindig machen. Seine Freunde hatte er abhören und verfolgen lassen, aber auch bei ihnen hatte er sich offenbar nicht gemeldet. Genauso wenig wie bei seinen Großeltern, die vermutlich außer sich vor Sorge waren. Jaiko hatte keinen Anhaltspunkt. Er wusste nicht, ob Arith ein Geheimversteck hatte oder einen Treffpunkt, den er mit seinem Vater vereinbart hatte.

Wann hatte Duva seinen Sohn wohl kontaktiert und wie? Es konnte noch nicht lange her sein. Vielleicht ein paar Stunden, aber kaum länger als einen Tag. Er konnte ihn noch erwischen, aber wo sollte er anfangen? In Gedanken versunken schloss er die Augen und lauschte dem Regen, der leise auf das Dach seines Autos trommelte.

Erneut überkam ihn das Gefühl, dass er nicht hier sein sollte. Dass er nicht das tun sollte, was er tat: Kinder ausspionieren, sie anlügen und verraten, ihnen falsche Hoffnungen machen und ihren Lebenstraum zerstören. Doch das war nicht alles, wobei er ein schlechtes Gefühl hatte. Allein die Tatsache, dass er nicht daheim bei seinem eigenen Sohn saß und ihn davon abhielt, sich Bauklötze in den Mund zu stecken, betrübte ihn und ließ ihn an der Sache zweifeln, für die er sich und seine Familie opferte.

Mit den Zeigefingern massierte er sich die Schläfen, als ihn ein hohes Piepen aus seinen Gedanken riss. Er traute seinen Augen kaum, als er die Anzeige auf dem Display seines Handys las. Ein Anruf wurde zwischengeschaltet. Schnell klappte er den Deckel des Koffers, der auf dem Beifahrersitz lag, auf, drückte einen Knopf und wartete dann gespannt, das Handy fest an sein Ohr gepresst. Mindestens drei Mal ertönte das Wartezeichen, bis jemand abhob und eine raue Stimme antwortete.

„Arith? Bist du das?"

Einen Moment herrschte Stille, dann antwortete eine vertraute Stimme. „Du hattest Recht. Jaiko hat mich die ganze Zeit angelogen." Er klang traurig, und Jaiko seufzte schwer.

„Ist alles in Ordnung? Geht es dir gut?"

„Ja."

„Wo bist du?"

„In meiner Schule. Ich wusste nicht, wohin ich sonst gehen sollte. Was soll ich jetzt machen?"

„Bleib, wo du bist. Ich komme und hole dich. Rühr dich nicht vom Fleck."

„Okay … Bitte beeil dich."

„Keine Sorge. Ich komme."

Jaiko saß in seinem Wagen und starrte aus der Frontscheibe in den grauen Tag hinaus. In langen Bahnen strömte Wasser das Glas hinunter, und die Welt verschwamm. Seine Gedanken wurden lahm, und sein Körper erschlaffte. Er war müde und sehnte sich nach Ruhe. Aber er hatte sich dazu entschlossen, mit Randolphs gemeinsam diese Sache zu Ende zu bringen. Trotz der Zweifel, die an ihm nagten, startete er den Motor und fuhr durch die Straßen Chattanoogas.

„Na schieß doch. Du würdest mir einen Gefallen tun."
– Rick Blaine, Casablanca

Duva ließ sein Handy sinken und starrte auf den liebevoll gepflegten Grabstein, der in Form eines Buches gehauen war. Auf der linken Seite war eine einzelne Rose eingraviert, während auf der gegenüberliegenden Seite nur ein Name stand. *Taliah Duva, geb. Thompson.* Es war das erste Mal, dass er vor dem Grab seiner Frau stand. In all den Jahren der Trauer hatte er es nicht über sich gebracht, zu ihrer Grabstätte zu gehen und ihren Namen auf kaltem, totem Stein eingraviert zu sehen.

Er erinnerte sich noch gut an ihre erste Begegnung. Damals hatte Crow ihn bei ihrem ersten großen Fall abkommandiert, einen Bankier zu beschatten, der offenbar in großem Stil Geld hinterzogen hatte. Jonathan Raw saß in einem heruntergekommenen Café, was schon einmal gar nicht zu seinem Profil passte. Seinen Reichtum und Luxus trug er ganz offen zur Schau. Duva würde es nicht überraschen, wenn ihn eine Horde junger Männer auf der Straße überfallen und ihm nur noch seine Boxershorts lassen würde. Und selbst die konnten sie vermutlich noch zu Geld machen.

Lautstark schlürfte Raw seinen Kaffee und ließ mit hochgerecktem Kinn und heruntergezogenen Mundwinkeln den Blick durch den Laden schweifen. In diesem Augenblick trat Taliah aus der Schwingtür, die zur Küche führte. Der Bankier schürzte die Lippen.

„Könnte ich noch einen Kaffee bekommen, bitte?", fragte er honigsüß. Sie nickte freundlich und kehrte mit einer vollen Kanne zurück. Duva saß ein paar Tische entfernt und las augenscheinlich die Zeitung, während er über deren Rand schielte und das Geschehen beobachtete. Während Taliah ihm einschenkte, schielte der Mann frech in ihren Ausschnitt und fuhr sich mit der Zunge über die Lippen.

„Darf ich fragen, wann Sie heute Schluss machen? Ich würde Sie gerne auf einen Kaffee einladen." Mit dem Kinn nickte er in Richtung des dampfenden Gebräus vor ihm. „Und zwar auf einen besseren als den da. Das ist ja eine Zumutung." Offenbar glaubte er tatsächlich, das sei ein Anmachspruch, der zweifelsohne ziehen würde, aber Taliah lächelte ihn bloß weiter höflich an.

„Verzeihen Sie, aber ich muss mich heute und jeden weiteren Abend um meine fünf Kinder kümmern." Sein siegessicheres Grinsen erstarb, und Duva musste an sich halten, um nicht laut loszuprusten. „Falls Ihnen unser Kaffee nicht schmeckt, kann ich Ihnen auch gerne einen Tee anbieten. Aber ich fürchte, der wird Ihren hohen Ansprüchen ebenso wenig gerecht werden." Sie klimperte ihn mit ihren langen Wimpern an und kehrte dann mit schwingenden Hüften hinter die Theke zurück. Raw sah ihr finster hinterher und verschränkte gekränkt die Arme vor der Brust.

In diesem Moment öffnete sich die Tür, und ein kalter Windzug wehte herein. Duva blickte nicht auf, denn er wusste ganz genau, wer da hereingekommen war. Ein ebenfalls schick gekleideter Mann durchquerte mit weit ausgreifenden Schritten das kleine Café. Im Gegensatz zu Raw ging er nicht mit seinem Reichtum hausieren, sondern hielt sich etwas bedeckter. Offenbar kannte er sich in dieser Gegend besser aus als der Bankier. Der junge Privatdetektiv faltete seine Zeitung zusammen, klemmte sie sich unter den Arm und ergriff seine Tasse. Auf dem Weg zur Theke kreuzten sich ihre Wege, und Duva rempelte den Neuankömmling aus Versehen an. Der Detektiv entschuldigte sich, aber der andere Mann musterte ihn nur abschätzig und setzte sich dann an den Tisch zu Raw. Taliah trocknete ein paar Gläser ab und verfolgte dabei das Geschehen.

„Bitte sehr. Der Kaffee war sehr gut."

Selbst in diesem ermüdenden Licht der billigen Glühbirne sah sie wunderschön aus. Das krause Haar wallte um ihr ovales Gesicht, die dunklen Augen hatten einen mysteriösen Schimmer. Wenn sie lächelte, zauberte das liebenswerte Grübchen auf ihre Wangen. Duva starrte sie an und spürte, wie ein Kribbeln seinen Körper durchfuhr.

„Danke. Wenigstens einem hat er geschmeckt", antwortete sie und nahm die Tasse entgegen. Dabei berührten sich ihre Finger, und beide starrten auf ihre Hände. Ihre dunkle Haut war sehr weich und warm. Duvas raue Finger dagegen waren kalt und zitterten ein bisschen. Gleichzeitig schauten sie wieder auf und sahen sich an. Taliah lächelte, und sein Herz setzte aus.

„Eh… ", stotterte er und räusperte sich dann. „Ja. Ich… muss dann gehen." Er zog die Hand zurück und versteckte sie rasch in der Jackentasche. Den beiden Männern, die sich nun angeregt unterhielten, warf er einen letzten Blick zu und war beinahe an der Tür angekommen, als er eine sanfte Berührung an der Schulter spürte.

Taliah stand vor ihm und lächelte ihn etwas verlegen an. „Sie haben etwas vergessen", meinte sie und hielt ihm einen Zettel hin. Er war offenbar aus einem Notizbuch herausgerissen worden. Duva nahm ihn entgegen und faltete ihn auf. Ein Lächeln breitete sich auf seinem Gesicht aus. In hektischer Schrift hatte sie ihren Namen und ihre Nummer aufgeschrieben. Verlegen blickte sie zur Seite und strich sich eine widerspenstige Locke hinters Ohr. „Falls Sie mal Lust haben, kann ich Ihnen einen noch besseren Kaffee machen."

Einen Moment stand Duva bloß stumm da und blickte zwischen ihr und dem Zettel hin und her. Sie trat nervös von einem Fuß auf den anderen und schien offenbar nicht zu wissen, was sie von seinem Schweigen halten sollte. „Ich bin … ein riesiger Fan von Kaffee", erwiderte er etwas lahm, und noch als die Worte seinen Mund verließen, verfluchte er sich dafür. Sie warf den Kopf zurück und brach in ein bezauberndes Lachen aus, und ab da war es endgültig um ihn geschehen.

„Das trifft sich gut. Ich nämlich auch!", rief sie und lachte noch lauter.

Niemals würde er dieses Lachen vergessen. Es war das schönste, das er je in seinem Leben gehört hatte. Schwer ließ er sich auf die kalte Erde fallen und legte eine Hand auf ihren Grabstein. „Du fehlst mir so sehr." Seine Stimme zitterte, und er senkte den Kopf.

Aus geringer Entfernung hörte er Schritte auf dem Kies. Ein letztes Mal strich er sanft über ihren Namen und erhob sich dann langsam, den Blick noch immer auf das reich bepflanzte Grab gerichtet. Es waren mindestens fünf Männer, die sich ihm näherten. Zwei blieben jeweils links und rechts hinter dem Detektiv stehen, zwei weitere positionierten sich ihm gegenüber und schnitten ihm somit jede Fluchtmöglichkeit ab. Duva dachte gar nicht daran zu fliehen. Der Fünfte im Bunde baute sich vor ihm auf und schlug seine Jacke zurück. In seinem Hosenbund klemmte eine Pistole. „Sie kommen mit uns. Machen Sie Probleme, erschießen wir Sie." Duva erwiderte nichts, sondern starrte noch immer auf Taliahs Grab. „Haben Sie mich verstanden?", erhob der Mann nun seine Stimme, beugte sich zu Duva hinüber und schrak zurück.

Aus der traurigen Miene war ein eiskalter und fest entschlossener Gesichtsausdruck geworden. Seine Augen blitzten gefährlich in ihren Höhlen, und jeder mit gesundem Menschenverstand wäre auf der Stelle umgedreht und hätte das Weite gesucht.

„Ich habe verstanden."

Seine Faust schoss nach vorne und brach die Nase des Mannes. Sein Kopf flog in den Nacken, und Blut spritzte hervor. Vor Schmerzen schrie er auf und tastete nach seiner schiefen Nase. Als wäre das der Glockenschlag im Boxring gewesen, sprangen die anderen vier Männer auf Duva zu. Der duckte sich weg und verpasste dem ihm am nächsten Stehenden einen kräftigen Schlag in den Magen, sodass dieser rückwärts stolperte und mit dem Rücken gegen einen hohen Grabstein krachte. Matt sank er in sich zusammen.

Ein kräftiger Schlag traf Duva am Hinterkopf, und er sank im nassen Gras zusammen. Tritte und Schläge prasselten auf ihn nieder, doch er biss die Zähne fest zusammen, bis ihn jemand am Kragen packte und auf die Beine ziehen wollte. Duva streckte die Arme nach oben und schälte sich aus seinem Mantel. Mit einer einzigen Bewegung warf er dem Angreifer den Mantel ins Gesicht und mähte ihn mit einem gezielten Schlag gegen sein Knie von den Füßen. Dumpf kam er auf dem Grab seiner Frau auf.

Einen Moment lang starrte Duva auf die zerdrückten Blumen und die Erde, die überall herumlag. Dann stieß er ein unmenschliches Knurren aus und richtete sich langsam auf, die Schultern weit bis zu den Ohren hochgezogen, als wollte er jeden Moment seine Gegner anspringen wie ein wildes Tier. Instinktiv traten die beiden verbliebenen Angreifer ein paar Schritte zurück, doch obwohl sie verunsichert dreinblickten, ergriffen sie nicht die Flucht.

Der Mann, der das Grab seiner Frau verunstaltet hatte, stöhnte auf und rieb sich den Hinterkopf. Duvas Kopf schoss zu ihm herum, und der Mann erstarrte. „Bleiben Sie stehen!", versuchte er ihn aufzuhalten, aber zu seinem eigenen Leidwesen konnte er seine Waffe nicht schnell genug ziehen. Der wild gewordene Detektiv war mit einem Satz bei ihm, warf sich auf ihn und bearbeitete sein Gesicht mit den Fäusten, bis diese blutig waren. Ob es sein eigenes Blut oder das seines Opfers war, wusste Duva nicht. Er war im Rausch und konnte nicht steuern, was er tat. Sein Körper bewegte sich wie von selbst.

Es fehlte nicht mehr viel und das Gesicht des Unseligen wäre nur noch eine breiige Masse gewesen, als ein ohrenbetäubender Knall die Luft zerriss. Wie aus einer Trance kehrte Duva in die Realität zurück und hielt inne. Der undefinierbare Fleischkloß unter ihm stöhnte auf.

„Ich knalle Sie ab, wenn Sie nicht sofort aufhören!", brüllte einer der beiden Übriggebliebenen und richtete die schwarze Mündung seiner Waffe direkt auf Duva. Langsam erhob sich dieser und fixierte den Schützen.

„Dann mach doch", knurrte Duva und bewegte sich auf ihn zu. „Schieß."

Bevor der Mann den Abzug betätigen konnte, duckte sich Duva und stieß sich vom Boden ab, als wollte er sich vom Grund des Meeres an die Oberfläche katapultieren. Der Schütze wusste gar nicht, wie ihm geschah, da hatten sich Duvas ausgestreckte Arme bereits um seinen Rumpf geschlungen, sodass sie gemeinsam durch die Luft flogen. Ein weiterer Schuss fiel und verhallte in der Stille des Friedhofs. Mit einem gezielten Schlag gegen die Schläfe schaltete Duva den Mann aus und entriss ihm die Waffe. Hektisch blickte er sich nach weiteren Angreifern um, aber es war weit und breit keiner mehr zu sehen. Er wollte tief durchatmen, aber unsäglicher Schmerz überwältigte ihn. Nur mit Mühe und Not hielt er sich auf den Beinen und blickte an sich herab. An der rechten Seite war sein Hemd mit dunklem Blut verfärbt. Von weit her drang das Heulen von Sirenen an seine Ohren.

„Verdammt."

Trotz der Schmerzen presste er eine Hand auf die blutende Schusswunde, während er sich umständlich seinen Mantel überwarf und die Pistole in einer Innentasche verschwinden ließ. Dann humpelte er so schnell er konnte davon.

Säuberung

Kirks Wohnung war klein, dunkel und hoffnungslos über-füllt. Überall lagen Pizzakartons herum, Tassen und Becher reihten sich auf Fensterbänken aneinander, und gebrauchte wie frische Kleidung stapelte sich in mehreren Haufen im Schlafzimmer. Es war bereits sehr spät, und bis auf die Wohnküche lag die Wohnung im Dunkeln. An einem überladenen Tisch saß der Police Captain und blätterte in diversen Akten, während vor ihm die Lüftung eines alten Laptops rauschte.

Er musste den Inhalt der Dokumente nun schon zum zehnten Mal gelesen haben, aber sein Gehirn war nicht mehr leistungsfähig genug, um den tieferen Sinn des Gele-senen zu verarbeiten. Frustriert und übermüdet raufte er sich die Haare, bis sie in alle Richtungen abstanden. Er hatte ein Loch im Magen, und seine Augen drohten bei jedem Blinzeln, in ihrer geschlossenen Haltung zu verhar-ren.

„Kaffee", murmelte er und erhob sich schwerfällig von seinem Stuhl. Halb wachend, halb schlafend braute er sich einen frischen Kaffee und sog den himmlischen Duft mit geschlossenen Augen ein. Die geschürzten Lippen berühr-ten schon die Tasse, als es heftig an der Wohnungstür hämmerte. Kirk erschrak so sehr, dass er das Gebräu über sein Hemd kippte. Fluchend stellte er die Tasse beiseite und schnappte sich ein Geschirrtuch, bevor er die Woh-nung durchquerte. Er blickte durch den Türspion, konnte aber niemanden sehen.

„Wer ist da?", rief er und wünschte sich seine Dienstwaf-fe herbei.

„Lass mich schon rein", knurrte eine barsche Stimme, die er als Duvas identifizierte. Sofort entriegelte Kirk die Tür und ließ seinen nächtlichen Gast eintreten, nur dass dieser vielmehr herein humpelte.

„Was ist denn mit dir passiert?", fragte Kirk und schloss rasch die Tür. Duva ließ sich noch mit dem Mantel bekleidet auf das Sofa fallen, und ein Knirschen ertönte. Umständlich zog der Detektiv eine halb leere Chipstüte unter sich hervor und warf sie achtlos zu Boden. Stöhnend legte er den Kopf auf ein Kissen und das letzte bisschen Kraft verließ ihn.

„Geht es dir gut?", hakte Kirk verunsichert nach und setzte sich in einen Sessel dem ramponierten Detektiv gegenüber. Der hatte die Augen geschlossen und atmete stoßweise. Schweiß stand ihm auf der Stirn, und er war leichenblass. „Was ist los? Sag schon", drängte er und zückte schon sein Handy, um den Notruf zu wählen.

Duva stöhnte erneut leise auf und wandte ihm mühsam das Gesicht zu. Aus glasigen Augen sah er den Polizisten an. „Hast du was zu Trinken da?"

„Ja, Kaffee. Und Bier."

„Nichts Stärkeres?"

„Nein. In deinem Zustand wäre es auch nicht ratsam, etwas Stärkeres als Bier oder Kaffee zu trinken." Duva winkte kraftlos ab und schloss wieder die Augen. „Bist du verletzt? Soll ich den Notarzt rufen?"

„Nein. Mir geht's gut. Ich brauche keinen Arzt." Kirk runzelte die Stirn, sagte aber nichts. „Wo ist er?"

„In meinem Schlafzimmer. Er schläft schon seit Stunden." Er rückte etwas näher und sah Duva ernst an. „Der Junge war außer sich vor Angst. Hat ständig nach dir gefragt und wollte erst gar nicht schlafen, sondern auf dich warten. Ich habe ihn zu Bett geschickt."

Duva nickte träge. „Wenigstens muss ich mir um ihn keine Sorgen mehr machen."

Kirk schwieg einen Moment, dann platzte er heraus: „Vielleicht würdest du mir endlich verraten, was hier los ist? Ich nehme dich und deinen Sohn wirklich gerne auf, aber sollte ich nicht wissen, worum es geht?"

„Lieber nicht. Es wäre zu gefährlich."

Kirk lachte bitter auf. „Das wäre ja wohl nicht das erste Mal, dass ich in Gefahr wäre. Ich bin Polizist in Chicago! Wenn ich mit Gefahren nicht umgehen könnte, hätte ich Versicherungsvertreter werden sollen."

Einen Moment herrschte Stille, in der der Detektiv nur schwer atmend dalag. Kirks Besorgnis wuchs mit jeder Sekunde, aber dann regte sich der Mann wieder und sprach mit belegter Stimme. „Du hast wahrscheinlich Recht. Aber wenn ich es dir erzähle, musst du wissen, dass du in noch größerer Gefahr bist als bisher."

„Damit kann ich umgehen", gab Kirk trocken zurück. „Ein Polizist muss aus Stahl geformt sein, um solche Dinge verkraften zu können."

Duva schnaubte müde. „Gut. Aber bring mir zuerst ein Bier, wenn du schon nichts Anderes dahast."

Kirk holte sich und Duva ein eiskaltes Bier. Es zischte angenehm, als sie die Flaschen öffneten, dann stießen sie wortlos an. Duva leerte sein Getränk in ein paar Zügen, und mit einem zufriedenen Seufzen setzte er die Flasche ab. „Also", bohrte Kirk nach und rutschte bis zur Kante des Sessels vor, „wem bist du auf der Spur?"

Duva seufzte erneut. „Darron Randolphs."

Kirk stockte. „Randolphs? Du meinst meinen ehemaligen Chef?"

„Genau der. Chief Detective der Chicagoer Polizei."

Da Darron Randolphs nur für kurze Zeit sein oberster Vorgesetzter gewesen war, bis er nach offiziellen Angaben aus familiären Gründen von seinem Posten zurückgetreten war, kannte Kirk ihn nicht besonders gut. Persönlich gesprochen hatte er ihn nur selten, und wenn, dann ausschließlich in offiziellen Angelegenheiten. Es gab viele Gerüchte um seinen plötzlichen Rücktritt, aber damals war Kirk noch nicht sehr lange bei der Polizei gewesen und hatte sich noch keinen festen Platz in der Rangordnung erkämpfen können, dementsprechend hatte er sich aus allem Klatsch und Tratsch tunlichst herausgehalten.

„Was hat er mit der ganzen Sache zu tun?"

„Alles." Duva erhob sich mühsam, um sich aus dem Kühlschrank ein zweites Bier zu holen. Kirk folgte ihm. „Erinnerst du dich, als er im Jahr 2001 zurückgetreten ist? Es war kein freiwilliger Rücktritt, er wurde gefeuert. Ich weiß nicht, wer so viel Macht hatte, um den Kopf der Polizei absetzen zu können, aber es muss ein ganz schön hohes Tier gewesen sein."

„So jemand wie der Bürgermeister, meinst du?"

„Vielleicht, aber das ist auch nicht wichtig." Sie setzten sich an den Esstisch, und Kirk ließ den Detektiv keine Sekunde aus den Augen. Er sah wirklich nicht sehr gut aus.

„Während der zwei Jahre, in denen Randolphs das Amt des Chief Detective innehatte, gab es zahlreiche Verhaftungen von Kollegen. Privatdetektive, die laut Anklage illegale Mittel zur Informationsbeschaffung benutzt haben sollen." Duva schüttelte den Kopf. „Und noch Schlimmeres wurde ihnen vorgeworfen. Korruption, Erpressung, Mord. Fast alle Detektive dieser Stadt, deren Informanten und Mitarbeiter wurden wegen irgendwelchen Verbrechen beschuldigt, die sie nicht begangen haben."

„Wie kannst du dir sicher sein, dass sie nichts von alledem begangen haben?"

„Bei den meisten bin ich mir ziemlich sicher, dass sie eine reine Weste hatten. Als Detektiv wandelt man immer auf dem Grat zwischen Legalität und Illegalität. Das bringt unser Beruf zwangsläufig mit sich."

Kirk wollte sich lieber nicht vorstellen, welcher Mittel und Methoden sich die Detektive bedienten, um auf diesem Grat wandeln zu müssen. Dann kam ihm ein anderer

Gedanke. „Aber wie hat man die denn alle ausfindig machen können?"

„Manche haben direkt mit der Polizei zusammengearbeitet, aber der Großteil hat im Verborgenen agiert. Es gibt Mittel und Wege, aber ich könnte mir vorstellen, dass einiges an Geld geflossen ist."

„Du meinst also, diese Verhaftungen hängen mit Darron Randolphs zusammen?"

Duva nickte. „Ich habe ihn beschattet, seine Telefone abgehört und ihn komplett durchleuchtet. Er muss gute Arbeit geleistet haben, denn es gibt kaum noch etwas, das ihn irgendwie belasten könnte. Alle Akten, Dokumente, Tonbandaufnahmen oder Videodateien, einfach alles wurde vernichtet."

„Wieso bist du dir dann so sicher, dass er dahintersteckt?"

„Weil er mit einem Kriminellen namens Karl Jaikovsky unter einer Decke steckt, und ich habe gesicherte Informationen, dass dieser Jaiko an der Säuberung beteiligt gewesen war."

„Säuberung?" Kirk schüttelte sich bei diesem Wort. „Wir sind doch nicht im Zweiten Weltkrieg."

„Nein, aber wie sonst sollte man es anders bezeichnen, wenn jemand die Stadt von allen Privatdetektiven säubert, die der Polizei gegen den Strich gegangen sind?"

„Aber wieso sollte er das tun? Was habt ihr ihm denn getan, dass er es auf euch abgesehen hatte?"

Duva zuckte erneut mit den Schultern und verzerrte schmerzvoll das Gesicht. „Ich weiß es nicht. Ich weiß nur, dass Darron Randolphs und Karl Jaikovsky und viele andere damals Jagd auf uns gemacht haben und uns auf die eine oder andere Weise von der Bildfläche haben verschwinden lassen."

Kirk schürzte die Lippen und dachte angestrengt nach. „Aber doch nicht alle." Er sah auf und blickte Duva an. „Dich haben sie nicht erwischt."

„Noch nicht." Er zog den Mantel ein Stück beiseite und entblößte sein Hemd, das mittlerweile an der rechten Seite komplett mit Blut durchtränkt war.

Kirk klappte die Kinnlade herunter. Er sprang von seinem Stuhl auf, der scheppernd zu Boden krachte. „Du musst sofort ins Krankenhaus, Victor!" Aber Duva schüttelte bloß den Kopf und bedeckte seine Wunde wieder.

„Das kann warten."

„Wie kann das warten? Du sitzt hier seelenruhig und trinkst Bier, während du am Verbluten bist?", echauffierte sich Kirk und fuchtelte mit den Händen in der Luft herum. „Und das in meiner Küche!"

Duva brachte ein heiseres Lachen zustande und hielt sich schmerzhaft die rechte Seite. „Wäre es dir im Wohnzimmer lieber gewesen?"

Kirk hielt in seinen ausufernden Bewegungen inne und schaute den Detektiv böse an. „Du wärst schon einmal fast zu Tode gekommen und das vor meinen Augen. Das lasse ich nicht noch mal zu, das kannst du mir glauben!" Er verschwand für einen Moment aus der Küche und kam mit einem großen Erste-Hilfe-Kasten zurück. „Ausziehen."

Duva warf ihm einen skeptischen Blick zu, dann seufzte er und tat wie ihm geheißen. Der provisorische Verband, den er sich in aller Schnelle angelegt hatte, war inzwischen heruntergerutscht und hatte blutige Spuren auf der Haut hinterlassen. Kirk entfernte vorsichtig den Stofffetzen und machte sich an die Arbeit, während Duva die Zähne zusammenbiss.

„Soll ich mich vielleicht auf den Tisch legen, damit du mich sezieren kannst?", versuchte er zu witzeln.

„Klappe."

Stillschweigend ließ er den Polizisten sein Werk fortsetzen. Nachdem Kirk die Wunde gesäubert und einen frischen Verband angelegt hatte, gab er Duva ein neues Hemd und machte ihm eine weitere Flasche Bier auf.

„Was hast du jetzt vor?", fragte Kirk.

Duva versuchte, es sich einigermaßen bequem zu machen, was ihm aber nicht recht gelingen wollte. „Ich habe nicht die geringste Ahnung. Im Moment bin ich nur froh, es mehr oder wenig lebendig nach Chicago geschafft zu haben. Und dass Arith in Sicherheit ist."

„Ja. Der Junge ist wirklich tapfer."

„Er kommt nach seiner Mutter."

„Ich kannte Taliah leider nicht, aber ich glaube trotzdem, dass er dir sehr ähnlich ist."

Duva schnaubte. „Hoffentlich nicht. Sonst endet er in ein paar Jahren mit einer Schusswunde im Bauch und einem schalen Bier in der Hand."

Kirk musste lachen, und es war ein äußerst befreiendes Gefühl. „Warte mal. Randolphs ist 2001 zurückgetreten." Er blickte auf und sah seinen Freund mit großen Augen an. „War das nicht auch das Jahr, in dem deine Frau gestorben ist?"

Duva blieb stumm, aber das war Antwort genug. „Du hast mir nie erzählt, wie genau sie gestorben ist. Ist sie etwa …?" Kirk verstummte und schluckte schwer. „Ist sie etwa wegen …"

„Ich muss irgendwie beweisen, dass Darron Randolphs hinter dieser Säuberung gesteckt hat", unterbrach Duva ihn. „Vielleicht könntest du den Polizeiserver einmal nach Akten oder Dokumenten über ihn durchsuchen?"

Kirk zögerte. Er war zwar mittlerweile zum Detective Inspector aufgestiegen, aber trotzdem könnte er in Schwierigkeiten geraten, wenn er aus heiterem Himmel Informationen über seinen ehemaligen Chef einholte. Zumindest würde er sich einer Menge unangenehmer Fragen stellen müssen. Er sah Duva an, der seinen Blick ruhig erwiderte. „Ich brauche zumindest ein paar Beweise, sonst kann ich so eine Aktion nicht rechtfertigen."

Duva runzelte die Stirn. „Randolphs hat im großen Stil sämtliche Detektive und deren Mitarbeiter einbuchten oder verschwinden lassen, und nur Gott weiß, wohin. Und jetzt macht er Jagd auf mich, weil er mich damals nicht erwischt hat. Reicht dir das nicht?"

Aber Kirk schüttelte den Kopf. „Das sind Anschuldigungen und keine Beweise. Ich brauche etwas Stichhaltiges." Abrupt stand Duva auf und durchquerte mit großen Schritten die Wohnung. „Wo willst du denn hin? In deinem Zustand kannst du unmöglich rausgehen." Kirk packte ihn am Arm und zwang ihn zum Stehen.

Duva wirbelte herum und funkelte Kirk wütend an. „Wen kümmert's? Du willst mir nicht helfen, Randolphs dingfest zu machen. Also mache ich es eben alleine."

„Jetzt warte doch mal!", rief Kirk, aber Duva hatte bereits die Wohnungstür aufgerissen und wollte gerade hinausstürmen, da stockte er. Der Polizist stieß gegen seinen Rücken und lugte an ihm vorbei, um zu sehen, weshalb er so plötzlich stehen geblieben war.

In seinem Türrahmen stand eine zierliche Frau, die die beiden Männer breit angrinste. Ein vollgepackter Rucksack zog ihre Schultern nach hinten und mit einem „Uff!", was man eigentlich nur in Comics las, ließ sie den Ranzen von einer Schulter gleiten und hievte ihn Duva in die Arme.

„Puh! Ich dachte schon, der bricht mir das Rückgrat", meinte sie munter und schob sich dann an den Männern vorbei, die ihr höchstgradig verwirrt hinterher schauten. Kirk ließ die Tür ins Schloss fallen, und der Detektiv trug brav den Rucksack ins Wohnzimmer, wo er ihn auf einen der Sessel fallen ließ. In der Zwischenzeit hatte sich die junge Frau in der Wohnung umgesehen und kam nun mit Duvas halbleerer Bierflasche zurück. Sie hob die Flasche an den Mund und spülte den Rest in großen Schlucken hinunter. Mit einem langgezogenen „Aaaah!" setzte sie die Flasche ab und fuhr sich mit dem Handrücken über die Lippen. Dann sah sie die beiden Männer an, die sie noch immer wortlos anstarrten.

„Was? Darf eine Frau sich kein Bier genehmigen?" Sie grinste und stemmte die Hände in die schmalen Hüften.

Kirk fand zuerst die Sprache wieder und machte vorsichtig einen Schritt auf sie zu. „Entschuldigung, aber dürfte ich fragen, wer Sie sind?" Es klang lächerlich, dass er diese Worte in seiner eigenen Wohnung aussprach.

Sie lachte schallend und warf den Kopf nickend vor und zurück, wobei ihre kurzen, blonden Haare herumgewirbelt wurden. „Mein Name ist Jasmine MacLachlan, und wer sind Sie?"

Nadelstiche

Jaiko stand vor der offenen Tür und fragte sich bestimmt zum zehnten Mal, ob er nicht einfach umdrehen und nie wieder zurückkehren sollte. Drinnen herrschte reger Betrieb, und er konnte Randolphs hören, der eine Anweisung nach der anderen gab. Jaiko seufzte und trat ein. Die Wohnung war sehr luxuriös und komfortabel eingerichtet. Weißes Licht schien durch eine großzügige Panoramafront herein und bot einen grandiosen Blick auf die Skyline Chicagos. Randolphs stand in der Mitte des Wohnzimmers und hatte die Hände in den Hosentaschen vergraben, während er mit ernster Miene die Arbeit seiner Männer beobachtete. Unter ihnen waren Landon und Kyle, die Jaiko bei seiner Durchsuchung von Duvas Wohnung geholfen hatten. Offenbar schienen sie ein Faible für Wohnungseinbrüche und illegale Durchsuchungen zu haben. Jaiko blieb im Türrahmen stehen und sah Kyle zu, wie er einen robusten Safe zu knacken versuchte, der in einer Ecke des Raumes neben einem gut bestückten Bücherschrank stand.

„Ah, Sie kommen genau zur richtigen Zeit, Jaiko."

„Wie kommt ihr voran?", fragte er und trat näher, um Kyle über die Schulter zu sehen. Der drehte und kurbelte geschäftig an dem Regler des Safes herum.

„Knifflig, dieses Ding. Aber ich hab's sicher gleich", meinte Kyle und warf Jaiko einen Blick über die Schulter zu. „Ich hätte ja einen gut platzierten Sprengsatz bevorzugt, aber der Boss hat was dagegen."

„Allerdings", giftete Randolphs und verengte die Augen zu Schlitzen, was ihn wie eine gemeine Schlange aussehen ließ. „Wir können nicht riskieren, dass wichtige Dokumente dadurch zerstört werden."

„Deswegen der *gut platzierte* Sprengsatz, aber auf mich hört hier ja niemand", meckerte Kyle leise weiter und wandte sich wieder seiner Arbeit zu.

„Konnten Sie den Jungen noch auftreiben?", fragte Randolphs, sah Jaiko dabei aber nicht an.

„Nein, leider nicht. Ich konnte ein Telefonat mithören. Duva wollte sich eigentlich mit seinem Sohn an der Schule treffen, aber da war niemand. Ich vermute, sie haben sich anderweitig verständigt. Jedenfalls verlieren sich seither die Spuren von beiden."

Randolphs nickte nur und würdigte Jaiko immer noch keines Blickes. Jaikos Gesicht verdüsterte sich zusehends, und die Stimmung zwischen den beiden Männern war frostiger als je zuvor. „Habt ihr etwas erreichen können?"

Nun grinste Randolphs, und es war ein grässliches Grinsen. „Mehr als Sie sich vorstellen können. Karen MacLachlan ist vor Kurzem durch einen tragischen Autounfall ums Leben gekommen."

„Karen MacLachlan?" Er runzelte die Stirn. „War das nicht die Journalistin, die einen Artikel über die Aktion vor vierzehn Jahren geschrieben hat?", hakte Jaiko erstaunt nach und sah sich in dem Apartment um. „Ist das ihre Wohnung?"

„Sie sind heute in Topform, Jaiko. Es war unser Glück, dass ihr kleiner Artikel kein Gehör bei den wirklich wichtigen Leuten gefunden hat. Und dass wir diese wichtigen Leute ohnehin auf unserer Seite hatten." Randolphs seufzte theatralisch und schüttelte den Kopf. „Leider ist das jetzt nicht mehr der Fall, und wir konnten ja schließlich nicht riskieren, dass sie einen Folgeartikel plant, der uns das Genick gebrochen hätte." Er schnalzte mit der Zunge und hob die Hände in die Höhe, als wollte er andeuten, dass er keine andere Wahl gehabt hatte. „Wenn wir jetzt noch diesen Safe öffnen könnten, wäre das wirklich famos." Voller Elan klatschte er in die Hände und trat neben Kyle, der noch immer auf dem Boden vor dem Safe kniete und daran herumschraubte. „Wie weit sind wir hier, Kyle? Ich habe noch eine Verabredung."

„Könnte ich zaubern, Boss, wären Sie der Erste, dem ich meine Künste demonstrieren würde. Hätte ich den Safe außerdem aufsprengen dürfen, wären wir schon längst fertig", knurrte Kyle und zog angestrengt die Brauen zusammen. Da ertönte plötzlich ein Klicken, und die Tür des Safes sprang einen Spalt weit auf. Kyle starrte darauf, dann grinste er und breitete die Arme über dem Kopf aus. „Tada!"

„Bravo", murmelte Randolphs halbherzig und schob ihn aus dem Weg, um sich dem Safe und seinem Inhalt zu widmen. Nur gab es keinen. Wie ein Besessener fingerte er bis in die hintersten Ecken alles aus, aber es ließ sich nichts finden. Rein gar nichts. Der Safe war komplett leer.

Langsam stand Randolphs auf, den Blick noch immer auf den Safe gerichtet. Wie aus heiterem Himmel stieß er einen unmenschlichen Schrei aus und fegte mit einer einzigen Handbewegung einen unglückseligen Blumentopf auf den Boden, der in einer Fontäne aus Erde, Scherben und Pflanzenstückchen zerbarst. Keiner im Raum sprach oder rührte sich, jeder schien den Atem anzuhalten. Die Spannung war beinahe greifbar, und es knisterte gefährlich in der Luft.

Randolphs stand schwer atmend über dem Produkt seines Wutanfalls. Seine Schultern bebten bedrohlich. Mit Argusaugen verfolgte Jaiko jede Bewegung des Mannes.

„Okay", durchschnitt Randolphs Stimme die angespannte Stille. „Kein Problem. Wir müssen ihre letzten Schritte zurückverfolgen und herausfinden, ob sie irgendjemanden kontaktiert hat. Derjenige könnte den Safe geleert –" Er hielt inne. Erst weiteten sich seine Augen, bevor sie sich zu kleinen Schlitzen verengten. „Natürlich. Die Nichte." Er wirbelte herum und deutete mit einem Finger auf Jaiko, der ihn verständnislos anstarrte. „Sie heften sich sofort an die Fersen von Jasmine MacLachlan."

Jaiko runzelte die Stirn. „Sie glauben, sie hat ihrer Nichte die Unterlagen zugespielt?"

„Ganz genau. Wer sonst hätte wohl einfach so Zugang zu ihrem Apartment? Und noch dazu zu ihrem Safe? Sie würde niemals einen Fremden in ihre Wohnung, geschweige denn den Inhalt ihres Safes mitnehmen lassen. Es *muss* ihre Nichte gewesen sein." Sein Gesichtsausdruck verdüsterte sich zusehends. „Außerdem ist sie ebenfalls Journalistin, was die Sache verkompliziert."

Jaiko horchte auf. „Die Nichte ist auch Journalistin?" Randolphs nickte wortlos. „Dann hat jetzt eine junge Journalistin die Unterlagen zu unserer Aktion und läuft irgendwo in Chicago herum?", fasste Jaiko die Situation zusammen und musste plötzlich lachen.

„Finden Sie das etwa lustig?", fauchte Randolphs ihn an.

„Ehrlich gesagt, ja." Jaiko wandte sich zum Gehen, drehte sich aber noch ein letztes Mal zu Randolphs um, der ihn böse anstarrte. Er deutete auf die Sauerei auf dem Teppich und meinte: „Ich würde das wegräumen, bevor die Polizei hier auftaucht." Er hatte die Wohnung verlassen und begann den Abstieg der Treppen, da hörte er hinter sich eilige Schritte.

„Bleiben Sie sofort stehen!", herrschte ihn Randolphs an, der an der obersten Stufe stehen geblieben war. Düstere Schatten umwölkten sein Gesicht, und seine Augen blitzten Jaiko gefährlich entgegen. Dieser blieb auf der Hälfte der Treppe stehen und wartete darauf, dass Randolphs weitersprach. „Ihre Inkompetenz bei der Beschattung des Jungen werde ich Ihnen nachsehen. Aber lassen Sie sich eines gesagt sein." Er begann, langsam die Treppe hinabzusteigen, bis er eine Stufe über Jaiko stand und diesen von oben herab anblickte. „Wenn Sie noch einmal versagen und mir Jasmine MacLachlan und die Unterlagen nicht herschaffen", er machte eine vielsagende Pause, „dann wird Ihre Frau Witwe und Ihr kleiner Sohn Halbwaise werden." Ohne auf eine Reaktion von Jaiko zu warten, drehte sich Randolphs um und stieg die Treppe wieder hinauf, als Jaiko ihn am Hemdkragen packte und mit ungeheurer Kraft von den Füßen fegte. Der Mann riss erschrocken Mund und Augen auf, da wurde er schon gegen die Wand geschleudert und nur mit Mühe konnte er verhindern, dass er die restlichen Stufen hinunterkullerte.

Ein Tritt in die Kniekehlen ließ Randolphs schmerzhaft auf den Stufen aufschlagen. Mit einem Arm presste Jaiko sein Gesicht gegen die Wand, während er mit der anderen etwas aus seiner Jackentasche hervorholte. Es sah aus wie eine kleine, sehr spitze Nadel. Behutsam führte er sie an den Nacken des Mannes, der bei der Berührung sofort erstarrte.

„Wussten Sie, dass man mit dieser Nadel einen ausgewachsenen Mann in Sekundenschnelle umbringen kann, ohne jegliche Spuren zu hinterlassen?" Er strich sanft mit der Nadelspitze über den Nacken Randolphs, der plötzlich hektische Flecken bekam. „Nur wenige Menschen wissen, wo und in welchem Winkel sie mit welcher Kraft zustoßen müssen." Ganz sachte drang die Nadel millimetertief in das Fleisch ein, und ein einziger Blutstropfen quoll hervor. „Das Opfer stirbt auf der Stelle. Meistens lautet es im Obduktionsbericht, dass das Opfer an Herzversagen starb, weil man sich den plötzlichen Tod nicht erklären kann."

„Jaiko –", presste Randolphs hervor, aber der ließ die Nadel ein Stück weiter ins Fleisch vordringen.

„Ich drohe nur sehr ungern. Das hat so etwas Barbarisches. Aber bei Ihnen mache ich eine Ausnahme." Er beugte sich zu Randolphs hinab und flüsterte die nächsten Worte: „Ich weiß nämlich auch, wo Ihre Tochter und ihr Verlobter wohnen. Oder Ihre jüngste Tochter, Beatrice. Oder Ihre Ex-Frau Pamela, für die Sie offenbar noch immer Gefühle hegen." Bei der Erwähnung dieser Namen erstarrte Randolphs. „Machen Sie mich noch einmal wütend, zeige ich Ihnen, wie unangenehm ich wirklich werden kann." Damit entließ er Randolphs aus der Umklammerung, und sofort stürzte dieser die restlichen Stufen hinab, bis er am Boden zum Liegen kam. Seine Hand schoss an den Nacken und befühlte die winzige, kaum sichtbare Wunde. Er bleckte die Zähne, sagte aber kein Wort mehr.

„Machen Sie da lieber ein Pflaster drauf", meinte Jaiko im Vorbeigehen und ließ einen vor Wut kochenden Randolphs zurück.

Am selben Nachmittag erhielt Randolphs eine Nachricht, die ihm endgültig die Hutschnur platzen ließ. Er saß in einer Bar und trank eine Limo nach der anderen, bis ihm das Zeug beinahe den Mund verklebte. Der Barkeeper warf ihm immer wieder verstörte Blicke zu, aber ein bedrohliches Knurren aus Randolphs Ecke ließ den Mann rasch in der Küche verschwinden. Missmutig starrte er die verführerischen Whiskeyflaschen an und spielte mit dem Gedanken, sich eine zu nehmen und in einem Zug leer zu trinken. Sein Mund wurde allein bei der Vorstellung ganz trocken, und er hatte sich schon halb erhoben, als sein Handy plötzlich lautstark klingelte.

„Was ist denn jetzt schon wieder, verdammt noch mal?!", brüllte er in den Hörer, sodass der Barbesitzer einen Blick aus der Küche riskierte, um sicherzugehen, dass dieser aggressive Gast seine Einrichtung nicht demolieren würde. Zuerst wurde Randolphs leichenblass, dann zitterte er vor Wut, bis er lautstark zu lachen begann. Sein gackerndes Gelächter jagte dem Besitzer eine Heidenangst ein, und er war versucht, die Polizei zu rufen, falls der Mann jeden Augenblick ausrasten würde. Aber Randolphs war weit davon entfernt, einen Wutanfall zu erleiden. Im ersten Moment war er zwar kurz davor, aber die Sache war einfach zu komisch.

„Die Spurensicherung hat sich beim Tatort einen ganz schön großen Schnitzer geleistet", erzählte ihm Kyle. „Offenbar war einer dabei, der besoffen zur Arbeit erschienen ist und sämtliche Fingerabdrücke nicht richtig gesichert hat. Auch die von Duva nicht."

Im ersten Moment hatten Randolphs die Worte gefehlt, aber als er voll und ganz begriffen hatte, was man ihm da für eine absurde Geschichte auftischte, musste er all seine Wut und seinen Frust laut herauslachen, bis ihm die Puste ausging. Dann leerte er sein mit Limonade gefülltes Whiskyglas und verließ die Bar. Der Besitzer war heilfroh und verschloss rasch hinter ihm die Tür.

„All meine Freunde sind in den Kampf gezogen. Ich würde mich schämen, zurückgelassen zu werden. Ich will kämpfen."

– Merry, Der Herr der Ringe

Frustriert ließ sich Arith auf Kirks Sofa fallen und zappte lustlos durch die Kanäle des veralteten Fernsehgerätes. Draußen peitschte der Regen gegen die Fensterscheiben und riss die letzten Blätter von den dürren Ästen und Zweigen der Bäume. Im angrenzenden Ess- beziehungsweise Arbeitszimmer des Polizisten hatten sich die beiden Männer mit der ihm noch unbekannten Frau zurückgezogen. Nur ihre gedämpften Stimmen drangen durch die dünnen Wände und bildeten einen undefinierbaren Brei an gemurmeltem Nonsens.

Einmal wurde die Stimme der Frau lauter, aber trotzdem konnte Arith keine einzelnen Worte verstehen. Er hatte versucht, an ihrem Gespräch teilzuhaben, aber sie hatten ihn augenblicklich aus der Küche verbannt. Nachdem auch ein Wutausbruch nicht den gewünschten Effekt erzielt hatte, hatte er die Lautstärke des Fernsehers bis zum Anschlag aufgedreht, doch vergeblich.

„Gut, dann eben auf die andere Tour", brummte Arith und sprang leichtfüßig vom Sofa. Leise tapste er zur Küchentür und legte ein Ohr an das Holz.

„…angerufen und mir gesagt, ich solle den ganzen Inhalt des Safes mitnehmen und niemandem zeigen oder geben." Das war Jasmine MacLachlans Stimme, und Arith spitzte die Ohren. Er hatte sie zwar nur im Vorbeigehen gesehen, aber er war sofort von ihrer offenen und sympathischen Art eingenommen gewesen.

„Und wie haben Sie von uns erfahren?", fragte der junge Polizist, der sich dem Jungen selbst als Kirk vorgestellt hatte.

Eine kurze Zeit lang war nichts zu hören außer leisem Papierrascheln. „Hier. In den Unterlagen meiner Tante habe ich Ihren Namen und Ihre Adresse gefunden. Darunter steht der Name Victor G. Duva. Ich nehme an, das sind Sie?"

Sein Vater gab ein zustimmendes Grummeln von sich.

„Wieso hat Ihre Tante denn meinen Namen in der Recherche zu Victor und Randolphs aufgeschrieben?", fragte Kirk.

„Ich vermute, sie hat herausgefunden, dass Sie beide sich in irgendeiner Weise kennen. Was ja offensichtlich der Fall ist."

„Ja, wir ... arbeiten gelegentlich zusammen", erklärte Kirk und wählte seine Worte mit Bedacht. Auch ihm war die Journalistin ganz offensichtlich sympathisch, aber sie war immer noch eine Journalistin, und als Polizist hatte er womöglich keine besonders guten Erfahrungen mit den Vertretern dieser Berufsbranche gemacht.

„Interessant. Naja, jedenfalls war ich mir ziemlich sicher, dass von Ihnen keine große Gefahr ausgehen würde, nachdem ich nach Ihnen recherchiert hatte." Sie hatte einen unverkennbar amüsierten Unterton in der Stimme, der niemandem entgehen konnte. Arith hörte, wie sich Kirk räusperte, und der Junge grinste. „Also bin ich auf direktem Weg hierher gefahren, und da bin ich."

„Sind Sie sicher, dass Ihnen niemand gefolgt ist?", hakte Duva nach und klang dabei alles andere als freundlich.

„Ich bin vielleicht jung, aber nicht dumm", entgegnete Jasmine und ließ sich nicht von Duvas einschüchternder Art in die Enge treiben.

„Ich glaube, wir sind hier alle relativ sicher", versuchte Kirk die Lage zu entspannen. „Fragt sich nur, für wie lange noch."

„Ich würde mir eher Sorgen machen, dass diese Bruch-bude bald einstürzt, als dass man Sie erschießt", kommen-tierte die Journalistin Kirks derzeitige Wohnsituation, und als von Kirk keine Antwort kam, fuhr sie fort: „Ich habe die Unterlagen noch nicht komplett durchgesehen. Aber allein anhand dessen, was ich bisher gelesen habe, lässt sich eine Sache mit Sicherheit sagen: Dieser Darron Randolphs hat mächtig Dreck am Stecken."

„Das können Sie laut sagen", murmelte Duva. „Ich glau-be, dass er für die Säuberung vor vierzehn Jahren verant-wortlich ist und auch für diverse Verfolgungsjagden in den vergangenen Tagen auf mich und meinen Sohn." Sofort ballte Arith die Hände zu Fäusten. Die ganze Zeit über brannten ihm unzählige Fragen unter den Nägeln, aber es hatte sich noch keine Gelegenheit gefunden, mit seinem Vater über die Ereignisse der letzten Tage zu sprechen.

„Säuberung … Wie das schon klingt", sagte Jasmine an-gewidert.

„So schrecklich sich das auch anhören mag, er hat of-fenbar eine großflächige Säuberung Chicagos vorgenom-men und war dabei sehr erfolgreich." Duvas Verbitterung war deutlich zu hören. „Leider fehlen mir die Beweise."

„Da könnte ich wohl aushelfen. Diese Unterlagen könn-ten Randolphs das Leben ziemlich schwermachen."

„Hm", machte sein Vater. „Ein Anfang wäre es. Was meinst du, Kirk?"

Einen Moment herrschte Stille, dann erwiderte der Poli-zist: „Ich müsste mir alles genau ansehen, bevor ich dazu etwas sagen kann. Aber die Tatsache, dass Ihre Tante Sie beauftragt hat, dieses Material so schnell wie möglich fort-zuschaffen, spricht wohl für sich."

„Meine Tante hat auch viele Unterlagen zu Ihnen ge-sammelt. Was genau hat das zu bedeuten?"

Sein Vater schnaubte. „Ich bin Randolphs offenbar ein Dorn im Auge."

„Weil Sie noch leben?"

Er antwortete nicht, aber sein Schweigen war Antwort genug.

Ohne groß über die Folgen nachzudenken, stieß Arith die Tür auf und betrat die Küche. Die beiden Männer und die Frau hatten sich um den kleinen Esstisch versammelt, der unter dem Gewicht von Bergen an Papier einzubrechen drohte. Sie starrten ihn überrascht an, dann stand der Detektiv auf, wobei er sich mit der linken Hand an der Stuhllehne festhielt und ein wenig zur Seite zu kippen schien. Er verzerrte das Gesicht, und in seiner Stimme schwang ein ungeduldiger Unterton mit, was Arith in seinem Beschluss aber nur noch bestärkte.

„Arith", hob sein Vater an, aber der Junge ließ ihn nicht ausreden.

„Ich weiß, was du sagen willst. Das ist keine Sache für einen kleinen Jungen, du bist noch nicht alt genug für sowas, das ist zu gefährlich für dich."

Duva schloss den Mund. Offenbar hatte Arith voll ins Schwarze getroffen. „Aber ich bin in diese Sache genauso verwickelt wie ihr. Ich habe ein Recht darauf, zu erfahren, was hier vor sich geht."

Er hielt dem Blick seines Vaters tapfer stand, auch wenn er krampfhaft die Nägel in seine Handflächen bohrte, so angespannt war er. Zuerst schien es, als wollte Duva seinem Sohn nicht nachgeben, aber irgendetwas in Ariths Worten oder seinem Blick überzeugte den Detektiv. Resigniert fuhr er sich mit einer Hand über das blasse Gesicht, auf dem ein dünner Schweißfilm stand, dann setzte er sich wieder.

„Miss MacLachlan, wären Sie wohl so freundlich?" Mit einer Handbewegung deutete er auf Arith, der auf dem letzten freien Stuhl Platz genommen hatte und die junge Frau nun erwartungsvoll ansah.

„Sein Motiv ist noch unklar, aber fest steht, dass der damalige Chief Detective Darron Randolphs diese grässliche Säuberung gestartet hat. Beinahe jeder Detektiv, Informant oder Mitarbeiter in Chicago wurde wegen illegaler Informationsbeschaffung und anderen Delikten hinter Gitter gebracht, und das war noch ein Happy End für sie. Manche sind wie vom Erdboden verschluckt."

„Aber wie konnte er das in so großem Umfang anstellen?", fragte Arith. „Das muss doch jemandem aufgefallen sein. Ist keiner dagegen vorgegangen?"

Jasmine grinste. „Ihr Sohn ist ganz schön auf Zack, Duva." Ein Lächeln zupfte an den Mundwinkeln des Detektivs. „Du hast Recht, es ist tatsächlich jemandem aufgefallen. Nämlich meiner Tante, Karen MacLachlan. All das, was du hier vor dir siehst, ist ihr Recherchematerial zu der Säuberung vor vierzehn Jahren. Offenbar hatte Randolphs Rückendeckung von einem ganz hohen Tier. Deswegen wurde meine Tante damals auch mundtot gemacht, und es ist nie etwas an die Öffentlichkeit gedrungen, von dem Zeitungsartikel meiner Tante einmal abgesehen. Aber dem wurde ohnehin nicht viel Aufmerksamkeit geschenkt. Man tat es als Hirngespinst einer Frau ab, die ihren ersten Scoop landen wollte. Dafür hatte man wohl gesorgt." Sie klang sehr verbittert, und Arith konnte es ihr sehr gut nachfühlen.

„Welches hohe Tier war das?", hakte Kirk interessiert nach.

„Niemand geringeres als William Ransom, der damalige Bürgermeister." Einen Moment lang herrschte bedeutungsschwere Stille, in der Kirk die Kinnlade herunterklappte und Duva ein verächtliches Schnauben ausstieß.

„Kein Wunder, dass die Sache unter den Teppich gekehrt wurde. Wäre das rausgekommen, wären die beiden mächtigsten Männer der Stadt von ihrem Thron gestoßen worden." Kirk schüttelte ungläubig den Kopf. „Diese Mischung ist wirklich tödlich."

„Absolut tödlich", stimmte Duva zu, wobei er mit verschlossener Miene auf seine ineinander verschränkten Hände starrte.

„Randolphs veranstaltet einen persönlichen Rachefeldzug, um an Duva heranzukommen, den er damals nicht erwischt hat. Sie müssen diesem Kerl ganz schön auf den Schlips getreten sein", meinte sie an Duva gewandt.

„Allein meine Existenz geht ihm offensichtlich so sehr gegen den Strich, dass er sogar Karl Jaikovsky um Hilfe gebeten hat. Vielleicht hat er ihn mit Geld geködert oder ihm Rachegedanken eingepflanzt, wer weiß das schon." Er warf seinem Sohn einen Blick zu, der bei Erwähnung des Mannes, den er für einen Scout gehalten hatte, betreten zu Boden schaute. „Aber der ist jetzt kein Thema mehr. Ich glaube, er wird uns so schnell nicht mehr über den Weg laufen."

„Woher weißt du das?", fragte Kirk.

„Dieser Mann ist ein Profi auf seinem Gebiet. Wenn er gewollt hätte, hätte er Arith oder mich in Chattanooga leicht finden können. Selbst hier in Chicago wäre es nur eine Frage der Zeit, bis er an deine Tür klopfen würde, Kirk." Der Polizist erschauderte. „Aber aus irgendeinem Grund hat er nicht die üblichen Mittel und Methoden eingesetzt. Etwas ist anders."

„Darüber können wir nur mutmaßen", schaltete sich Jasmine wieder ein. „Wenn er uns in Ruhe lässt, schön und gut. Wir müssen uns jetzt auf Tatsachen stützen." Sie legte beide Hände flach auf die größten Papierstapel vor sich. „Das hier ist eine Wagenladung an Beweismitteln, die sogar vor Gericht bestehen würden." Die Begeisterung war ihr deutlich anzusehen. Ariths Begeisterung hielt sich jedoch in Grenzen.

„Das stimmt, aber das Problem ist, dass die uns nicht einfach so damit vor Gericht marschieren lassen werden", meinte Kirk und raufte sich das Haar. „Ich will gar nicht wissen, was Randolphs mit uns anstellt, wenn er Wind davon bekommt, dass wir dieses ganze Zeug hier herumliegen haben."

„Einen Versuch wäre es wert", warf Jasmine ein. „Falls Randolphs dieses Mal ohne Rückenwind dasteht, hat er auch niemanden, der einen Artikel revidieren könnte. Trotzdem wäre es von Vorteil für uns, wenn wir zusätzliche Beweise in der Hinterhand hätten, besonders von den Aktionen, die er gerade gegen euch plant. Randolphs würde im Falle einer öffentlichen Bloßstellung sicherlich nicht die Füße stillhalten. So wie ich ihn einschätze, wird er einen Plan B haben, und darauf müssen wir vorbereitet sein."

Schon seit geraumer Zeit war Arith auf seinem Stuhl hin und her gerutscht, als brenne ihm etwas unglaublich Wichtiges unter den Nägeln. „Wie wäre es", begann er, und alle sahen ihn an, als hätten sie ihn schon fast vergessen, „mit einem Geständnis?"

„Ein Geständnis? Von wem sollten wir denn ein Geständnis bekommen? Und wie?" fragte Kirk und wandte sich an Duva, der seinen Sohn mit einem unergründlichen Blick bedachte.

„Hätten wir ein ausführliches Geständnis über die Säuberung und die Machenschaften Randolphs und würden wir damit an die Öffentlichkeit gehen, müsste Randolphs Stellung dazu beziehen", führte Duva die Überlegungen seines Sohnes aus. „Natürlich wird er sich irgendwelche Lügen ausdenken, die wir anhand dieses Materials widerlegen können."

„Wir würden ihn somit weiter in die Ecke treiben, bis er gar nicht mehr anders kann und sich stellen muss. Oder er begeht Selbstmord, was die Sache natürlich deutlich vereinfachen würde", meinte die Journalistin, und alle starrten sie an. Abwehrend hob sie die Hände. „Was denn? Das habt ihr doch alle gedacht, ich habe es bloß laut ausgesprochen."

„Gehen wir einmal davon aus, dass er sich nicht selbst umbringen wird", meinte Kirk beschwichtigend, „hätten wir ihn somit gestellt. Alle Welt würde von der Säuberung erfahren, und er wandert ins Gefängnis für … den Rest seines Lebens wahrscheinlich."

„Aber wer sollte denn ein Geständnis abgeben? Es müsste jemand sein, der bei der Säuberung damals dabei gewesen war und alle Details kennt. Und der bereit wäre, gegen Randolphs auszusagen." Die Journalistin hob fragend eine Braue. „Wer würde sich in solche Gefahr begeben?"

„Jemand, der es, wenn es hart auf hart kommt, mit Randolphs aufnehmen kann." Duva sah zu seinem Sohn, der ihn wissend anblickte. „Karl Jaikovsky."

Good Boy, Bad Boy

Jaiko saß in seinem Arbeitszimmer und starrte hinaus. Es war ein kalter und unfreundlicher Nachmittag. Draußen verschleierte ein nebulöser Nieselregen die Sicht, und er genoss die Wärme, die sein offener Kamin ausstrahlte. An den Wänden hingen postmoderne Gemälde namhafter Künstler, und in einer Ecke hatte er sich einen kleinen Barschrank einbauen lassen, zu dem nur er den Schlüssel besaß. Teure Whiskeys und trockene Weine reihten sich darin aneinander. Jaiko griff nach einer bereits halb leeren Flasche und goss sich die goldgelbe Flüssigkeit in ein Glas.

Bevor er den ersten Schluck nahm, schloss er die Bar wieder sorgfältig ab und ließ sich in einen rostroten Ohrensessel sinken. Dies war Jaikos Rückzugsort, und seine Frau Emily wusste, dass sie ihn dort nicht zu stören hatte. In Gedanken ging er das kurze Telefonat durch, das er soeben geführt hatte, und seine Zweifel waren nun größer denn je.

„Macht sie ausfindig, und stellt die Dokumente sicher, egal um welchen Preis", hatte er Kyle Anweisungen gegeben, die dieser an die restlichen Männer weiterleiten sollte. Am anderen Ende der Leitung war es für eine Sekunde still gewesen, dann hatte sich Kyle geräuspert.

„Sie sind der Boss, Boss", hatte der bloß gesagt und aufgelegt.

„Leider", hatte Jaiko noch in den Hörer gemurmelt. Die Grenze zwischen Richtig und Falsch, die ohnehin schon eine Gratwanderung war, verschwamm zusehends, und das machte Jaiko Angst. Er wusste nicht mehr, wie er es angestellt hatte, aber als er vor vierzehn Jahren dem Gefängnis und noch Schlimmerem entgangen war, hatte sein Leben eine Kehrtwende ins Positive gemacht. Jaiko selbst war überrascht davon gewesen und hatte alles darangesetzt, diese Chance auf ein neues Leben nicht zu verschenken, und offensichtlich war ihm das auch gelungen.

Doch nach nur ein paar Wochen der Zusammenarbeit mit Darron Randolphs hatte Jaiko all das, was er sich mühsam aufgebaut hatte, aufs Spiel gesetzt. Außerdem hatte er das dumme Gefühl, dass Randolphs und er diese Partie verlieren würden. Anfangs hatten ihm Rachegedanken die Sicht vernebelt, aber nachdem er einen unschuldigen Jungen hintergangen hatte und vielleicht bald eine ebenso unschuldige Frau auf dem Gewissen haben würde, musste er die Notbremse ziehen. Denn um nichts in der Welt würde er seine Frau und seinen gerade einmal zweijährigen Sohn für Duvas Kopf in Gefahr bringen.

Er nahm einen großen Schluck und genoss die Wärme, die sich in seiner Magengegend ausbreitete. In diesem Moment klingelte sein Handy.

„Ja?" Am anderen Ende knackte es, und er konnte Stimmen und Straßenlärm im Hintergrund hören. Er runzelte die Stirn. „Hallo?" Noch immer keine Antwort, nur gedämpfte Verkehrsgeräusche. Der Unbekannte musste ihn von einer Telefonzelle aus anrufen. Er wollte nicht zurückverfolgt werden. Jaiko wurde wachsam. „Wer ist da?"

„Hallo, Jaiko. Hier ist Arith." Er erstarrte. „Können wir uns treffen?"

„Wo bist du denn?" Es wunderte Jaiko nicht, dass der Junge zögerte. Aus seiner Stimme war sein Unbehagen deutlich herauszuhören.

„In Chicago."

Jaiko musste grinsen. „Gut gemacht. Wer wird bei dem Treffen noch dabei sein?"

Wieder zögerte Arith. „Nur ich."

„Natürlich. Ich freue mich, dich wieder zu sehen." Er überließ es Arith, Ort und Zeit des Treffens auszumachen und legte dann auf. Was hatte es wohl zu bedeuten, dass der Junge genau in dem Augenblick anrief, als sich Jaiko zu seinem Ausstieg entschlossen hatte? Konnte das ein Zufall sein? Wenn ja, dann war es ein verdammt großer Zufall.

Wiedersehen macht Freude

Das Café, in dem Arith sich mit Jaiko treffen wollte, war bis auf den letzten Platz besetzt. Der Regen hatte nachgelassen, und die Sonne zwängte sich durch ein paar gräuliche Wolken. Ihre Strahlen lockten die Menschen aus ihren Wohnungen. Ganz so entspannt wie die übrigen Gäste war Arith jedoch nicht. Vor ein paar Stunden hatte er noch große Reden geschwungen, und nun saß er in seinem Stuhl, zupfte nervös an seinen Fingernägeln herum und kaute auf seiner Unterlippe.

„Ganz ruhig, Arith. Wir sind immer in deiner Nähe", ertönte die Stimme seines Vaters in seinem Ohr, und Arith drehte sich unauffällig um. Irgendwo in dem Pulk saß Duva in einer Ecke und ließ seinen Sohn keine Sekunde aus den Augen. Sie hatten Arith mit einer kleinen Kamera am obersten Knopf seines Hemdes, einem unglaublich kleinen Lautsprecher in seinem Ohr und einem winzigen Mikrofon an seinem Kragen ausgestattet. Zudem hatte Kirk ihm einen schwarzen Knopf im Innern seiner Tweedjacke angebracht und gesagt: „So wissen wir immer, wo du bist." Es hätte vielleicht beruhigend wirken sollen, dass sie ihn derart verkabelten und ihm demonstrierten, dass er auf dieser Mission nicht allein war, aber es hatte das genaue Gegenteil bei ihm bewirkt. Jetzt war er noch nervöser als er es damals vor dem ersten Gig mit den Freesticks gewesen war.

„Hast du noch das, was ich dir vorhin gegeben habe?", fragte Duva, und unwillkürlich fuhr Ariths Hand an seine Hosentasche, wo das schwarze Gerät wartete, das in etwa so groß wie ein Handy und so wirkungsvoll wie eine Pistole war.

„Ja", murmelte Arith. Als Duva in einer freien Sekunde, in der sie alleine gewesen waren, Arith den Elektroschocker in die Hand drücken wollte, hatte der Junge ihn ungläubig angestarrt. „Ist das dein Ernst?" Duva hatte nur mit den Schultern gezuckt und ihm das schwarze Teil hingehalten, bis Arith es notgedrungen eingesteckt hatte. „Sag Kirk nichts davon", hatte Duva noch gemeint und war dann abgerauscht.

„Was? Worum geht es?", schaltete sich nun eine weitere Stimme ein, und Ariths Blick wanderte in eine etwas näher gelegene Ecke, wo Kirk an einem Tisch saß und sich ein Sandwich in den Mund stopfte.

„Kirk, hör auf zu essen und pass gefälligst auf!", fuhr Duva den Polizisten an, der im Kauen inne hielt und Duva quer durch den Raum vorwurfsvoll anschaute. „Schau sofort weg! Herrgott, man könnte meinen, du wärst zum ersten Mal auf einer verdeckten Ermittlung." Der Detektiv seufzte schwer.

„Was denn? Wenn ich in eine Verfolgungsjagd verwickelt werde, muss ich vorher gestärkt sein. Außerdem ist das Teil meiner Tarnung", verteidigte sich der junge Mann und schob sich den Rest des Sandwichs in den Mund. Duva sagte nichts darauf, sondern stöhnte nur gequält auf, dann verstummten beide wieder. Belustigt hatte Arith dem Wortwechsel gelauscht und ein wenig seine Nervosität verloren.

Doch die kam in vollster Macht wieder zurück, als er den Blick nach draußen richtete und Jaiko auf ihn zukommen sah. In seinem grauen Mantel und den eleganten Lederschuhen hatte er gar nichts mehr von dem coolen Scout des Riverbend Festivals, für den er sich ausgegeben hatte. Ariths Blick verdüsterte sich, und er presste die Lippen aufeinander. Jaiko trat ein und sah sich um. Sofort duckte sich Duva hinter eine Zeitschrift, und Kirk drehte sich weg, um von der Bedienung sein Getränk auffüllen zu lassen. Sein Blick fiel auf Arith, der direkt neben dem Eingang saß. Er zögerte, doch dann zog er den Mantel und seinen Schal aus und nahm ihm gegenüber Platz.

„Hallo, Arith", begrüßte er den Jungen und schlug die Beine übereinander.

„Hallo", erwiderte der Junge knapp. Eine Weile herrschte Stille, und Arith wollte in Kirks Richtung blicken, aber er besann sich eines Besseren. Da klatschte Jaiko mit einer Hand auf seinen Oberschenkel und lächelte Arith an.

„Wie gefällt dir Chicago? Muss nach Chattanooga eine große Umstellung sein, oder?"

Arith schnaubte. „Ich hatte leider noch keine Zeit für eine Sightseeingtour."

Jaiko sah ihn unverwandt an, dann holte er tief Luft. „Also, was wolltest du mich so Dringendes fragen?"

Eigentlich lagen Arith ganz andere Dinge auf dem Herzen, aber er musste sich zusammennehmen und diese Sache endlich hinter sich bringen. Er holte tief Luft und begann seine einstudierte Frageliste. „Wieso haben Sie sich in Chattanooga als Scout für das Riverbend ausgegeben und mich beschattet?" Doch statt einer Antwort grinste Jaiko ihn nur an. Arith runzelte die Stirn. „Was?"

„Ich habe dich wirklich gern, weißt du? Das glaubst du mir vielleicht nicht. Du bist ein netter Junge und hast es nicht verdient, in diese Angelegenheit mit hineingezogen zu werden."

„Wovon reden Sie?"

„Du weißt ganz genau, wovon ich rede." Er wandte den Blick von Arith ab und ließ ihn über die Köpfe der Anwesenden schweifen. „Wo ist er denn?"

„Wo ist wer?"

„Dein Vater."

Durch den kleinen Ohrstöpsel hörte Arith Duva scharf die Luft zwischen den Zähnen einsaugen. Unwillkürlich wollte sich Arith nach ihm umsehen, aber die Stimme seines Vaters zischelte eindringlich in sein Ohr. „Nicht umdrehen. Schau nach vorn."

„Er ist nicht hier. Ich weiß nicht, wo er ist."

An Jaikos Blick konnte der Junge erkennen, dass er ihm nicht glaubte. In diesem Moment hörte Arith Kirk unterdrückt fluchen.

„Was?", fragte Duva alarmiert.

„Jessy ist hier."

„Was?!"

Arith musste sich auf die Unterlippe beißen, um sich nicht neugierig im Stuhl umzudrehen und zu sehen, was hinter seinem Rücken vorging.

„Jasmine, was zum Henker –" Duvas Stimme verschwand aus Ariths Ohr, und ein leises Rauschen ertönte. Vermutlich hatte er das kleine Mikro abgedeckt. Ratlos saß Arith da und starrte Jaiko an.

„Ich will mit Duva sprechen", sagte dieser und sah an Arith vorbei in die Menge.

„Er ist nicht hier, das habe ich doch schon gesagt", beeilte sich Arith zu erklären und spürte, wie sein Herz ins Stocken geriet und ihm gleichzeitig heiß und kalt wurde. So hatte er sich das ganz bestimmt nicht vorgestellt. Fieberhaft überlegte Arith, was er tun sollte, da stand Jaiko plötzlich auf und starrte auf etwas, das hinter Arith lag. Der hielt es nicht mehr aus und drehte sich um.

Dort schlängelte sich Jasmine zwischen den Tischen hindurch und steuerte geradewegs auf den Ausgang zu. Sie hielt den Blick starr auf die Tür gerichtet, um keine Aufmerksamkeit auf sich zu ziehen, aber das Unvermeidliche war bereits geschehen. Jaiko wollte gerade einen Schritt auf sie zu machen und hatte den Mund geöffnet, aber da hatte Jasmine das Lokal schon verlassen.

Auf einmal fluchte Kirk so lautstark, das Arith ihn selbst ohne Ohrstöpsel gut durch den Lärm der Menschen hören konnte. Er blickte zu dem Polizisten hinüber und bemerkte erstaunt, dass der aufgesprungen war und hektisch nach seiner Waffe fingerte.

„Was –?", setzte Arith an. Dann hörte er Gepolter und sah seinen Vater durch das Lokal eilen. Arith glaubte, er sei auf dem Weg zu ihm und Jaiko, doch er folgte Jasmine hinaus und verschwand aus Ariths Blickfeld.

„Oh nein", flüsterte Jaiko, und Arith folgte seinem Blick. Vor dem Café hatte ein schwarzer Lieferwagen angehalten, und zu Ariths Entsetzen sprangen in diesem Augenblick vier in Schwarz gekleidete Männer aus dem Auto. Sie packten Jasmine an Armen und Beinen und warfen sie in Windeseile in den Frachtraum des Transporters. Die Schiebetür wurde zugeschlagen, und der letzte Entführer sprang gerade auf den Beifahrersitz, als Duva erschien und dem anfahrenden Wagen hinterherrannte.

Duva traute seinen Augen kaum, als er die kleine Blondine hinter einem Pulk an Menschen das Lokal betreten sah. Sie hielt nach Duva Ausschau, und als sie ihn entdeckt hatte, eilte sie auf ihn zu. Der Detektiv unterdrückte ein Fluchen, und sobald sie an seinem Tisch angelangt war, packte er sie unwirsch am Arm, um sie zum Sitzen zu zwingen.

„Jasmine", fauchte er sie wütend an, und sie starrte verwirrt zurück, als verstehe sie nicht, was ihn so aufgebracht haben könnte. „Was zum Henker machst du hier?" Er bedeckte das Mikro, das er sich an den Hemdknopf geheftet hatte, um Arith mit der folgenden Diskussion nicht aus der Fassung zu bringen. Der Junge war ohnehin schon unglaublich nervös, und Duva wollte seine Lage nicht noch unnötig verschlimmern.

„Ich sehe nicht ein, warum ich untätig in dieser muffigen Wohnung herumsitzen soll, während ihr den ganzen Spaß habt." Sie zog die Brauen zusammen und verschränkte schmollend die Arme vor der Brust. „Ich bin Journalistin. Ich weiß, wie man jemanden beschattet."

„Ach wirklich? Wenn du das weißt, wieso bist du dann gerade für jeden Verfolger sichtbar durch die Straßen und hier hereinspaziert?" Duva musste an sich halten, um sie nicht anzubrüllen. Er atmete tief durch, um sich zu beruhigen, was ihm ein scharfes Stechen in der Seite bescherte. Offenbar war die Wunde, die ihm der Streifschuss zugefügt hatte, doch schlimmer als anfangs gedacht. Er sollte sich so bald wie möglich darum kümmern, sonst wäre diese neugierige Journalistin sein geringstes Problem.

Jasmine zuckte bloß mit den Schultern und sah sich um. Sie entdeckte Kirk und wollte den Arm zu einem Winken heben, aber Duva konnte sie gerade noch davon abhalten. Er spürte, wie die Wut heiß in ihm zu brodeln begann, und er biss heftig die Zähne zusammen. „Wenn du schon hier bist, sei wenigstens still und verhalte dich unauffällig, verdammt noch mal!" Er ballte die Hände zu Fäusten und seine Muskeln verkrampften sich plötzlich. Jasmine warf ihm einen fragenden Blick zu.

„Geht's dir gut? Du siehst schrecklich aus."

Duva löste seine Hände aus ihrer Verkrampfung. „Mir geht's gut, solange du hier sitzen bleibst und die Klappe hältst."

Sie rümpfte die Nase. „So etwas brauche ich mir nicht anzuhören." Zu seinem Entsetzen stand sie wieder auf und wandte sich zum Gehen. Er sah, wie Kirk ihm einen fragenden Blick zuwarf, aber Duva schüttelte bloß den Kopf. Gerade wollte er seine Aufmerksamkeit wieder Arith und Jaiko zuwenden, da hörte er ein schrilles Quietschen und einen spitzen Schrei durch die halb geöffnete Eingangstür. Sein Kopf zuckte in Richtung Eingang, und was er durch die Fensterfront sah, ließ ihm das Blut in den Adern gefrieren.

Ein schwarzer Lieferwagen spuckte soeben vier vermummte Männer aus, die die zierliche Journalistin packten und ohne Umschweife in den Frachtraum des Wagens warfen. Sofort rannte Duva durch das Lokal, und in seiner

Hast stieß er dabei einige Besucher um. Als er draußen angekommen war, schloss sich bereits scheppernd die Schiebetür, und der letzte Mann sprang in das Führerhaus. Duva spannte seine Muskeln zum Spurt an und war in Windeseile an der Beifahrertür angekommen. Seine Finger umklammerten den Griff des Wagens, der bereits angefahren war, und er riss die Tür auf. Mit der Linken packte er den Mann, der Duva überrascht anstarrte, und bevor er noch etwas tun konnte, landete er auch schon auf dem Asphalt.

Duva stieß sich vom Boden ab und sprang in den Wagen. Der Fahrer schrie auf und griff nach seiner Waffe. Der Detektiv verpasste ihm einen gezielten Schlag gegen die Schläfe, und der Kopf des Mannes flog zur Seite. Der Wagen schlingerte durch die Straßen und drohte, in die Fußgänger zu rasen. Fluchend riss Duva das Lenkrad herum und kam dabei auf die Gegenfahrbahn. Er wich einem entgegenkommenden PKW aus, und als er glaubte, den Wagen endlich unter Kontrolle gebracht zu haben, spürte er einen stechenden Schmerz an der Seite und sackte mit einem unterdrückten Schmerzensschrei zusammen. Der Fahrer hatte ihm auf seine Wunde geschlagen, und rammte ihm eine Spritze, die er hektisch aus der Jackentasche gekramt hatte, in die Halsbeuge. Vor Schmerzen gelähmt konnte Duva sich nicht wehren und blinzelte den Fahrer aus kleinen Augen an. Sein Blick verschwamm langsam und als sich sein Gegner das dunkle Tuch vom Gesicht zog, erkannte er den Mann, der auf dem Friedhof in Chattanooga versucht hatte, ihm eine Kugel in den Bauch zu jagen.

„Arschloch", murmelte Duva noch, dann schwanden ihm endgültig die Sinne.

Unter Kollegen

Das künstliche Licht der Lampe auf seinem Schreibtisch warf zuckende Schatten auf Randolphs' Gesicht und ließ ihn noch geisterhafter als sonst erscheinen. Seine Wangen waren eingefallen, und dunkle Ringe zeichneten sich unter seinen glasigen Augen ab. Auf dem Bildschirm lief eine Videobandaufnahme, auf der eine kaum belebte Seitenstraße zu sehen war. Auf der rechten Seite befanden sich heruntergekommene Geschäfte, die in blinkenden Neonschildern Tabak und Pornos anboten. Vereinzelt huschten Passanten durch die Szene. Zu dieser späten Stunde wollte man in dieser Gegend Chicagos nicht länger als nötig auf den Straßen unterwegs sein. Am unteren rechten Bildschirmrand wurde gerade die Uhrzeit 2 Uhr 51 angezeigt.

Randolphs richtete sich in seinem Stuhl auf und nahm einen Schluck eiskalten Kaffees. Sein dürrer Zeigefinger schwebte zitternd über der Maustaste, und er kniff die Augen zusammen, um besser sehen zu können. Seine Nase war nur noch wenige Zentimeter vom Bildschirm entfernt, und als die Uhrzeit auf 2 Uhr und 52 sprang, schoss sein Finger herab wie ein Habicht, der eine fette Maus gesichtet hatte, und pausierte die Aufnahme.

Im rechten unteren Eck war ein kleiner, dicker Mann aufgetaucht, der sich hektisch umsah. Randolphs betrachtete das dickliche Gesicht, das auf dem Bildschirm leicht flimmerte. Seine Haut wirkte aschfahl im Schein der Straßenlaternen, und die weit aufgerissenen Augen blickten sich ständig um, als würde er verfolgt werden. Randolphs schnalzte dem Standbild zu.

„Du hättest mein Angebot einfach annehmen sollen, als du noch die Gelegenheit hattest", erklärte er dem dicken Mann. Randolphs erinnerte sich an die zahllosen Telefonate, die er mit ihm in den letzten Wochen geführt hatte und die mit jedem Mal feindseliger und aggressiver geworden waren. Besonders von Seiten Butchers, denn der einstige Berater der Kriminalpolizei hatte sich partout geweigert, ein zweites Mal mit Randolphs zusammenzuarbeiten. Nichts, was der ehemalige Chief Detective gesagt hatte, hatte ihn umstimmen können. Ständig hatte er etwas von moralischen Grundsätzen und illegalen Geschäften erzählt und dass er ein neues Leben begonnen hatte. Das hatte Randolphs ungemein amüsiert, und er fand es sogar schade, den Mann letztendlich doch umbringen zu müssen, aber er hatte keine Wahl. Butchers wusste nun, was Randolphs vorhatte, und da er kein Teil davon sein wollte, musste er eben verschwinden. Es war eine zu große Gefahr, ihn einfach so herumlaufen zu lassen.

Es war ein Leichtes gewesen, Butchers bei ihrem letzten Telefonat zu versichern, dass dies ganz gewiss das letzte Mal sein würde und dass er nach ihrem Treffen nie wieder etwas von Randolphs hören oder sehen würde. Tatsächlich war Randolphs erstaunt gewesen, dass Butchers so leichtfertig einem Treffen zugestimmt hatte, aber vermutlich war er von dem Versprechen, endlich in Ruhe gelassen zu werden, so geblendet gewesen, dass er schnurstracks zum vereinbarten Treffpunkt marschiert war. Ohne zu ahnen, dass er in seinen Tod lief, eilte er den Gehweg entlang und verschwand dann aus dem Bildschirm.

Kurze Zeit später durchquerte ein zweiter Passant, der seine eigene Größe und Statur hatte, die Aufnahme. Das Haar stand ihm wirr vom Kopf ab, und er war fest in einen Mantel gehüllt. Scheinbar wahllos klickte Randolphs auf ein paar Knöpfe und beobachtete gespannt, wie sich der Mann in Zeitlupe den Gehsteig entlang schob. Jede einzelne Sequenz wurde gelöscht.

Dann passte er die Uhrzeit an, und jetzt war da niemand mehr, der ihm selbst verdächtig ähnlich sah und den Gehsteig entlang ging. Um ganz sicher zu gehen, dass alles perfekt passte, spulte er zurück und ließ die Aufnahme erneut abspielen. Zwischen den Minuten 51 und 52 lag der aufgenommene Straßenabschnitt in vollkommener Ruhe da. Keine Menschenseele huschte über den Bildschirm.

Und dann kam jemand, mit dem er nie gerechnet hätte. Als er sich vor einigen Wochen die Aufnahme zum ersten Mal angesehen hatte, hatte er seinen Augen nicht getraut. Ein großer, in einen schwarzen Mantel gehüllter Mann, der sich den Kragen bis über die Ohren hochgeschlagen und seinen Hut tief ins Gesicht gezogen hatte, eilte die Straße entlang. Auch er sah sich um, und im Profil konnte man den Privatdetektiv Duva erkennen. Randolphs drückte erneut Pause und grinste ihn an.

„Ich sollte dir eigentlich dafür danken, dass du deine verdammte Hakennase überall hineinstecken musst", flüsterte er. Als er mit dem Video fertig war und die Datei auf einen USB-Stick gezogen hatte, setzte er sich ins Wohnzimmer, streifte sich weiße Plastikhandschuhe über und zog eine schwarze Pistole hervor. Er hatte noch zwei Fingerabdrücke von Duva, die er sich aus dessen Wohnung besorgt hatte, und diese klebte er nun fachgerecht auf die Waffe. Dann legte er den USB-Stick und die Waffe nebeneinander auf den Tisch und sah sich die Beweismittel wohlwollend an. Bald wäre Victor Gayoski Duva, der letzte Privatdetektiv, dem er seine schmachvolle Niederlage zu verdanken hatte und der für all das stand, was er seit seiner Jugend aus tiefster Überzeugung verachtete, ein für alle Mal vernichtet.

Lange saß er so da und betrachtete die Waffe und den Stick, bis er sein Handy zückte und eine Nummer wählte, die er seit Jahren schon nicht mehr angerufen hatte. Es klingelte ein paar Mal durch. Randolphs wartete so lange, bis der Angerufene entnervt abhob.

„Was?", maulte der in den Hörer und klang dabei sehr verschlafen und gereizt.

„Entschuldige, falls ich dich geweckt habe", erwiderte Randolphs seelenruhig und nahm einen weiteren Schluck Kaffee. Am anderen Ende der Leitung blieb es lange still. Er wartete wieder.

„Darron? Darron Randolphs?", fragte die Stimme ungläubig, und ein Keuchen war zu hören. „Dass du noch unter den Lebenden weilst, hätte ich nicht gedacht."

„Ich, ehrlich gesagt, auch nicht, aber so ist es."

Der Mann lachte bitter auf. „Ich kann es nicht glauben, dass du mich nach so langer Zeit anrufst. Und das um zwei Uhr nachts. Du musst einen ziemlich guten Grund dafür haben." Statt einer Antwort grinste Randolphs nur schief. „Ich bin ganz Ohr."

„Das ist nichts, was man am Telefon besprechen sollte. Treffen wir uns morgen, dann reden wir."

Nach dem wochenlangen Regenwetter wurden die Menschen mit einem erstaunlich schönen Herbsttag überrascht. Randolphs streckte das Gesicht der Sonne entgegen, deren Kraft mittlerweile stark eingebüßt hatte. Ein kühler Wind strich über seine Haut, und er zog den Mantel etwas enger. Er saß auf einer Parkbank am Ufer des Michigansees und blickte entspannt auf das glitzernde Wasser hinaus. Ein paar Touristen lichteten den See von jeder Seite ab, und dazwischen rannten ein paar Hunde hin und her, während ihre Besitzer weiter hinten am Wasser entlang spazierten.

Ein Bild der Idylle und Harmonie, dachte Randolphs und schüttelte den Kopf. Die Menschen versperrten ihre Augen vor der Hässlichkeit der Städte, weil sie das Grauen darin nicht sehen wollten. Doch Menschen wie er selbst und auch Duva wandelten durch die Stadt und wurden täglich mit ihrer Hässlichkeit konfrontiert.

So sehr in Gedanken versunken, hatte er seinen alten Kollegen nicht kommen hören. Erst als sich der Mann neben ihn auf die Bank setzte, sah Randolphs auf. „Da hast du dir ja ein sehr romantisches Fleckchen ausgesucht", kommentierte Matthew Finnigan die Umgebung.

Randolphs grinste. „Für dich nur das Beste."

Finnigan lachte auf und lehnte sich entspannt zurück, die Arme über die Rückenlehne gelegt und die Beine weit von sich gestreckt. „Ich dachte, du hättest dich längst auf eine entlegene Insel verkrümelt, würdest täglich Martinis schlürfen und dich von halbnackten Frauen bedienen lassen." Bei dieser Vorstellung grunzte der wenige Jahre jüngere Mann. „So würde jedenfalls ich meinen Lebensabend verbringen wollen." Er sah Randolphs von der Seite an und runzelte die Stirn. „Aber du sitzt hier in diesem Loch fest und machst was? Briefmarken sammeln?"

„So schlimm ist es noch nicht."

„Nein, im Ernst. Was treibst du gerade? Am Telefon hast du dich ziemlich ernst angehört." Er wartete, dass Randolphs sprach, aber der beobachtete nur stumm eine kleine Familie, die am Strand entlangging. Während die beiden Kinder vorneweg herumtollten, spazierten die Eltern Hand in Hand hinterher. Das perfekte Familienglück.

„Der Tote, den ihr in Riverdale gefunden habt."

Finnigans Kopf schoss nach oben. „Woher weißt du davon?"

„Bitte. Ich bin vielleicht nicht mehr im Dienst, aber ich habe trotzdem noch Augen und Ohren."

„Trotzdem dürftest du darüber gar nichts wissen. Das ist streng geheim."

Endlich wandte sich Randolphs seinem alten Kollegen zu und sah ihn direkt an. „Er war ein Freund von mir. Er hat es nicht verdient, auf diese Weise zu sterben, egal, was er vielleicht früher einmal getan oder nicht getan hat."

Betroffen senkte Finnigan den Kopf. „Das tut mir leid."

Randolphs nickte nur und seufzte schwer. „Ich hatte zwar seit Längerem keinen Kontakt mehr zu ihm, aber wir haben uns früher sehr gut verstanden. Im Nachhinein be-

reue ich es, jegliche Verbindung abgebrochen zu haben."
Er warf Finnigan einen flüchtigen Blick zu. „Nicht nur zu
ihm."

Sein ehemaliger Kollege ließ sich Zeit mit einer Antwort.
„Es geht also um ihn? Um Henry Butchers? Hast du mich
wegen des Mordes an ihm angerufen?"

„Ich will so schnell wie möglich seinen Mörder finden
und ihn seiner gerechten Strafe zuführen. Deshalb habe
ich bereits ein paar Nachforschungen angestellt."

„Ich kann nicht über einen Mordfall, an dem noch ermit-
telt wird, sprechen. Du bist vielleicht einmal Chief Detective gewesen, aber trotzdem darf ich einer außenstehenden
Person darüber keine Auskunft geben. Einem Zivilisten
schon gar nicht."

Randolphs sog scharf die Luft ein. „Jetzt bin ich für dich
also nur noch ein Zivilist?"

Der derzeitige Chief Detective zuckte nur mit den Schultern und sah betreten zu Boden. Ihm war die Sache ganz
offensichtlich sehr unangenehm und peinlich. „So ist es
leider. Ich kann da nichts machen." Er streckte Randolphs
die Hand hin, aber als dieser ihn nicht beachtete, ließ er
den Arm wieder sinken. Gerade wollte er sich entfernen,
da rief Randolphs ihn zurück. „Ich weiß, wer ihn getötet
hat."

Finnigan blieb wie angewurzelt stehen. „Was hast du
gesagt?"

„Ich habe gesagt, ich weiß, wer Henry Butchers umgebracht hat."

„Wer?"

„Victor Duva."

Finnigan runzelte die Stirn und wälzte den Namen in
seinem Gedächtnis hin und her. „Der Privatdetektiv?
Wieso sollte ein Detektiv jemanden ermorden?"

„Aus Rache, weil Butchers seine Frau erschossen hat."
Randolphs hielt den Blick auf seinen ehemaligen Kollegen
geheftet, um zu sehen, ob der die Lüge auch schluckte.

„Butchers hat Duvas Frau getötet?" Der Chief Detective machte große Augen und ließ sich auf der Bank zurücksinken.

„Es war ein schrecklicher Unfall." Dass eigentlich ein Mafioso den Auftrag zur Ermordung von Duvas Frau bekommen hatte, verschwieg er geflissentlich.

„Das ist mittlerweile vierzehn Jahre her. Wieso sollte er dann erst jetzt den Mörder seiner Frau suchen? Das klingt doch ziemlich weit hergeholt, finde ich."

„Ich habe Beweise."

„Stichhaltige?"

Randolphs runzelte die Stirn. Langsam wurde er wütend ob dieser ständigen Anzweiflungen seiner Kompetenz. „Natürlich sind es stichhaltige Beweise, ich bin ja kein Amateur."

Finnigan ignorierte diesen Kommentar. „Was für Beweise kannst du vorbringen? Das ist eine ziemlich schwerwiegende Anschuldigung, die du da erhebst."

Innerlich seufzte Randolphs auf. Er wusste ja, dass der neue Chief Detective nicht der hellste Kopf war und sich lieber hinter seinem Schreibtisch verkroch, als zu riskieren, aktiv in Ermittlungen gezogen zu werden, aber ein wenig mehr Kompetenz hätte er ihm schon zugetraut. „Einmal davon abgesehen, dass ihr den Mörder schon längst geschnappt hättet, würdet ihr nicht wie Amateure arbeiten, liegen die Beweise doch auf der Hand." Er griff in die Jackentasche und zog einen USB-Stick hervor. „Ich habe Videoaufnahmen gefunden, die Duva zeigen, wie er an jenem Abend Butchers verfolgt hat. Noch am gleichen Abend habe ich diese Gegend abgesucht und das hier gefunden." Damit beförderte er eine in einer Plastiktüte verpackte Pistole zutage, die Finnigan mit offenem Mund weg anstarrte.

„Ist das etwa die Mordwaffe?"

Randolphs nickte. „Ich bin mir ziemlich sicher, aber die Forensik wird das mit absoluter Gewissheit sagen können.

Es ist eine kleinkalibrige Waffe, aber mit enormer Durchschlagskraft. Kein normales Modell, der Mörder muss es irgendwo illegal gekauft haben."

„Darron … weißt du denn überhaupt, was du da sagst?"

„Natürlich. Bist du denn nicht froh, dass ich dir den Mörder auf dem Silbertablett liefere?" Ehrlich erstaunt betrachtete Randolphs den blass gewordenen Polizeidirektor.

„Ja … nein … Ich glaube dir ja, aber wir müssen die Beweise selbst überprüfen und Duva dazu befragen. Ohne stichhaltige Beweise können wir gar nichts unternehmen. Das weißt du."

„Nichts Anderes habe ich erwartet. Gute, ehrliche Polizeiarbeit." Randolphs lächelte und klopfte seinem ehemaligen Kollegen freundschaftlich auf die Schulter. „Ich bin sicher, ihr werdet ihn überführen können." Als Finnigan einen Moment zögerte, setzte Randolphs nicht unsanft nach: „Du solltest dich so schnell wie möglich an die Arbeit machen. Wer weiß, wohin dieser Detektiv bereits geflohen ist. Wenn er nicht schon die Stadt verlassen hat." Eindringlich drückte er die Schulter Finnigans. „Ich vertraue darauf, dass du ihn dingfest machst."

„Ich werde alles tun, was ich kann."

„Genau das wollte ich hören."

Man trifft sich immer zweimal im Leben.

Das Erste, das Duva wahrnahm, als er wieder zu Bewusstsein kam, war die Eiseskälte. Sie hatte sich in seinen Gliedern festgekrallt, lähmte seinen Körper und bescherte ihm unsägliche Schmerzen. Seine Zunge war dick und pelzig in seinem Mund, und als er zu schlucken versuchte, wurde sein Körper von einem Hustenanfall geschüttelt. Kurz gesagt, er befand sich in keiner guten Ausgangslage, und nachdem er die Augen vorsichtig geöffnet hatte, musste er feststellen, dass sie sogar noch schlimmer war, als er gedacht hatte.

Er war auf einem klapprigen Stuhl gefesselt, die Hände hinter der Rückenlehne zusammengebunden und beide Füße an jeweils einem Stuhlbein befestigt. Zuerst konnte er sich gar nicht zurechtfinden, denn Dunkelheit umfing ihn. Erst nach geraumer Zeit, in der sich seine Augen an die düstere Umgebung gewöhnten, erkannte er, dass er sich offenbar in einem verlassenen Lagerhaus befand. Der Betonboden war dreckig und verstaubt, kleine Fenster knapp unterhalb des meterhohen Dachs ließen nur spärliches Licht herein, und die Luft roch modrig. Je mehr er sich bewegte, desto heftiger protestierten seine Muskeln. Da vernahm er neben sich ein Flüstern.

„Jasmine?", krächzte er und blinzelte mehrmals. Sie sah erstaunlich gelassen aus. Das kurze Haar war etwas zerzaust, und sie hatte eine Schramme im Gesicht davongetragen. Ansonsten war sie hellwach, und ihre blauen Augen glühten förmlich in der Dunkelheit.

„Oh Gott, ich dachte schon, du würdest nie aufwachen."

Duva suchte nach Worten, aber sein Verstand arbeitete zu langsam. Es war, als würde er durch dickflüssigen Sirup waten und nur mit größter Mühe vorankommen. „Geht es dir gut?", presste er schließlich hervor.

„Ich bin ja nicht aus Porzellan." Sie lehnte sich etwas näher zu ihm herüber. Auch ihre Hand- und Fußgelenke waren angebunden worden. „Die Kerle sind schon seit einer halben Ewigkeit weg. Wenn wir hier verschwinden wollen, müssen wir uns beeilen, bevor sie zurückkommen."

Sie sprach schnell und leise, und wegen seines dröhnenden Schädels hatte Duva Mühe, sie zu verstehen. Er schüttelte den Kopf, um wieder klar denken zu können, aber es half nicht viel. „Ich bekomme die Fesseln nicht auf, aber vielleicht hast du ja irgendwo ein Taschenmesser versteckt?" Erwartungsvoll sah sie ihn an, und als er nur zurück glotzte, verdrehte sie die Augen. „Wozu hat man einen Detektiv, wenn er kein Taschenmesser dabei hat?"

Gerade wollte Duva zu einem Protest anheben, da wurde eine Tür am anderen Ende der Halle aufgerissen, und ein schmaler Lichtstreifen bahnte sich seinen Weg zu ihnen. Vier Männer kamen auf sie zu und blieben wenige Meter vor ihnen stehen. Der Mann, der Duva damals auf dem Friedhof angeschossen hatte, stand links außen und bedachte ihn mit einem hasserfüllten Blick. Der Detektiv erwiderte ihn gelassen.

„So", begann ein mittelgroßer Mann, der einen weißen Verband quer über den Nasenrücken gespannt hatte. Er war der Unglückliche, dem Duva auf dem Friedhof die Nase gebrochen hatte. Der Mann erwiderte das Grinsen und verengte seine Augen zu bösen Schlitzen. „So sieht man sich wieder, was?"

„Leider", entgegnete Duva nüchtern und lehnte sich in seinem Stuhl zurück, bis die Muskeln in seinen Schultern protestierten. „Willst du dich nicht zu uns setzen? Hier unten ist es viel gemütlicher."

Der Angesprochene fuhr sich mit der Zunge über die blendend weißen Zähne und schnalzte laut. Das Geräusch hallte in dem Lagerhaus wider. „Die Aussicht ist von hier oben sehr viel interessanter." Er stellte sich breitbeinig hin und schlug sein Jackett zurück. Eine Pistole kam zum Vorschein, und Duvas Blick wanderte von der Waffe hinauf zu dem süffisanten Grinsen des Mannes. Er trat an den Gefangenen heran und beugte sich zu ihm hinunter. Sein Atem strich unangenehm über Duvas Ohr, sodass dieser dem Drang widerstehen musste, den Kopf wegzudrehen. Den Blick starr auf den Hemdkragen seines Peinigers gerichtet, biss Duva die Zähne zusammen. „Du hättest mich in Chattanooga nicht provozieren sollen. Wer mich provoziert, hat nichts zu lachen."

Duva schnaubte verächtlich. „Und trotzdem sitze ich hier und lache."

Sein Gegenüber hielt inne, bevor er sich wieder aufrichtete und zum Gehen umwandte, doch dann landete schlagartig seine Faust in Duvas Gesicht. Dessen Kopf flog zur Seite, und ein Gemisch aus Spucke und Blut segelte durch die Luft. Neben ihm sog Jasmine scharf die Luft ein. Mühsam richtete er sich wieder auf und hing schief auf dem Stuhl.

„Hast wohl tüchtig an deinem linken Haken geübt", presste er hervor und spuckte Blut vor die Lackschuhe des Mannes. Der rümpfte angewidert die Nase, ließ es aber schnell wieder bleiben, als er dadurch an seine eigene Verletzung erinnert wurde. Duva grinste breit. Der Mann verlagerte sein Gewicht, sein rechter Fuß schoss nach vorn und traf Duva in der Brust. Der Stuhl, auf dem er gefesselt war, kippte nach hinten um, und er schlug heftig mit dem Kopf auf. Ihm wurde wieder schwarz vor den Augen, und das Blut rauschte in seinen Ohren. Aus der Ferne hörte er Jasmine aufschreien, und er kämpfte gegen die wiederkehrende Ohnmacht an.

Die Stimmen drangen nur gedämpft und wie unter Wasser zu ihm durch. Verschwommen sah er, wie ein paar Schuhe auf ihn zukamen und erneut zum Tritt ausholten. Gleich darauf spürte er einen dumpfen Schmerz in der Magengegend und krümmte sich so weit es seine Fesseln erlaubten. Seine Augen rollten in ihren Höhlen umher und verfolgten zwei Männer, die sich Jasmine näherten. Groteske Fratzen blickten grinsend auf die Frau herab, und Duva schwante Böses. Stöhnend versuchte er den Kopf anzuheben, aber sofort musste er gegen die aufkommende Übelkeit ankämpfen. Jasmine fluchte, kreischte, spuckte und warf den Kopf von einer Seite zur anderen, während die beiden Männer im Begriff waren, ihre Fußfesseln zu lösen.

„Nein…", würgte Duva hervor und zerrte erfolglos an seinen Fesseln. Seine Augen rollten in Jasmines Richtung, die ihn entsetzt anstarrte und um Hilfe anrief, aber er konnte sie schon nicht mehr hören. Sein Körper war ein einziger pochender Schmerz, sein Bewusstsein entschwand langsam. Beinahe wäre er zurück in die tröstliche Schwärze gesunken, da flog die Tür erneut auf, und ein Schrei hallte ohrenbetäubend laut durch die Halle. Duvas Kopf rollte auf die andere Seite und benommen sah er ein paar Menschen, die auf ihn zugerannt kamen. Als er Jaiko erblickte, schloss er erschöpft die Augen und ergab sich widerstandslos seinem Schicksal.

„Victor!"

Verwirrt horchte er auf. War das nicht Ariths Stimme gewesen? Wieso war er hier? Hatte Jaiko ihn etwa ebenfalls entführt? Er musste seine gesamte Willenskraft aufbringen, um gegen die Ohnmacht anzukämpfen. Ein dunkles Gesicht schwebte über ihm, und große Augen starrten ihn besorgt an. „Victor!", formte der Mund, aber die Stimme drang nur gedämpft zu ihm hindurch. Duva blinzelte mühsam und zwang die Lippen auseinander, die Zunge lag wie ein ausgetrockneter Lappen in seinem Mund. Nur ein verstaubtes Keuchen drang aus seiner Kehle.

„Keine Sorge, es ist alles in Ordnung", beruhigte Arith ihn und machte sich sofort daran, seine Fesseln zu lösen. Wie ein nasser Sack kullerte Duva von dem Stuhl und blieb auf der Seite liegen.

„Arith?", presste Duva hervor und sah seinen Sohn an. Er sah zwar aufgeregt, aber unverletzt aus. „Was ist passiert? Wieso bist du hier?"

„Wir haben euch gerettet", meinte Arith nur und deutete mit einem Nicken in Jaikos Richtung. „Du solltest dich bei ihm bedanken." Duva wandte den Blick vom Gesicht seines Sohnes ab und ließ ihn durch die Halle wandern. Jasmine stand bereits wieder aufrecht da und redete wie besessen auf Jaiko ein, der stumm das Geschehen betrachtete, als würde ihn das alles gar nichts angehen. Währenddessen waltete Kirk seines Amtes und fesselte den Entführern die Hände auf dem Rücken.

Der Detektiv runzelte die Stirn. „Bedanken?" Er presste die Lippen aufeinander und richtete sich mit Ariths Hilfe auf. Noch sehr wackelig auf den Beinen musste er sich auf Arith stützen, um nicht gleich wieder auf dem Boden zu landen. Jasmine unterbrach ihren Monolog und beobachtete Duva, der langsam auf sie zukam und den Blick dabei aber starr auf Jaiko gerichtet hielt. Der hob das Kinn, als wüsste er, was folgen würde.

„Duva, lass mich –"

Duvas Rechte knallte hart gegen Jaikos Kiefer, woraufhin der nach hinten stolperte. Durch die Wucht taumelte Duva selbst, und mit Jasmines Hilfe fing Arith ihn auf.

„Victor …" Die Stimme seines Sohnes verlor an Kraft, bis der Detektiv endgültig das Bewusstsein verlor.

Geflüsterte Worte drangen undeutlich an sein Ohr und weckten ihn auf. Am liebsten hätte er einfach weitergeschlafen, denn er war so unglaublich müde. So ausgelaugt hatte er sich schon lange nicht mehr gefühlt. Er vernahm Ariths Stimme, und Jasmine war ebenfalls zu hören. Was Duva aber beunruhigte war die Tatsache, dass Jaikos tiefe Stimme immer noch über allem hallte und wie ein Beil in Duvas Hirn fuhr. Stöhnend öffnete er die Augen und schloss sie sofort wieder, als sie von gleißendem Licht geblendet wurden. Er versuchte, sich zu rühren, aber er konnte nicht. Es war, als würde ein unsichtbares Gewicht seinen Körper niederdrücken.

„Er ist wach", sagte eine ihm unbekannte und unangenehm hohe Stimme.

„Sind Sie fertig?", fragte Jaiko. Instinktiv verkrampfte sich Duva.

„Fast. Wenn er stillbleiben würde, wäre ich schneller."

Plötzlich spürte er einen warmen Atem auf seiner Haut. „Victor, beruhige dich. Du wirst gerade genäht, aber es ist gleich vorbei."

Duva blinzelte seinen Sohn aus kleinen Augen an. „Wo bin ich?", brachte er mühsam hervor und sah sich soweit um, wie es seine derzeitige Lage erlaubte. Er befand sich offenbar nicht mehr in dem großräumigen Lagerhaus, sondern in einem kleineren Raum, der jedoch ebenso dreckig und heruntergekommen aussah. Sein Blick blieb an einem jungen Mann hängen, der Schutzhandschuhe trug und an Duvas Seite herumhantierte.

„Was machen Sie denn da?", fuhr er sogleich auf und wollte sich von dem Mann mit der schimmernden Nadel entfernen, die in stetem Rhythmus durch Duvas Fleisch glitt und auf der anderen Seite der Wunde wieder zum Vorschein kam. Ein silbriger Faden hielt sein Fleisch zusammen.

„Sie wieder zusammenflicken", erwiderte der Arzt trocken und fuhr unbeirrt mit seiner Arbeit fort. Duva beobachtete kritisch, wie er die rote Wunde vernähte. Hinter ihm konnte er Jaiko erkennen, den er finster anstarrte.

„Du kannst aufhören, so böse zu gucken", meinte Jaiko nur und verschränkte die Arme vor der Brust. Doch seine Worte hatten die gegenteilige Wirkung.

„Er hat uns das Leben gerettet", meine nun Jasmine, die sich irgendwo an Duvas Fußende befand. Er hob mühsam den Kopf und sah sie kritisch an. „Gut, er hat uns die Kerle zwar auf den Hals gejagt, aber nur durch ihn haben wir das auch überlebt." Sie wandte das Gesicht ab und schluckte. „Ziemlich knapp zwar, aber immerhin."

„Ja", grummelte Duva und schloss die Augen. „Immerhin." Am liebsten würde er einfach schlafen und nichts mehr von irgendwelchen ominösen Rettungsaktionen hören.

„So." Der Arzt schnitt den Faden ab und verband die Wunde. „Erledigt."

„Perfekt." Jaiko trat an den Tisch, der zu einem provisorischen Operationstisch umfunktioniert worden war, und legte dem Arzt eine Hand auf die Schulter. „Es ist immer eine Freude, Ihre Dienste in Anspruch zu nehmen."

Der junge Mediziner sammelte seine Instrumente ein. „Ich operiere alles, wenn das Geld stimmt", erwiderte er bloß, woraufhin Jaiko ihm einen dicken Umschlag überreichte. Der Arzt sah kurz hinein und nickte anerkennend. Ohne ein weiteres Wort schulterte er seine Tasche und verschwand.

„Wer war das denn?", fragte Duva.

„Ein junger Arzt in Geldnot", antwortete Jaiko knapp und baute sich vor Duva auf. Der sah voller Genugtuung, dass auf dem Unterkiefer des anderen Mannes ein großer, blauer Fleck prangte. „Geht es dir soweit gut, dass wir endlich in Ruhe reden können?" Er vermittelte nicht den Eindruck, als würde er Duvas Antwort auf diese Frage in seine Planungen mit einbeziehen.

„Worüber willst du denn reden? Darüber, dass du meinen Sohn angelogen, ausgenutzt und beinahe entführt hättest? Ach nein, warte, *mich* hast du ja stattdessen entführt."

Er warf ihm einen unversöhnlichen Blick zu. „Ich habe nichts zu sagen." Mühsam rappelte er sich auf. Obwohl ihn sofort die Übelkeit übermannte und sein Kopf schwirrte, schwang er die Beine über die Tischkante und verweilte in dieser sitzenden Position. Arith half ihm in sein Hemd, das dreckig und voller Blut war.

„Ich aber. Du wirst es bereuen, wenn du mir jetzt nicht zuhörst."

„Ich bereue vieles, aber das sicher nicht." Er wollte aufstehen, aber Jaiko hielt ihn zurück. „Randolphs wird dich und alle, die mit dir zusammenarbeiten, vernichten. Du weißt, dass er dazu im Stande ist."

„Wieso sollte ich dir vertrauen? Du warst es doch, der uns diese Kerle auf den Hals gehetzt hat."

„Das stimmt leider. Ich konnte sie nicht mehr schnell genug zurückrufen. Es tut mir wirklich leid, dass ihr das durchmachen musstet. Ich arbeite nicht mehr mit Randolphs zusammen."

„Das soll ich dir etwa glauben?"

„Ihr beide habt wirklich ein Vertrauensproblem, du und dein Sohn."

„Aus gutem Grund, wie man wohl sieht."

Jaiko schwieg einen Augenblick, bevor er antwortete: „Würde ich euch tatsächlich Randolphs ausliefern wollen, hätte ich wohl kaum eure Entführung sabotiert, oder?" Duva musste zugeben, dass er da nicht ganz Unrecht hatte, aber sein Misstrauen gegenüber diesem Mann hatte sich trotzdem kein bisschen gelegt. „Es ist mir auch egal, ob ihr mir vertraut oder nicht. Deswegen sind wir nicht hier."

„Wieso sind wir dann hier?", schaltete sich Arith ein. Er sah sehr mitgenommen aus, und sicherlich würde ihm genau wie allen anderen eine Mütze Schlaf nicht schaden.

„Um Randolphs aufzuhalten."

Duva lachte auf. „Du glaubst, du allein kannst das bewerkstelligen? Nicht nur verrückt, sondern auch noch größenwahnsinnig, dieser Kerl."

Jaikos Kiefer mahlten aufeinander, aber er riss sich am Riemen. „Ich glaube, nicht nur *ich* benötige Hilfe dabei. Weshalb sonst hätte Arith mich genau jetzt anrufen sollen?" Betreten schwiegen sie, was Jaiko in seiner Vermutung bestärkte. „Und sich mit mir in einem Café treffen wollen, verkabelt bis obenhin?" Er zupfte am Kragen des Jungen und förderte das winzige Mikro zutage. Kirk fluchte verhalten.

„Dazu wäre es gut zu wissen, was genau Randolphs eigentlich vorhat", meinte nun Jasmine, um die Spannung, die zwischen den beiden Männern herrschte, ein wenig zu mildern.

„Am liebsten wäre es Randolphs, wenn er euch alle miteinander unter der Erde sehen würde."

Arith schluckte schwer, und auch Kirk und Jasmine hatten ein wenig an Farbe verloren. Der einzige, den diese Botschaft nicht im Mindesten zu treffen schien, war Duva. Während seiner Tätigkeit als Privatdetektiv hatte er schon öfters Morddrohungen und Ähnliches gehört.

„Das haben wir uns schon fast gedacht." Bedeutungsschwer deutete er auf seine Schusswunde. „Sehr subtil geht er aber nicht vor."

„Es wäre besser, wenn ihr Randolphs nicht unterschätzen würdet. Immerhin hat er alle Detektive dieser Stadt ausgerottet, ohne dass jemand Wind davon bekommen hat."

„Genau genommen hat er nicht alle Detektive ausgerottet, wie Sie es so schön formuliert haben, und außerdem hat meine Tante die Sache aufgedeckt", schaltete sich Jasmine ein, und der Stolz in ihrer Stimme war nicht zu überhören.

„Aber Ihre Tante hat mit ihrem Artikel damals keine Wirkung erzielt, und bis auf Duva –"

„Hört auf! Wir haben wichtigere Dinge zu bereden", herrschte Duva die beiden an und erhob sich von dem Tisch. Er fühlte sich wie ein ausgewrungener Waschlappen, den man zu lang in der prallen Sonne zum Trocknen aufgehängt hatte. Seine Energie schwand mit jedem Atemzug, und selbst einen Arm anzuheben, verlangte ihm unglaubliche Kräfte ab. „Dass er uns tot sehen will, wissen wir mittlerweile alle. Die Frage ist, wie genau er das anstellen will. Er wird ja wohl einen konkreten Plan haben, oder?"

„Der schnellste Weg, um euch loszuwerden, ist Diffamierung. Er wird alle Register auffahren, um euch unglaubwürdig zu machen. Als Mörder, korrupte Beamte und bestechliche Journalisten." Der Reihe nach sah Jaiko sie an, dann blieb sein Blick an Arith hängen. „Selbst vor Kindern macht er keinen Halt." Arith überkam ein Schaudern. „Ihr müsst euch wappnen, darauf vorbereiten und einen Konterangriff planen, sonst habt ihr nicht die geringste Chance gegen ihn." Nach diesen Worten herrschte Totenstille unter den Anwesenden. Im Geiste sahen sie ihre Karrieren und Leben den Bach runtergehen, und keinem von ihnen gefiel diese Vorstellung. „Aber es gibt eine Möglichkeit, ihm einen Strich durch die Rechnung zu machen."

„Und die wäre?", fragte Kirk sofort und lechzte nach jedem Hoffnungsschimmer aus dieser verqueren Situation.

„Ihr müsst ihm zuvorkommen und ihn zuerst stellen. Seine Taten der Öffentlichkeit präsentieren und es so geschickt anstellen, dass er gar nicht mehr anders kann, als sich dazu zu bekennen."

„So weit waren wir auch schon. Genau aus diesem Grund mussten wir dich kontaktieren, denn ohne dich schaffen wir es nicht." Die Worte kamen Duva nur langsam und sehr widerwillig über die Lippen, aber wenn er sich und die anderen irgendwie retten wollte, musste er die Hilfe dieses Mannes, der ihm vom Kopf bis zu den Füßen gänzlich zuwider war, in Anspruch nehmen. „Wir brauchen dein Geständnis über alles, was ihr vor vierzehn Jahren getan habt. Jede Kleinigkeit, alle Namen, Orte und Pläne, die ihr ausgeheckt habt. Alles."

Jaikos Miene war nicht lesbar, aber Duva konnte sich nicht vorstellen, dass es dem Mann leichtfallen würde, über diese grauenvollen Taten zu sprechen und sich dafür zu verantworten. Aber vielleicht gab es eine Chance, denn würden sie sonst dieses Gespräch führen? Nach einiger Zeit der Stille ließ Jaiko den Kopf sinken und schloss kurz die Augen, als müsste er sich für die nächsten Worte erst einmal sammeln.

„Gut", sagte er bloß, warf sich den Mantel über und verließ das Lagerhaus.

Tränen im Regen

Während die drei Männer in der Küche gedämpft berat-
schlagten, wie sie die Videoaufnahme gestalten wollten,
werkelte Jasmine MacLachlan an ihrer Videokamera herum. Ihre sonst so ruhige Hand zitterte ein wenig, und immer wieder ließ sie das Display ihres Handys aufleuchten,
um zu sehen, ob sie eine Nachricht von ihrer Tante bekommen hatte. Stattdessen leuchteten in stetem Takt Be-
nachrichtigungen von verpassten Anrufen, Chatnachrich-
ten oder SMS von besorgten Kollegen und Freunden auf.
Es war nicht ungewöhnlich, wenn sie für ein paar Tage
nicht erreichbar war, weil sie bis zum Hals in Arbeit steckte oder für eine Reportage unterwegs war. Aber sie war
nun schon seit über einer Woche weg und hatte sich nicht
einmal bei ihrem Chef abgemeldet. Falls sie diese Aktion
überleben sollte, würde sie sich wohl einen neuen Job suchen müssen.

Seufzend verstaute sie die Kamera in der dafür vorgesehenen Tasche und ließ sich in das Sofa sinken. Es war alt
und verströmte einen merkwürdigen Geruch, dessen Ur-
sprung Jasmine lieber nicht auf den Grund gehen wollte,
aber es war sehr bequem und vermittelte das Gefühl von
Geborgenheit. Dieses Gefühl hatte sie schrecklich nötig.
Hinter ihr betrat Duvas Sohn das Wohnzimmer. Er sah
müde und ziemlich mitgenommen aus, aber das traf wohl
auf sie alle zu. Für Arith mussten die Ereignisse der letzten
Tage und Wochen ein schwerer Schlag gewesen sein.

„Wie geht es dir?", fragte sie ihn, als er sich ihr gegenüber in einen Sessel fallen ließ und die Füße auf eine freie
Kante des niedrigen Beistelltisches legte. Seine Haare wa-

ren auf der einen Seite eingedrückt und standen auf der anderen ein wenig ab. Sie musste lächeln.

„Ich bin müde, obwohl ich gerade fast zehn Stunden am Stück geschlafen habe. Ich habe Hunger, mir fehlen meine Freunde und meine Großeltern. Und meine Gitarre." Mürrisch schob er die Unterlippe nach vorn und verschränkte die Arme vor der Brust.

„Ich wünsche mir ein heißes Bad und eine sehr große Flasche Wein", sagte sie. „Es ist nicht sehr angenehm, tagelang mit einer Horde Männer in einer kleinen Wohnung zu hausen und auf dem Sofa schlafen zu müssen."

„Sie können auch mein Bett nehmen", bot Arith sofort an, aber die Frau winkte ab.

„So meinte ich das nicht. Ich wollte nur sagen, dass ich auch jammere. Du bist nicht allein." Es tat gut, diese Worte auszusprechen. Sie trösteten sie ein wenig über ihre missliche Lage hinweg. Arith lächelte und schien sich etwas zu entspannen.

„Du spielst also Gitarre?", fragte sie nach, und sofort hellte sich die bisher düstere Miene des Jungen auf.

„Ja. Ich spiele sogar in einer Band."

„Wow! Das ist ja aufregend. Was spielt ihr denn so für Musik?"

„Hauptsächlich Rock." Dann verfinsterte sich sein Gesicht wieder. „Ich vermisse unsere Proben und Auftritte."

Jasmine stand auf und setzte sich auf die Armlehne des Sessels. Zärtlich legte sie eine Hand auf seine schmale Schulter und drückte sie leicht. „Keine Sorge. Dein Vater ist die Wachsamkeit in Person. Er würde nie zulassen, dass dir etwas passiert." Sie hatte erwartet, dass ihre Worte ein kleines Lächeln auf das Gesicht des Jungen zaubern würden, aber dem war nicht so. Stattdessen zog er die Brauen zusammen und presste die Lippen aufeinander.

„Das macht mir auch Angst." Er wollte noch etwas hinzufügen, schien es sich aber anders überlegt zu haben. Sie wollte ihn nicht drängen und klopfte ihm stattdessen auf die Schulter. In diesem Augenblick vibrierte ihr Handy, und sie sprang wie von der Tarantel gestochen auf, hechtete zum Sofa und wäre dabei fast über den Tisch gestolpert. Ihr Magen krampfte sich zusammen, aber dann las sie den Namen des Absenders und war bitter enttäuscht. Es war nur ihre Kollegin Abigail, die gefühlte hundert Nachrichten an sie geschickt hatte, jede besorgter und eindringlicher als die vorherige. Jasmine wollte sie schon wegdrücken, als sie die ersten Zeilen der Nachricht las. Die Beine knickten unter ihr weg, und sie sackte auf dem Fußboden zusammen.

„Was ist los?" Sofort war Arith bei ihr, aber sie starrte nur sprachlos auf den Text, der vor ihren Augen verschwamm.

„Das kann nicht sein", murmelte sie und las die Nachricht ein ums andere Mal, aber der Inhalt änderte sich dadurch nicht. „Unmöglich …"

Arith riss die Tür zur Küche auf, es wurden hastig Worte gewechselt, dann war jemand bei ihr, der sie vom Boden aufs Sofa zog. Ihr war unglaublich schlecht, als hätte ihr jemand mit voller Wucht in den Magen geschlagen. Das strahlende Licht des Displays stach ihr in den Augen, bis diese tränten, aber sie konnte den Blick nicht von den kleinen Zeichen lösen, die so harmlos aussahen und trotzdem eine schicksalsträchtige Nachricht in sich trugen.

„Jasmine?" Sie hörte, wie jemand ihren Namen rief. Der Detektiv war ihr immer so unnahbar und kalt erschienen, aber in diesem Moment klang seine Stimme warm und mitfühlend. Er wusste Bescheid. Verwirrt sah sie zu ihm auf und starrte in seine tiefschwarzen Augen. Sie wollte ihn von sich stoßen, aber er hielt sie an den Armen fest, dass es wehtat. „Reiß dich zusammen. Hörst du mich?"

Sie hörte ihn, aber sie wollte seine Stimme aus ihrem Kopf verbannen. Abrupt stand sie auf und riss sich aus seinem Griff los. Ohne die anderen und deren bemitleidenswerte Blicke zu beachten, durchquerte sie die Wohnung und verschwand in der kalten Nacht, ohne auch nur einen Gedanken auf die Gefahren ihres Tuns zu verschwenden.

Es regnete in Strömen, aber sie achtete nicht darauf. Den Kopf gesenkt und den Blick starr auf den Weg vor ihr gerichtet, trugen ihre Füße sie quer durch die Stadt. Sie hatte keine Ahnung, wohin sie ging, aber das war auch egal. Die Hauptsache war nur, dass sie aus dieser stickigen Wohnung entfliehen und ihre Lungen mit frischer Luft füllen konnte. Auf ihrem Weg rempelte sie Leute an, die ihr böse Worte hinterherschickten. Sie stieß gegen Schilder, die auf dem Gehweg standen, und sogar gegen Straßenlaternen, die sich plötzlich aus der Nacht schälten.

Sie ist tot. Sie ist tot. Sie ist tot.

Wie ein Mantra wiederholte sie diese drei kleinen Worte in Gedanken und konnte – oder wollte – trotzdem deren Bedeutung und Tragweite nicht begreifen. Vor ihren Augen sah sie nicht die nassen Straßen oder das bunte Meer an Schuhen, sondern die scharfen Augen ihrer Tante, denen nicht das Geringste entging. Sie hörte nicht das Prasseln des Regens oder die dröhnenden Hupen der Autos, sondern die tiefe, angenehme Stimme ihrer Tante, wenn sie über die neuesten Tagesthemen diskutierten.

Irgendwann hielten ihre Füße inne, und erst jetzt nahm sie die Kälte und Nässe wahr, die sich bis in ihre Knochen vorgearbeitet hatten. Die junge Frau sah sich um, und es überraschte sie nicht, dass sie sich auf dem Platz vor den Chicago Towers befand. In einigen Fenstern brannte Licht, und gegen den Regen blinzelnd suchte sie die Fassade nach dem Büro ihrer Tante ab. Doch dort brannte kein Licht. Es war stockdunkel.

Wie gelähmt stand sie im Regen und wartete darauf, dass sich ein Klumpen in ihrem Hals bilden, ihr Kinn zittern und ein unendlicher Quell an Tränen sich mit den Regentropfen vermischen würde. Aber nichts dergleichen geschah. Sie stand einfach nur da und starrte in den schwarzen Himmel.

Da schob sich ein Schatten hinter sie, aber ihre Gedanken flossen so zäh wie Teer, dass sie nicht einmal daran dachte, wegzurennen. Jeden Moment erwartete sie ein kaltes Messer an ihrer Kehle oder die Mündung einer Pistole an ihrer Schläfe. Stattdessen hob sich ein Stück Stoff über ihren Kopf, und eine ruhige Stimme sagte: „Du erkältest dich noch. Wie willst du denn dann ein Interview führen?" Ob er mit seinen Worten oder seiner bloßen Anwesenheit den Damm gebrochen hatte, wusste sie nicht, aber mit einem Mal flossen die Tränen wie ein Sturzbach ihre Wangen hinunter, und die Welt versank in Regen und Tränen. Ihr ganzer Körper bebte, und sie sank auf die Knie. Neben ihr kniete der Detektiv, und hielt seinen Mantel über sie beide ausgebreitet.

Als sie sich ausgeweint hatte, fühlte sie sich, als wäre mit dem letzten Bisschen Flüssigkeit auch das letzte Körnchen Energie aus ihr gewichen. Auf ihrem Rückweg musste Duva sie stützen, und schlurfend zog sie ihre Füße über den Gehweg. Als sie an einem Drugstore vorbeikamen, lehnte Duva sie sanft gegen eine Mauer, die dank eines weiten Dachvorsprungs Schutz vor dem Regenguss bot, während er eine Flasche Wasser kaufte.

„Hier." Er hielt ihr die Flasche zusammen mit einem Schokoriegel hin. Sie stürzte den kompletten Inhalt der Flasche auf einmal hinunter. Dann verspeiste sie den Riegel und spürte, wie sich ihre Lebensgeister zurückmeldeten.

„Danke." Mit geschlossenen Augen lehnte sie den Kopf an die Mauer und wischte sich das Wasser vom Gesicht. „Tut mir leid, dass ich dir solche Mühe mache."

Duva antwortete nicht. Eine Weile lang schwieg er, dann hob er doch zum Sprechen an. „Ich beneide dich, weißt du?"

Mit gerunzelter Stirn sah sie ihn an. Er hatte sich den durchnässten Mantel über die Schultern drapiert und die Hände tief in den Hosentaschen vergraben. Die Schultern zog er ständig auf diese merkwürdige Weise fast bis zu den Ohren hoch, als wäre ihm kalt. Oder als wollte er zu allem, was das Leben ihm bot, nur mit den Schultern zucken und weiter seiner Wege gehen.

„Wie meinst du das?"

Es dauerte, bis er die richtigen Worte gefunden hatte. „Nachdem meine Frau gestorben war, konnte ich jahrelang nicht weinen."

„Im Ernst?"

Er nickte bloß. „Selbst heute noch fällt es mir schwer."

„An sie zu denken oder zu weinen?"

„Beides."

Dann lauschten sie dem Regen, der gnadenlos auf die Welt niederprasselte. „Kannst du mir etwas versprechen?", durchbrach sie bald darauf die Stille.

„Ich bin nicht gut darin, Versprechen zu halten."

Sie stieß sich von der Mauer ab und trat in den Regen, um sich vor Duva aufzubauen. Dabei legte sie den Kopf in den Nacken, und Regentropfen rannen ihr in den Kragen. Duva sah sie ruhig an.

„Versuch es wenigstens." Er wartete darauf, dass sie weitersprach. „Versprich mir, dass wir gewinnen. Lass das alles nicht umsonst gewesen sein. Bitte." Lange sahen sie einander an, und sie versuchte, in seinem Gesicht nach einer Antwort zu suchen, aber er hatte sich vor ihr verschlossen. Als er über seine Frau gesprochen hatte, hatte sich für einen kurzen Moment eine Tür einen winzigen Spalt weit geöffnet, aber jetzt war dieser Zugang wieder fest verschlossen.

„Es ist beängstigend, welche Folgen manche Wünsche mit sich bringen", antwortete er bloß und trat an ihr vorbei. Sofort rannte sie ihm hinterher und packte ihn am

Arm. Natürlich hätte er sie ohne weiteres abschütteln können, aber er tat es nicht.

„Es ist mir egal, welche Folgen daraus entstehen. Ich kann mit allem leben, aber nicht damit, dass meine Tante umsonst gestorben ist. Sie war der einzige Mensch, den ich auf der Welt hatte." Sie war selbst überrascht, welche Glut nach diesem lethargischen Schockzustand jetzt in ihr loderte. „Versprich mir, dass du alles tun wirst, um sie zu rächen."

„Rache für Karen MacLachlan zu üben, ist nicht meine Aufgabe, sondern deine." Er drehte sich zu ihr um und sah sie fest an. „Ich kenne mich mit Rachezügen aus. Es ist ein einsamer Weg und ganz bestimmt kein glücklicher. Also überlege dir gut, ob du diesen Weg gehen willst."

„Natürlich will ich das."

„Dann verspreche ich, dass deine Tante nicht umsonst gestorben ist. Aber im Gegenzug musst du mir auch etwas versprechen."

„Alles."

Duva zögerte, dann beugte er sich zu ihr hinunter und flüsterte in ihr Ohr: „Hab keine Angst mehr vor dem Tod."

Hoffnung

Müde stützte Randolphs den Kopf mit den Händen ab und starrte betrübt in die flackernde Kerze auf dem Tisch. Er fühlte sich alt und verbraucht, und mehr als jemals sonst sehnte er sich nach einem Schluck Alkohol. Leise Musik scholl aus den Lautsprechern des Restaurants, die ihn aber eher aggressiv machte als beruhigte. Nach der Nachricht, dass seine Arbeit, Duvas Fingerabdrücke am Tatort zu verteilen, zunichtegemacht worden war, hatte er die Inkompetenz der Beamten verflucht. Diese Horde von Amateuren bescherte ihm beinahe mehr Kopfzerbrechen als Duva selbst.

„Noch einen", orderte er bei dem Kellner und hielt ihm sein leeres Whiskeyglas hin. Um seinen Drang nach Alkohol zu bändigen trank er stets aus einem Whiskeyglas, denn so konnte er wenigstens tun, als würde er diese wunderbare, goldgelbe Flüssigkeit genießen, die ihm jahrelang ein treuer Gefährte gewesen war. Jedes Mal, wenn sich die Eingangstür öffnete, hob er erwartungsvoll den Kopf und machte aus seiner Enttäuschung keinen Hehl, wenn dort nicht diejenige zu sehen war, auf die er so gespannt wartete. Gerade wurde sein Seven Up gebracht, als jemand an seinen Tisch trat. Eine hübsche, junge Frau in einem dunkelblauen Kleid legte eine Hand auf die Lehne des noch freien Stuhles.

„Darf ich mich setzen?"

„Aber gerne." Sofort rückte der Kellner ihren Stuhl zurecht, und sie nahm Randolphs gegenüber Platz. „Wo ist denn dein Verlobter?", fragte er, nachdem seine Tochter ihre Bestellung aufgegeben hatte.

„Amir muss heute länger arbeiten. Er lässt sich entschuldigen und wünscht uns einen schönen Abend."

Randolphs nickte stumm. Er schämte sich ein wenig, weil er sich über das plötzliche Ausbleiben seines zukünftigen Schwiegersohnes freute. Natürlich wollte er mehr über ihn erfahren, aber er war froh um die Zeit, die er alleine mit seiner Tochter verbringen konnte. „Das nächste Mal werde ich ihn sicherlich kennen lernen."

„Er ist auch sehr interessiert daran, dich kennen zu lernen."

Randolphs lachte auf. „Ja, ganz bestimmt. Als ich ihn das erste Mal getroffen habe, sah er aus, als wollte er mich jede Sekunde zu Boden werfen."

Samantha grinste entschuldigend. „Er war Profiwrestler, aber damit hat er vor langer Zeit aufgehört. Es war ihm zu gewalttätig, meinte er. Ich bin auch froh, dass er damit aufgehört hat. Diese ganzen Anabolika, die die Sportler in sich pumpen, sind sehr gesundheitsschädlich."

Randolphs lächelte. Es sprach die geborene Ärztin aus ihr. „Na ja, ich bin jedenfalls froh, dass du einen starken Mann an deiner Seite hast."

Bis das Essen kam, unterhielten sie sich über Kleinigkeiten. Wie es ihr ging, wie es ihm ging, wie es in ihrer Arbeit lief, und was er in letzter Zeit so trieb. Bei letzterem Thema blieb er sehr vage in seinen Äußerungen. Auch während des Essens sprachen sie weiter, und es erstaunte Randolphs, wie gesprächig er war. Er vergaß alle Probleme, die ihn in letzter Zeit beschäftigt hatten, und konzentrierte sich voll und ganz auf seine Tochter, die er seit Jahren weder gesehen noch gesprochen hatte. Nach dem Essen spazierten sie Arm in Arm durch das nächtliche Chicago. An einem Stand kauften sie sich heißen Kaffee, um sich ein wenig aufzuwärmen.

Als sie die Wells Street Bridge überquerten, blieb Samantha stehen und blickte in das schwarze Wasser hinab, das stoisch seinem Weg folgte. Randolphs lehnte sich an die hüfthohe Brüstung und betrachtete das Gesicht seiner Tochter. Sie sah ihrer Mutter sehr ähnlich, worüber er froh war.

„Du musst in den letzten Jahren sehr viel durchgemacht haben", sagte sie plötzlich, während sie eingehend die Wasseroberfläche studierte. Es war nicht als Frage formuliert, aber er merkte ganz deutlich, dass sie wissen wollte, wie es ihm ergangen war. Er zögerte, denn es war nichts Rühmliches dabei, sich in Selbstmitleid, Alkohol und Drogen zu verlieren, anstatt sich langsam von diesem Schlag zu erholen und in die Welt der Lebenden zurückzukehren. Jahrelang hatte er sich wie ein geschlagener Hund im Dunkeln versteckt, und alles Mögliche getan, um seinen Schmerz zu betäuben, aber erfolglos. Erst in den letzten Jahren hatte er sich aufrappeln können, wozu wohl die Rachegedanken keinen geringen Beitrag geleistet hatten. Die Aussicht darauf, diesen verfluchten Detektiv, der ihm das Genick gebrochen hatte, zerstört zu sehen, wirkte besser als jede Therapie oder Droge. Diese Versuchung einer süßen Rache hatte wahre Wunder bei ihm gewirkt.

Natürlich konnte er das seiner Tochter nicht erzählen, und so schwieg er betreten. „Ich weiß zwar nicht genau, was damals vorgefallen ist", fuhr sie fort, „aber ich muss mich bei dir entschuldigen, weil ich nicht für dich dagewesen bin."

„Du warst damals doch nur ein Teenager. Nein, ich muss mich entschuldigen. Ich bin dein Vater und hätte für dich da sein sollen. Für dich, deine Schwester und deine Mutter. Aber ich glaube nicht, dass sie mir jemals vergeben werden." Verbissen leerte er seinen Becher und warf ihn in den Strom, gegen den er noch anzukämpfen versuchte, doch schließlich wurde er unter die Oberfläche gezogen.

„Sie sind stur, alle beide. Außerdem glaube ich, dass sie Angst haben. Wenn du ihnen deinen guten Willen zeigst, wie du ihn mir gezeigt hast, könnten wir vielleicht wieder eine Familie werden."

Er nickte lahm, aber er glaubte nicht daran. Mit seiner jüngsten Tochter Beatrice hatte er sich nie so gut verstanden wie mit Samantha, und mit seiner Ex-Frau Pamela hatte er seit über zehn Jahren keinen Kontakt mehr. Trotzdem hatte er nach all der Zeit noch ihr Gesicht vor Augen, als er sie das letzte Mal gesehen hatte. Es war nach der Gerichtsverhandlung gewesen. Sie waren zwischen den hohen Säulen des Gerichtsgebäudes gestanden und hatten sich angeschwiegen. Pamelas Ausdruck jedoch hatte Bände gesprochen. Dieser abschätzige und mitleidige Blick verfolgte ihn bis heute. Aus eigener Kraft war er wieder aus diesem Loch der Depressionen hervorgekrochen und hatte dem Licht sein zerknittertes und verbrauchtes Gesicht zugewandt.

„Ich werde es versuchen", meinte er halbherzig, obwohl er stark daran zweifelte, dass er dieses Versprechen würde einhalten können. Aber an diesem Abend hätte er ihr alles versprochen. Er hätte ihr den Mond vom Himmel gepflückt, wenn sie ihn darum gebeten hätte.

Das Geständnis

Trotz der unvorstellbar grausamen Dinge, die er gleich in voller Länge erzählen würde, blickte Karl Jaikovsky erstaunlich ruhig in das schwarze Kameraobjektiv, das so lupenrein war, dass er sich selbst darin spiegeln konnte. Im Hintergrund sah man eine nicht mehr ganz so weiße Wand. Dezentes Tageslicht erhellte seine rechte Gesichtshälfte. Als er zu sprechen begann, zog er langsam die Lippen auseinander, als wären sie mit einer Art Kleber behaftet.

„Als ich neun Jahre alt war, habe ich zum ersten Mal etwas geklaut. Es war im Drugstore unserer Nachbarschaft, und ich hatte mir eingebildet, dieses Spielzeugauto unbedingt haben zu müssen. Es war ein dunkelgrüner Jeep. Die Verkäuferin hat mich nicht erwischt, obwohl ich nicht sehr klug vorgegangen bin. Man könnte mit Recht behaupten, dass das der Beginn meiner kriminellen Laufbahn war. Ich log, betrog, stahl und brach ein." Er machte eine kurze Pause. In seinem Gesicht waren keinerlei Emotionen zu lesen.

„Am Abend des dreizehnten September 1999 klingelte jemand am meiner Tür. Ich hatte untertauchen müssen und dachte, es wäre die Polizei, die mich aufgespürt hatte. Aber als ich durch den Spion sah, stand da nur ein Mann, den ich noch nie gesehen hatte. Er trug keine Uniform. Er stellte sich mir als Darron Randolphs vor und behauptete, von der Polizei zu sein, genau wie ich es erwartet hatte. Natürlich ließ ich ihn nicht herein. Bestimmt wollte er mich verhaften oder mich versuchen zu überreden, dass ich mich stellen sollte. Aber was er mir durch die Tür vorschlug, war weder das eine noch das andere."

Jaiko hielt inne, und nun war ein verkniffener Zug um seinen Mund erschienen. Er erinnerte sich offenbar nicht gern an diesen Abend zurück.

„Töte ein paar Leute für mich und du wirst eine blütenreine Weste haben, sagte er. Ich traute meinen Ohren kaum, denn immerhin war er ja Polizist. Ein Hüter des Gesetzes, und er stiftete mich an, Morde zu begehen. Natürlich war ich misstrauisch, aber auch neugierig, was es mit diesem Mann und seinem Vorschlag auf sich hatte. Also öffnete ich die Tür, natürlich mit einer Pistole im Anschlag. Er trat ein. Ein nicht mehr ganz so junger Mann, aber gepflegt. Er machte mir nicht den Eindruck, ein Auftragsmörder zu sein.

„Dann begann er, mir sein Vorhaben zu schildern. Meine Aufgabe war klar: Ich sollte jedes Ziel, das er mir nannte, ausschalten. Darunter verstand er, denjenigen zu diffamieren, hinter Gitter zu bringen oder zu töten, und zwar so, dass niemand jemals die Spur zu mir oder ihm zurückverfolgen könnte. Ich fragte, was für Ziele das seien, und er sagte: Detektive. Ich fragte, weshalb gerade Detektive, und er sagte: Weil sie mir ein Dorn im Auge sind. Ich wollte weiter fragen, aber mehr wollte er mir nicht sagen.

„Die Aussicht darauf, dass mir meine Vergehen erlassen würden, war sehr reizvoll, und das wusste Randolphs auch ganz genau. Ich konnte nicht ablehnen, selbst wenn ich wollte. Also willigte ich ein, Komplize bei seinem Plan zu sein, alle Detektive der Stadt Chicago auszulöschen."

Eine Weile schwieg er und der Ausdruck auf seinem Gesicht hatte sich gewandelt. Anfangs war er vollkommen kalt in seinen Schilderungen gewesen, aber je länger er sprach, desto dunkler und voller Reue wurde sein Blick.

„Im Grunde unterschied sich meine Tätigkeit während dieser Säuberung nicht sehr von meinen bisherigen Aufträgen. Eigentlich", und hier musste Jaiko sogar ein wenig grinsen, „war meine Tätigkeit der eines Detektiven nicht unähnlich. Ich sammelte alles an Informationen, was ich über das Ziel wissen musste, um es im richtigen Augenblick von der Bildfläche verschwinden zu lassen. Bei manchen war es einfacher, bei anderen etwas schwieriger, aber ich erfüllte meine Aufgabe jedes Mal. Einige lieferten wir den Behörden aus, und natürlich konnte Randolphs hier das Prozedere begünstigen. Andere hatten weniger Glück und wurden an Orte gebracht, die Randolphs mir nannte. Was mit ihnen geschah, weiß ich nicht.

„Man kann wohl sagen, dass Darron Randolphs zufrieden mit meiner Arbeit war. Ich hinterließ keinerlei Spuren und arbeitete sauber und effizient. Es mag makaber klingen, aber ich war auf dem Höhepunkt meiner Karriere. Aber nach jedem Aufstieg folgt zwangsläufig der Fall. Und der kam bei mir in Gestalt des Detektiven Victor Gayoski Duva."

Seine Stimme war rau geworden vom vielen Reden, aber er ignorierte das Glas Wasser, das neben ihm auf einem Tisch bereit stand.

„Wie immer hatte ich zuerst alles über mein Ziel in Erfahrung gebracht. Seinen Tagesablauf verfolgt, sein soziales Umfeld ausgekundschaftet und sein psychologisches Profil erstellt. Ich wusste alles, was man über diesen Menschen wissen konnte. Ich war schon so weit, einen Plan zu schmieden, wie ich Duva loswerden konnte. Aber da erfuhr ich, dass er mit seiner Tätigkeit als Detektiv aufhören und sich aus diesem Geschäft zurückziehen wollte. Also legte ich meine Pläne auf Eis, bis ich mit Randolphs gesprochen hatte. Ich dachte, da Duva ohnehin bald verschwunden wäre, könnte ich ihn genauso gut auch einfach von der Liste streichen. Er hatte eine Frau und einen kleinen Sohn. Damals hatte ich selbst erst meine Frau kennen gelernt und wollte nicht unnötig eine Familie zerstören, wenn es sich vermeiden ließ."

Verbissen presste er die Lippen zusammen und blinzelte mehrmals hintereinander.

„Aber Randolphs wollte nichts davon hören. Wir sind so weit gekommen, meinte er, dass wir jetzt kein Risiko eingehen können. Wir haben unser Ziel fast erreicht. Ich war schnell überzeugt, denn ich war jung und voller Ehrgeiz, auch wenn dieser in die falsche Richtung gelenkt wurde. Also setzte ich alles daran, an Duva heranzukommen. Er war eine harte Nuss, aber ich schaffte es, ihn genau dort hinzubekommen, wo ich ihn haben wollte. Nur hatte ich nicht mit Randolphs gerechnet. Auch er wusste, dass all seine Bemühungen an diesem einen Detektiv hingen. In meiner Naivität dachte ich, dass er mir vertraute. Aber dem war nicht so.

„Natürlich war ich nur ein Werkzeug für ihn, das man problemlos austauschen konnte, wenn es kaputt und verbraucht war. Vielleicht hatte er auch gemerkt, dass ich Zweifel bekam, und wollte die Sache selbst zu Ende bringe. Also pfuschte er mir ins Handwerk und vereitelte meinen Plan, Duva doch noch lebend dingfest zu machen. Ich wollte ihm einen Mord anhängen, den er nicht begangen hatte, und ihn so hinter Gitter bringen. Aber Randolphs hatte Größeres mit ihm vor. Er wollte ihn komplett auslöschen.

Dazu benötigte er einen wasserfesten Plan, in den er mich nicht einweihte. Er hat mir viele Dinge nicht erzählt, aber von einem meiner Männer erfuhr ich, dass er Duvas Frau als Köder benutzen wollte. Seinen Sohn behielt er in der Hinterhand, um bei etwaigen Komplikationen einen weiteren Trumpf spielen zu können. Leider kam ich zu spät, denn seine Frau war bereits verschwunden. Wohin, wusste ich nicht. Ich war wütend und wollte ihm eins auswischen. Also schaffte ich Duvas Sohn unter einem Vorwand aus der Wohnung.“

Hier stockte er in seinem Redefluss, der mit jeder Minute schneller und an manchen Stellen sogar hektisch geworden

178

war. Nun stand ganz eindeutig Trauer in seinen Augen und obwohl er gefilmt wurde, verbarg er seine Gefühle nicht.

„Ich wusste, dass Taliah Verwandte in Chattanooga hatte, und brachte das Baby dorthin. Ich dachte, das würde Randolphs zeigen, dass man so nicht mit mir umspringen konnte. Erst Stunden, nachdem die Mutter des Jungen ermordet worden war, erfuhr ich Näheres. Randolphs Plan war soweit aufgegangen, dass er Duva hervorlocken konnte. Aber er hatte ihn nicht töten können."

Jaiko schüttelte den Kopf. „All die Jahre der Betrügereien, Lügen, Intrigen, Erpressungen und Drohungen waren umsonst gewesen. Randolphs hatte alles auf diese eine Karte gesetzt, aber er hatte sie verspielt. Bis heute weiß ich nicht, was genau er mit dieser Aktion hatte bezwecken wollen. Wollte er sich ein Machtmonopol erschaffen und sah die Detektive als seine Konkurrenten? Das scheint mir eine plausible Erklärung, aber bei diesem Mann kann man nie wissen.

„Als ich vom Tod der Frau hörte, tauchte ich unter. Eine Journalistin namens Karen MacLachlan hatte Wind von der Sache bekommen und versucht, mit einem Artikel Randolphs und mich an den Pranger zu stellen, aber sie scheiterte. Randolphs hatte starken Rückenwind vom damaligen Bürgermeister William Ransom bekommen, und MacLachlan konnte diesem Duo nichts entgegensetzen. Ransom steckte ebenfalls bis zum Hals in dieser Sache mit drin. Ich habe mitbekommen, dass Randolphs auch ihn erpresst hat und zwar mit seiner Tochter, die von der Polizei bei mehreren Drogenexzessen bekannt gewesen war.

„Sie vereitelten den Artikel, zwangen MacLachlan, ihnen die Unterlagen auszuhändigen und konnten sich so gerade noch rechtzeitig retten. Doch dem Bürgermeister wurde die Sache zu heiß, und er drohte nun seinerseits Randolphs, ihn mit sofortiger Wirkung abzusetzen, falls dieser mit seiner Säuberung nicht aufhörte. Gezwungenermaßen stellte Randolphs sowohl seinen persönlichen Rachefeldzug als auch sein Amt als Chief Detective der Stadt Chicago ein. Duva blieb am Leben, seine Frau war tot und ihr gemeinsames Kind lebte fortan bei seinen Großeltern.

„Ich hatte gehofft, Darron Randolphs hätte sich und seine Sichtweisen seither geändert. Aber der Mensch ändert sich nie, wofür ich selbst auch ein Paradebeispiel bin. Als er mich vor einigen Wochen kontaktierte, um mich wieder ins Boot zu holen und die Sache ein für alle Mal zu beenden, habe ich entgegen meines besseren Wissens und Gewissens eingewilligt. Ich weiß nicht, warum er so lange gewartet hat, aber ich könnte mir vorstellen, dass er erst einmal seine Wunden geleckt und sich in Selbstmitleid gesuhlt hat, bevor er sich zusammenreißen konnte. Bis heute bereue ich es. Auch wenn ich niemals wieder aus dem Gefängnis rauskommen sollte, werde ich für meine Taten geradestehen. Das Leid, das ich anderen Menschen zugefügt habe, ist im Gegensatz dazu unbeschreiblich."

Die nächsten Worte brachte er kaum über die Lippen. Trotzdem zwang er sich zum Weiterreden.

„Darron Randolphs will zu Ende bringen, was er vor vierzehn Jahren begonnen hat. Damals wie heute schreckt er vor nichts zurück. Allein können wir ihn nicht aufhalten. Deshalb sitze ich hier und hoffe, dass diese Worte auf die richtigen Ohren treffen werden. Ich habe meinen Soll erfüllt. Jetzt liegt es bei anderen, diese Sache endlich zu beenden."

Einige Sekunden saß Jaiko stumm da und starrte auf einen Punkt, der nicht mehr in dieser Welt lag. Er sah erschöpft aus, aber trotzdem hatten sich seine Gesichtszüge geglättet, als wäre eine Last von ihm genommen worden, die ihn jahrelang zu Boden gedrückt hatte. Dann holte er tief Luft, nickte ein letztes Mal in die Kamera, erhob sich und schaltete das Aufnahmegerät aus.

Noch am selben Abend kam ein Beitrag im Fernsehen, von dem die Vier in all der Aufregung nichts mitbekommen hatten. Randolphs saß in seiner dunklen Wohnung, einen Kaffee in der Hand und lauschte zufrieden dem Nachrichtensprecher.

„Am Morgen des zweiten Novembers wurde die Leiche des Bankangestellten Henry Butchers auf der stillgelegten Baustelle in Riverdale von einer Gruppe Teenager gefunden. Todesursache ist nach Aussage der Ermittler eine Schusswunde in der Brust des Opfers. Durch die Durchschlagskraft des Schusses wurde Butchers vom Hochhaus, auf dem er sich befunden haben muss, geschleudert und schlug auf dem Boden auf. Er war sofort tot. Bisher gibt es noch keinen Tatverdächtigen. Eine neue Beweislage treibt die Mordermittlungen jetzt rapide voran. Nach Aussage der Polizeistation wurde neben einer Videoaufnahme, auf dem das Opfer zu sehen ist, auch die Tatwaffe sichergestellt.

„Der oberste Polizeichef, Chief Detective Matthew Finnigan, bestätigte heute Morgen bei einer Pressekonferenz, dass diese neuen Beweise zu einem Verdächtigen geführt hätten. Aus Ermittlungsgründen darf der Name des Verdächtigen aber nicht öffentlich gemacht werden. Fest steht jedoch, dass im Mordfall Henry Butchers in Bälde ein Durchbruch zu erwarten sein dürfte.“

Randolphs grinste und prostete dem Sprecher zu.

Dead End

Nach der Videoaufnahme hatten sie Jaiko nicht mehr zu Gesicht bekommen. Er war wie vom Erdboden verschluckt, aber es machte auch keiner von ihnen Anstalten, nach ihm zu suchen. Sie sprachen nicht über das, was sie gehört hatten. Arith hatte kein einziges Wort darüber verloren, genauso wenig wie sein Vater. Der saß schweigend in einer dunklen Ecke und verlor sich in noch dunkleren Gedanken. Zu gern hätte Arith über alles gesprochen, aber er wagte nicht, das Thema anzusprechen.

Also saß er ihm bloß gegenüber und zupfte lustlos an den Saiten der alten Gitarre, die Kirk für ihn organisiert hatte, damit er wenigstens eine Beschäftigung hatte. Verhalten schwebten die Töne durch den Raum, als wollten sie die Schmerzen der Zuhörer lindern. Nach einer Weile ließ Arith die Hände sinken.

„Spiel weiter", murmelte sein Vater aus der Ecke.

„Ehrlich?"

„Ja, es gefällt mir. Und es macht mich traurig."

„Wieso denn das?"

Er schwieg einen Augenblick, dann fuhr er lahm fort: „Weil ich nicht miterleben konnte, wie du Gitarre spielen gelernt hast."

Arith betrachtete die zusammengesackte Gestalt, der jede Energie fehlte. Dann ließ er sanft die Finger über die Saiten gleiten und stimmte ein Lied an, das er selbst geschrieben hatte. Es hatte eine beruhigende Melodie und ließ einen leicht ums Herz werden. Sofort spürte Arith, wie sich seine düsteren Gedanken und Gefühle verflüchtigten. Inständig hoffte er, dass die Melodie auch seinen Vater in seiner Isolation erreichen würde.

Eine Weile spielte er und sah, wie sich Duva entspannte und sogar die Augen schloss, um den Gitarrenklängen zu lauschen. Zufrieden lächelte Arith und bestärkt in seinem Spiel flogen seine Finger über die Saiten, als ein lautes Scheppern auf den Treppen vor der Wohnungstür ihn unterbrach.

Wie von der Tarantel gestochen erhob sich Duva und durchquerte die Wohnung, um durch den Spion nach draußen zu spähen. Dann riss er die Tür auf, und Kirk kam herein gestolpert, von oben bis unten durchnässt und schwer atmend. Zitternd griff er nach Duvas Arm.

„Du musst sofort weg von hier. Die Polizei ist hinter dir her. Mit einem Großaufgebot. Schnell!"

„Warte, wieso?", fragte Arith erschrocken, aber Duva warf sich bereits den Mantel über.

„Randolphs hat ihm einen Mord angehängt. Den Mord an Henry Butchers. Es kam in den Nachrichten heute Morgen", erklärte Kirk gehetzt. Jasmine kam aus der Küche gehastet.

„Das hatten wir erwartet. Nur dass er so schnell und effektiv handeln würde, hatten wir nicht bedacht", meinte Duva ruhig und legte schon die Hand auf den Türknauf, als Arith ihn zurückrief.

„Wo willst du denn jetzt hin?"

„Lass das meine Sorge sein." An Kirk gewandt sagte er mit gedämpfter Stimme: „Wirf alles weg, das auf meine Anwesenheit hindeuten könnte. Putz die Klinken ab. Du weißt, was zu tun ist. Beeil dich." Und Jasmine befahl er: „Versteck alles an Unterlagen, die hier noch herumliegen. Sie dürfen nichts finden."

„Dad!"

Duva hielt inne, die Hand an der Klinke. Beinahe schien es, als würde er ohne ein weiteres Wort einfach gehen, aber er kehrte um und umarmte fest seinen Sohn. Liebevoll strich er ihm durch das krause Haar und atmete tief durch. „Bei Kirk und Jasmine bist du sicher. Du kannst ihnen vertrauen." Mit sanfter Bestimmtheit löste er den Jungen von sich. „Und bleib bei deiner Musik." Dann drehte er sich um und huschte in die Nacht hinaus.

Asche und Rauch

Randolphs saß in einem kleinen, überhitzten Raum der Polizeiwache und fühlte sich wie zu Hause. Es roch nach abgestandenem Kaffee und kaltem Rauch. Ein herrlicher Duft, wie Randolphs fand, und er genoss diesen Augenblick in vollsten Zügen. Er versuchte sich daran zu erinnern, wie viele Tage und Wochen er in diesem Raum zugebracht hatte, als er noch Polizist gewesen war. Kein einfacher Streifenbulle, sondern ein Ermittler. Ein Behüter des Rechts. Ein Held.

Zufrieden lehnte er sich in dem quietschenden Stuhl zurück, eine Tasse bitteren Kaffees in der Hand und die Beine lässig übereinander geschlagen. Vor ihm saßen zwei Polizeibeamte, die abgekämpft und müde wirkten.

„Schon etwas Neues?", fragte Randolphs und beugte sich vor, um den beiden Männern über die Schulter zu blicken. Der Mann zu seiner Linken war mager und hatte dünnes, blondes Haar. Ein kaum erkennbarer Flaum schmiegte sich an sein markantes Kinn, was ihn jungenhaft wirken ließ. Instinktiv strich Randolphs sich über seinen eigenen stoppeligen Dreitagebart.

„Nichts. Sie sind noch auf dem Weg zu diesem Lagerhaus." Er schüttelte ungläubig den Kopf. „Wie jemand darin hausen kann, ist mir ein Rätsel."

„Er wohnt ja nicht darin", schaltete sich der zweite Polizist ein, das genaue Gegenteil seines Kollegen: Ein vierschrötiger, kleiner Kerl, aber mit einem Muskelbau, der jeden Preisboxer erbleichen ließ. „Er hat da ein verdammtes Quartier eingerichtet. Gott weiß, was er darin alles gebunkert hat."

Randolphs biss sich auf die Lippe. Er ärgerte sich noch immer darüber, dass er dieses verlassene und baufällige Lagerhaus nicht schon viel früher ausfindig gemacht hatte. Im Geiste verfluchte er Jaiko für dessen schlampige Arbeit. Er selbst hätte das in kürzester Zeit herausbekommen.

„Das werden wir ja bald sehen", meinte er dann und nahm einen weiteren Schluck Kaffee. Er schlürfte ihn genüsslich und grinste, als er sah, wie sich die beiden Männer vielsagende Blicke zuwarfen.

Sie verstanden nicht, was dieser alte Kauz hier verloren hatte. Aber gegen eine Anweisung von oberster Stelle konnten sie nichts ausrichten. Sie sollten ihn über jede Bewegung ihres Außenteams informieren und am besten gleich als internen Berater hinzuziehen. Natürlich wussten sie, um wen es sich hierbei handelte. Niemand in diesem Gebäude wusste nicht, wer Darron Randolphs war. Der Chief Detective, der mit Auszeichnung entlassen worden war. Was genau dahinter steckte, wusste aber keiner so genau. In einem Punkt jedoch waren sich alle einig, nämlich dass niemand bei gesundem Menschenverstand eine solche Position derart leichtfertig aufgab.

Die Tür wurde aufgestoßen und der derzeitige Chief Detective trat ein. Er war in einem maßgeschneiderten und äußerst eleganten Anzug gekleidet. Randolphs verzog im Geiste das Gesicht. Ein Aktenfritze wie er im Buche steht.

„Und, Männer, wie geht's voran? Haben wir diesen Detektiv endlich?"

„Leider noch nicht, Sir", sagte der Lange und zog den Kopf zwischen den Schultern ein, was ihn wie eine geschlagene Schildkröte aussehen ließ.

Finnigan schnalzte ungehalten mit der Zunge. „Strengt euch mal ein bisschen mehr an! Als ich noch so jung war wie ihr, wären wir mittlerweile schon draußen in den Straßen gewesen und hätten ihn gejagt wie ein verschrecktes Karnickel!" Er lachte scheppernd über seinen eigenen Witz. Randolphs rümpfte die Nase und war froh, dass niemand sein Gesicht sehen konnte. Er kannte Finnigan noch von damals und wusste daher ganz genau, dass dieser Mann der Letzte gewesen war, der sich freiwillig in einen Streifenwagen gesetzt und auf Eigeninitiative zu einem Tatort gefahren wäre. Stattdessen hatte er sich lieber hinter seinen Papierbergen versteckt und Formulare ausgefüllt.

Der Kollege beeilte sich, die Sache zu erklären. „Wir haben eine Vermutung, wo er sich derzeit aufhalten könnte. Sicher können wir das aber erst sagen, wenn das SWAT-Team das Areal durchsucht hat. Es müsste bald ankommen."

Das schien den Chief Detective milde zu stimmen, denn er nickte wortlos und wandte sich dann an Randolphs. „Auf ein Wort, ja?" Der folgte ihm vor die Tür und wartete darauf, dass Finnigan zu sprechen begann.

„Wir haben die Tatwaffe untersucht, und du hattest Recht: Henry Butchers wurde mit dieser Waffe erschossen. Wir konnten auch Duvas Fingerabdrücke sicherstellen. Alles deutet darauf hin, dass er der Täter ist, aber wir müssen ihn zuerst befragen. Deswegen muss ich ganz sicher sein, dass die Beweislage eindeutig ist." Eindringlich musterte er sein Gegenüber. „Ich kann dir doch vertrauen, oder?"

Randolphs blickte kurz zu Boden, bevor er einen Schritt auf Finnigan zu machte und ihm brüderlich die Hand auf den Oberarm legte. „Natürlich kannst du das."

Obwohl Finnigan nicht vollkommen von Randolphs Worten überzeugt zu sein schien, ging er trotzdem nicht näher darauf ein. Vermutlich wollte er die Aktion, die schon in vollem Gange war, nicht stoppen und unangenehmen Erklärungen abgeben müssen. Wohl oder übel musste er die Sache weiterlaufen lassen. Er nickte bloß und verabschiedete sich halbherzig von Randolphs, der ihm mit unergründlichem Gesichtsausdruck hinterher schaute. Er hätte nicht gedacht, dass Finnigan derart misstrauisch sein würde. Als Randolphs ihn kennen gelernt hatte, war er ein ordnungsliebender Mann gewesen, dem die vorgeschriebenen Regeln und Strukturen heilig gewesen waren. Dass er Randolphs Worten einfach so Glauben schenkte, verwunderte diesen. Er hatte erwartet, mit all seiner Überzeugungskraft aufwarten zu müssen, aber mit ein paar fingierten Beweisstücken und gutem Zureden fraß ihm Finnigan aus der Hand.

Im Computerraum nahm er in Gedanken versunken wieder Platz. Über die Monitore flimmerten die Liveübertragungen des Einsatzteams, die die beiden Polizisten mit Argusaugen verfolgten, als Randolphs Handy vibrierte.

„Was?", blaffte er und ignorierte die neugierigen Blicke der beiden Polizisten.

„Schlechte Neuigkeiten, Boss", verkündete Kyle. „Karl Jaikovsky ist von unserer Mission abgesprungen. Wir wollten ihn kontaktieren, aber er geht schon seit Tagen nicht an sein Handy, und auch sonst ist er nicht mehr aufzufinden. Heute Morgen ist seine Frau mit dem Sohn weggefahren. Wir vermuten zu ihren Eltern nach Atlanta." Kyle machte eine Pause und wartete vergeblich auf eine Antwort von Randolphs. „Sollen wir ihr nach?"

Spätestens nach dem Zwischenfall mit der Nadel hatte Randolphs Gewissheit, dass Jaiko nicht mehr hundertprozentig auf seiner Seite stand, falls er das überhaupt jemals getan hatte. Es war also nur eine Frage der Zeit gewesen, bis Jaiko verschwinden würde. Trotzdem ging noch immer eine potentielle Gefahr von ihm aus. Bei diesem Mann konnte man nie wissen, was ihm als nächstes einfallen würde.

„Tun Sie alles, um ihn zu finden. Wenn Sie ihn haben, bringen Sie ihn zu mir." Damit legte er auf und wandte sich wieder dem Bildschirm zu. „Wie geht der Zugriff voran?", fragte er, als wäre gar nichts gewesen.

„Sie sind bereits im Gebäude."

Randolphs rückte näher heran. Auf dem mittleren Bildschirm war das Innere eines verlassenen Lagerhauses zu sehen. Fahles Licht beleuchtete spärlich das Innere. Der Weg der Spezialeinheit führte an verstaubten Geräten und mit Kartons beladenen Tischen vorbei und über eine Stahltreppe auf eine wackelige Galerie hinauf. Dort gab es nur eine Tür. Einer der Uniformierten kniete sich vor das Schloss und hantierte wenige Minuten daran herum, bis sich die Tür mit einem leisen Klicken öffnete.

In genau diesem Augenblick schrillte ohne Vorwarnung ein ohrenbetäubender Heulton los und versetzte die Männer in höchste Alarmbereitschaft. Als dann auch noch dichter Rauch aus einer nicht zu lokalisierenden Quelle auf sie zugekrochen kam, waren sie in allerhöchste Alarmbereitschaft versetzt. Sofort setzten sie ihre Gasmasken auf und sahen sich hektisch um, aber es war kein Angreifer zu sehen. Stattdessen wurden sie langsam von dem Nebel eingehüllt und erst als der Kameramann das Büro verließ, lichtete sich die Sicht wieder.

„Nervengas?", fragte der muskelbepackte Polizist alarmiert und richtete sich in seinem Stuhl auf.

„Lagebericht!", bellte sein Kollege ins Mikro, und der Frontmann brüllte über den Lärm der Alarmanlage hinweg: „Niemand zu sehen! Der Rauch hier stinkt bestialisch als würde etwas verbrennen. Es scheint aber kein Nervengas zu sein. Wir versuchen, in den Raum da hinten zu kommen." Er deutete mit einer Hand auf eine weitere Tür, und sofort eilten drei Männer darauf zu, um sich an dem Schloss zu schaffen zu machen, aber auch nach mehreren Versuchen wollte sich die Tür nicht öffnen lassen. Dann trat ein Vierter hinzu, platzierte ein kleines schwarzes Kästchen am Schloss und bedeutete seinen Kollegen, Abstand zu nehmen. Er drückte auf einen Knopf, und ein lauter Knall folgte. Mit einem kräftigen Tritt stieß dann der Anführer der Truppe die Tür auf.

Als Randolphs sah, was sich in dem zweiten Raum befand, hätte er sich am liebsten alle Haare ausgerauft und irgendetwas kaputt gemacht. Stocksteif und mit mahlenden

Kiefern saß er auf seinem Stuhl und starrte mit zusammengekniffenen Augen auf den Monitor. Eine ganze Reihe an Bildschirmen hing rauchend an einer Wand. Davor befand sich ein verwüsteter Schreibtisch. Auf der anderen Seite standen umgekippte Aktenschränke, deren Inhalt sich schmorend in einer Tonne kringelte.

Es war nichts mehr übrig.

„Raum gesichert. Kein Mensch zu sehen. Die Festplatten wurden offenbar zerstört." Die Kamera schwenkte auf die rauchenden Computer. „Der ganze Papierkram wurde verbrannt."

„Stellt trotzdem alles sicher. Vielleicht lässt sich noch etwas retten", befahl der Lange. Randolphs verließ die Polizeistation. Er brauchte frische Luft. Seine Hände hatten sich zu Fäusten geballt, die sich nervös schlossen und wieder öffneten. Duva war ihm einen Schritt zuvorgekommen. Er biss sich auf die Unterlippe, um nicht laut loszubrüllen.

Duva sah die Polizisten schon auf einem der Bildschirme kommen, als sie gerade erst auf das Gelände einfuhren. Eigentlich hatte er gedacht, dass sich das vermeiden ließe, aber Randolphs zog tatsächlich alle Register. Er wollte ihn um jeden Preis dingfest machen.

Der Privatdetektiv hatte knapp fünf Minuten. Er musste schnell sein. Nachdem er einen Code eingegeben hatte, flimmerten und zuckten die Bildschirme, bis sie schwarz wurden. Ein bestialischer Gestank, als würde Gummi verbrennen, breitete sich aus. Er zog zwei Blechtonnen aus einer Ecke, in die er die Papierstapel warf. Ihnen folgten ein paar Streichhölzer, und sofort wuchsen die Flammen und labten sich genüsslich an dem Papier. Nachdem er alles dem Feuer übergeben hatte, warf er sich den Mantel über. Zu seiner Linken riss er einzelne Kartons von der Wand, die er bei seinem Einzug an dem Fenster befestigt hatte. Er riss das Fenster auf und schlug den Mantelsaum zurück, um auf den Sims steigen zu können. Direkt daneben war eine Feuerleiter angebracht worden, die er jedes Jahr auf ihre Sicherheit überprüfte.

„Ich werde langsam … einfach zu alt", stöhnte er, während er sich keuchend durch das schmale Fenster zwängte. Mühsam beförderte er ein Bein auf die Leiter und kletterte vorsichtig hinunter. Er war schon einige Meter vom Lagerhaus entfernt, als drinnen der Feuermelder losging.

Mit fliegendem Mantel hastete er über das Gelände und verschwand hinter einem kleineren Gebäude, dessen Mauern ebenfalls schon zerbröckelten. Vorsichtig lugte er hinter einer Ecke hervor und sah, wie dunkle Rauchschwaden aus dem Lagerhaus emporstiegen. Indem er von einer Deckung zur nächsten eilte, näherte er sich seinem eigentlichen Ziel. Hinter einem unscheinbaren Häuschen, das seit Jahren schon leer stand, wartete ein alter Geländewagen auf seinen Einsatz. Vor Jahren hatte Duva eine Plane darüber geworfen und Moos und Gras hatten sich ihrer seitdem bemächtigt. Aus dem Stromkasten neben der Hintertür des Hauses fischte er den Schlüssel hervor und startete den Wagen.

Während der Fahrt achtete er akribisch darauf, nicht zu schnell zu fahren und stark befahrene Straßen zu meiden. Sein Weg führte ihn nach Riverdale, wo er am Ufer des Little Calumet entlangfuhr, bis der Weg zu Ende war. Dann stieg er aus, sah sich um und folgte weiter dem Fußweg. Es dämmerte bereits, als er neben einem Bretterverschlag und einem Haufen alter Autoreifen anhielt. Einige hundert Meter weiter schepperten Güterzüge über eine Bahnstrecke. Das eckige Metallgebilde einer Brücke hob sich drohend vor dem grauen Himmel ab.

„Wayne?" Seine Stimme verlor sich im Lärm des Zuges, und misstrauisch sah er sich um. Selbst er war in dieser Gegend nur ungern unterwegs. Ein kalter Wind fegte die restlichen Blätter von den Bäumen und ließ Duva frösteln. Er musste aber nicht lange warten, bis er Schritte hörte.

Eine große Gestalt näherte sich ihm, und Duva entspannte sich erst, als er seinen Mitarbeiter Wayne erkannte. Der Mann war um einiges größer als der Privatdetektiv, und das Weiß seiner Augen blitzte ihn gefährlich aus dem dunklen Gesicht an.

„Duva", grüßte Wayne ihn mit einem Kopfnicken.

Der Detektiv zog ein kleines, schwarzes Kästchen aus seiner Manteltasche und reichte es Wayne. „Pass darauf auf, solange ich untergetaucht bin."

„Was ist das?"

„Alles, was ich in den letzten Jahren an Material angesammelt habe." Wayne zog eine Braue hoch und drehte das Kästchen hin und her. „Du solltest auch fürs Erste von der Bildfläche verschwinden. Man kann nie wissen, was Randolphs noch alles einfällt."

Er stieß ein Schnauben aus. „Er kann es gerne versuchen, aber mich wird er nicht kleinkriegen."

Duva lächelte müde und klopfte ihm auf die Schulter. „Das hoffe ich, aber sei trotzdem vorsichtig." Wayne nickte, steckte die Speicherplatte in die Innentasche seiner Jacke und hob zum Abschied die Hand. Der Detektiv sah ihm nach, bis er verschwunden war, dann kehrte er selbst zu seinem Wagen zurück. Eine Zeit lang fuhr er durch die nächtlichen Straßen Riverdales, bis er einen geeigneten Platz gefunden hatte, wo er seinen Wagen abstellen konnte. Bevor er die Straße überquerte, vergewisserte er sich, dass nirgendwo eine Polizeistreife unterwegs war. Auf der anderen Seite betrat er einen heruntergekommenen Elektronikladen, dessen Besitzer, ein dicker Mann mit Schnauzer und von oben bis unten tätowiert, ihn grimmig musterte.

Duva sah sich erst gar nicht um, sondern trat gleich an den Besitzer heran. „Entschuldigen Sie, dürfte ich kurz Ihr Telefon benutzen?"

Lautstark zog der Dicke die Nase hoch und ließ seinen Schnauzer von der einen zur anderen Seite tanzen. „Aber nicht umsonst."

Der Detektiv legte einen Zwanzigdollarschein auf die Verkaufstheke. „Reicht das?"

Es dauerte, bis sich der Ladeninhaber im stillen Zwiegespräch mit dem angebotenen Ausgleichspreis einig geworden war. Dann ließ er das Geld verschwinden und stellte Duva ein Festnetztelefon vor die Nase. „Nicht länger als fünf Minuten, kapiert?"

„So lange wird es nicht dauern", versprach Randolphs und wählte eine Nummer, die er zum ersten und letzten Mal wählen würde. Während es einige Male klingelte, wartete er geduldig und ignorierte die prüfenden Blicke des Besitzers. Erst nach dem neunten Klingeln hob jemand ab.

Eine verbrauchte und lallende Stimme antwortete. „Was?"

„Dir auch einen schönen Abend, Randolphs. Lust auf einen Spaziergang?"

„Ich hatte Hoffnung. Gott, das hält mich am Leben."

— Miranda Priestley, Der Teufel trägt Prada

Frustriert saß Randolphs in seinem Wagen und starrte in die trübe Abenddämmerung hinaus. Nachdem ihm Duva durch die Lappen gegangen war, war er aus dem Polizeigebäude gestürmt und ziellos in der Gegend herumgefahren. Auf wundersame Weise war er dann vor dem Haus seiner Tochter gelandet.

Drinnen brannte Licht, und er konnte Schatten hinter den Vorhängen ausmachen. Offenbar hatten sie Besuch, denn in der Einfahrt stand ein eleganter Audi. Also blieb er in seinem schäbigen Wagen sitzen und grübelte darüber nach, ob er hineingehen sollte oder nicht. Er kam zu dem Schluss, dass er, nachdem er den weiten Weg zurückgelegt hatte, ruhig einmal reinschauen könnte. Mühsam stemmte er die Fahrertür gegen den Wind auf. Ein heftiger Regenguss begrüßte ihn, und er rannte über die Straße. Noch bevor er klingeln konnte, öffnete sich die Tür.

Er hatte sie seit mehr als zehn Jahre nicht gesehen. In dem Augenblick, da sie vor ihm stand, erschien ihm diese lange Zeit vollkommen absurd. Sie war gealtert, natürlich, davor war kein Mensch gefeit. Aber sie war auf eine würdevolle und attraktive Weise gealtert, wie er es nie für möglich gehalten hätte. Haarfeine Fältchen hatten sich um ihre Augen und den Mund gebildet. Ihr Haar ergraute langsam, und sie hatte etwas zugenommen. Als ihre eisgrauen Augen ihn erkannten, weiteten sie sich und blinzelten mehrmals, als könne sie gar nicht glauben, wer da vor ihr stand.

„Darron?", brachte sie heraus, und ihr Mund blieb offen stehen. Am liebsten hätte er die Hand ausgestreckt und sanft ihr Kinn wieder hochgeklappt. Schnell versteckte er die Hände hinter dem Rücken.

„Schön, dich zu sehen, Pamela", würgte er mühsam hervor und ärgerte sich über seine belegte Stimme. Er räusperte sich und schob das Kinn vor. Ein paar Sekunden lang, in denen sie nach den richtigen Worten suchten, starrten sie einander an, da tauchte ihre älteste Tochter auf. Sie lächelte vergnügt.

„Dad!", rief sie und schob sich an ihrer Mutter vorbei und wollte ihn umarmen, aber er hob abwehrend eine Hand.

„Nicht. Ich bin ganz nass vom Regen."

„Drinnen kannst du dich abtrocknen. Mum, du hast den Schirm vergessen." Sie zauberte einen gepunkteten Regenschirm hervor und hielt ihn ihrer Mutter hin. Instinktiv ergriff Randolphs den Schirm und spannte ihn auf.

„Lass mich das machen."

Steif stakste er vorneweg, und als er sich fragend nach seiner Ex-Frau umblickte, setzte diese sich ebenfalls zögerlich in Bewegung. Sie stellte sich unter den Regenschirm und hielt dabei so viel Abstand zu ihm wie möglich, sodass ihre linke Schulter durchnässt wurde. Während sie etwas von der Rückbank des Audis kramte, hielt er den Schirm weiterhin über sie. Mit einem hübsch verpackten Geschenk in der Hand richtete sie sich wieder auf und stieß gegen ihn. Sie murmelte eine Entschuldigung und wollte gerade zum Haus zurückkehren, als er sie am Arm fasste und zurückhielt.

„Pamela", begann er und seine Stimme versagte. Er räusperte sich erneut. „Wie … wie geht es dir?"

Sie stieß ein verächtliches Schnauben aus. Endlich sah sie ihn an, aber ihr Blick war alles andere als freundlich. „Interessiert dich das wirklich?" Er rang nach Worten. Entrüstet schüttelte sie den Kopf. „Vergiss es einfach."

Sie wollte sich erneut umdrehen, aber er packte ihr Handgelenk. Flehend sah er sie an und wünschte sich, dass sie den Schmerz in seinen Augen lesen möge, aber sie verschloss sich davor. „Lass mich los, Darron", forderte sie mit fester Stimme und schüttelte seine Hand ab. „Du hast vor Jahren aufgehört, dich für uns zu interessieren. Jetzt brauchst du damit auch nicht mehr anfangen."

„Gib mir doch wenigstens noch eine letzte Chance", sagte er und hasste sich dafür, dass er sie anflehte.

Sie sah aus, als hätte sie ein ekelhaftes und bemitleidenswertes Insekt vor sich. „Weißt du eigentlich, wie viele letzte Chancen wir dir gegeben haben?" Unwirsch entriss sie ihm den Schirm. „Tu dir selbst einen Gefallen und lass uns in Ruhe. Das erspart allen viel Ärger." Sie wirbelte herum und verschwand im Haus.

In Zeitlupe ließ er seinen Arm sinken und blickte ihr hinterher. Ein Kloß hatte sich in seinem Hals gebildet, und er biss sich so fest auf die Zunge, dass der Schmerz ihn von seinem Kummer ablenkte. Am liebsten wäre er einfach davongerast, aber wie in Trance folgte er seiner Ex-Frau ins Haus. Die Tür stand noch einen Spalt weit offen, und tropfend trat er ein.

Es war ein freundliches Haus, hell und einladend. Der Eingangstür direkt gegenüber führte eine Treppe in den ersten Stock. Zur Linken lag ein kleiner Flur und drei Türen führten in das Innere des Gebäudes. Die erste zu seiner Linken stand offen, sodass er den Teil eines hübsch eingerichteten Wohnzimmers sehen konnte, aus dem Gelächter und leise Musik drangen. Er kam sich wie ein Eindringling vor, als er einen Schritt darauf zu machte. Da tauchte Amir im Flur auf und brachte einen Schwall Essensgeruch mit. Randolphs Magen antwortete mit einem lauten Knurren, und peinlich berührt blickte er zu Boden.

„Entschuldige, ich wollte nur …", versuchte er lahm sein Eindringen zu erklären, aber ihm fehlten buchstäblich die Worte. „Entschuldigung."

Amir lachte und klopfte Randolphs auf die Schulter. Sein anfängliches Misstrauen schien sich gelegt zu haben. Er war nicht gerade groß, aber dafür umso kräftiger gebaut, und seine dunkle Haut erinnerte Randolphs an heiße Schokolade. Ein freundliches Lächeln hatte sich auf dem Gesicht des Verlobten seiner Tochter ausgebreitet, und er streckte ihm die Hand hin.

„Ich habe mich noch gar nicht richtig vorgestellt. Amir Bakhran. Freut mich, Sie endlich richtig kennen zu lernen." Er grinste ihn mit blitzenden Zähnen an, und langsam streckte auch Randolphs seine Hand aus. Amirs Händedruck war sehr fest. „Wollen Sie zum Essen bleiben? Wir haben genug für eine weitere Person gekocht. Es gibt Murgh Tikka, meine Leibspeise."

„Eh ... nein, danke. Ich kann leider nicht."

„Das ist aber schade. Sam hat sich so gefreut, dass Sie gekommen sind. Wenigstens auf ein Gläschen Rotwein können Sie reinkommen, oder?" Er machte einen Schritt in Richtung Wohnzimmer und sah ihn erwartungsvoll an. Gerade wollte Randolphs erneut dankend ablehnen, aber da war Samantha schon aufgetaucht, und mit der Hilfe ihres Verlobten komplimentierten sie ihn ins Wohnzimmer. Amir nahm ihm den tropfenden Schirm ab, während seine Tochter ihn in den Raum führte. In einem großen Kamin züngelte ein Feuer, und davor war eine gemütliche Sitzgruppe aufgestellt worden. Auf dem Sofa saß seine Frau und neben ihr ...

„Darf ich vorstellen?", sagte Samantha, und Pamela stand umständlich auf, den Blick von ihrem Ex-Mann abgewandt. „David Clarke, Mums neuer..." Ihre Stimme verlor sich, als ihr bewusst wurde, wie unangenehm diese Situation wohl für alle Beteiligten sein musste. Clarke erhob sich. Er war ein halber Riese, und trotz seines fortgeschrittenen Alters haftete eine beneidenswerte Frische an ihm. Als wäre er gerade von einer erholsamen Wanderung in den Bergen zurückgekehrt, strotzte er nur so vor Lebenslust. Randolphs wusste schon ab dem ersten Augenblick, dass er diesen Mann niemals mögen würde.

„Freut mich, Sie kennen zu lernen", begrüßte Clarke ihn. Die beiden Männer gaben sich die Hand, und Clarke drückte fest zu. Randolphs biss sich auf die Zunge und ließ die Hand des Mannes schnell wieder los.

„Freut mich", presste er hervor, und es war unverkennbar, dass dem nicht so war. Eine betretene Stille trat ein, und Samantha beeilte sich, das Thema zu wechseln.

„Bea wäre auch gerne gekommen, aber sie hat eine wichtige Modeshow in New York zu leiten."

Randolphs sah sie groß an. „Bea ist in New York?"

Samantha nickte etwas verlegen. „Sie ist Modedesignerin, und so langsam fasst sie dort Fuß." Sie zeigte auf eine hübsche Bluse, die sie trug. „Die hat sie entworfen."

Randolphs starrte auf die Bluse, dann in das Gesicht seiner Tochter und dann zu seiner Frau hinüber, die betreten wegschaute. Keiner sagte ein Wort, und alle warteten darauf, dass Randolphs etwas erwiderte, aber der blieb stumm.

„Gut, wollen wir dann zu Abend essen?", rettete Amir die Situation und klatschte in die Hände. Randolphs zuckte zusammen. Dankbar für die Erlösung aus dieser Szene rauschte Pamela ins angrenzende Esszimmer und ihr neuer Mann folgte ihr. Samantha streckte eine Hand nach ihrem Vater aus, aber der wandte sich in Richtung Ausgang.

„Es tut mir wirklich leid, falls ich euch gestört habe", sagte er steif zu Amir und warf seiner Tochter einen entschuldigenden Blick zu. „Habt einen schönen Abend."

„Dad!", rief sie ihm hinterher, aber er war schon zur Tür hinaus und rauschte den Gehweg entlang zu seinem Auto. Er hatte kaum die Autotür geschlossen, da raste er auch schon in blindem Wahn die Straße entlang, weg von dem Haus, weg von seiner Tochter, weg von seinem alten Leben, in das er nie zurückkehren konnte.

Trauma

Nach weniger als einer halben Stunde war er betrunken. Nachdem er ziellos umhergefahren war, hatte er vor der erstbesten Bar angehalten und war hineingestürmt. Einen Whiskey nach dem anderen hatte er in sich hineingeschüttet, bis sich seine Gedanken verlangsamten und sein Körper angenehm taub wurde.

„Du kippst ganz schön was weg, Alter", kommentierte der bärtige Mann hinter dem Tresen seine Trinkwut und stellte ihm den nächsten Whiskey vor die Nase. Beim ersten Versuch griff er daneben und hätte beinahe das Glas zu Boden gefegt. Aber dann schaffte er es doch, das Getränk zu fassen, und trank es in einem Zug leer. Die Hälfte davon rann an seinem Kinn herab und in seinen Kragen.

„Noch einen", befahl Randolphs und setzte das Glas so heftig ab, dass es zersplitterte. Ein dumpfer Schmerz, der nicht mehr in Gänze in sein Gehirn vordringen konnte, breitete sich in seinen Fingern aus. Der Barkeeper brachte ihm ein Handtuch, das er sich willenlos um die Hand wickeln ließ.

Randolphs wandte sich ab und taumelte durch die Bar. Die anderen Gäste sahen ihm mit hochgezogenen Brauen hinterher. Er ließ sich auf einen Tisch weitab der anderen fallen und legte den Kopf auf die Arme. Er war schrecklich müde. Seine Gedanken gingen im Kreis, und er konnte keinen einzigen richtig fassen. Wie er so halb auf dem Tisch lag, drängte sich ihm eine Erinnerung auf, die er seit Jahren weit weg in sein Innerstes verbannt hatte. Nie wieder hatte er sie hervorkramen wollen, aber in diesem schwachen Moment war er ihr ausgeliefert und wurde in den Strudel seiner Vergangenheit gezogen.

Darron stand in der Eiseskälte eines späten Wintertages. Schneeflocken tanzten durch die Luft und verfingen sich in seinen Locken. Es war still, und auf jedem der Wohnwagen hatte sich eine dicke Schicht aus Schnee wie eine kalte Daunendecke gelegt. Gerade schaute er hinter einem Wohnwagen hervor und erblickte den Mann, den er seit ungefähr zehn Minuten verfolgte, ohne dass der ihn bemerkt hätte. Dem Verfolgten gegenüber lehnte ein zweiter Mann an einem eleganten Chrysler. Er konnte die Stimmen zwar hören, aber nicht, was gesagt wurde. Also schob er sich vorsichtig an der Außenwand des Trailers entlang und sprang von einer Deckung in die nächste, bis er nur noch ein paar Meter von den beiden Männern entfernt war.

„…egal. Die Spuren wird sowieso niemand zurückverfolgen können", sagte gerade der Größere der beiden. Der Kleinere hatte einen schwarzen Schirm über sich aufgespannt, von dem nun eine winzige Schneelawine herunterrutschte.

„Das will ich auch hoffen. Wenn das publik wird, hab ich die Staatsanwälte am Hals. Und Sie übrigens auch, Coleman", entgegnete der Kleinere ungehalten. Sein Gegenüber nickte bloß, dann gingen sie wortlos auseinander. Rasch drückte Darron sich wieder an die kalte Wand und hielt den Atem an, als der Große nur zwei Schritte entfernt an ihm vorbei durch den Schnee stapfte.

Er wusste genau, was es mit diesem Gespräch auf sich hatte. Sein Herz klopfte wie verrückt in seiner Brust. Trotz seiner eiskalten Füße setzte er sich sofort in Bewegung und rannte quer über den Trailerpark, in dem er mit seinen Eltern wohnte. Die Luft brannte kalt in seinen Lungen, und ihm wurde übel. Als er endlich an ihrem Wohnwagen angekommen war, wäre er fast auf dem vereisten Weg ausgerutscht und hingefallen.

Blaulicht erhellte diesen Teil des Trailerparks und lockte neugierige Nachbarn aus ihren Behausungen. Der Polizeiwagen hatte vor dem Wohnwagen seiner Eltern gehalten, und gerade kamen zwei Polizisten heraus, gefolgt von zwei weiteren, zwischen denen sein Vater durch den Schnee stolperte. Erst auf den zweiten Blick bemerkte Darron die Handschellen. Der Vater hob den Kopf und sah seinen Sohn wortlos an. Der erwiderte den Blick kühl und beobachtete, wie der Mann abgeführt wurde. Dann erblickte er seine Mutter. Sie stand im Nachthemd und einem zerschlissenen Morgenmantel da und starrte dem Wagen hinterher, der ihren Mann abtransportierte. Ihr Mund stand ein wenig offen, und das Haar war zerzaust.

„Mum", sprach Darron sie an. Ihr Kopf zuckte herum und ihre ausdruckslosen, glasigen Augen sahen durch ihn hindurch. „Mum, was ist passiert?" Er wusste es. Er hatte es schon viel früher herausgefunden, aber er wollte es von ihr selbst hören.

Sie klappte den Mund zu und blinzelte, als wäre sie gerade erst aufgewacht. „Dein Vater. Er wurde verhaftet."

„Wieso?"

Sie schluckte schwer, und er konnte die Sehnen an ihrem Hals hervortreten sehen. Sie war so abgemagert. „Sie sagen, er hat jemanden umgebracht."

Er blinzelte, aber überrascht war er nicht. Es kümmerte ihn auch nicht, ob sein Vater im Knast landen würde. Er war ein Schwein, der seinen Sohn schlug und seine Frau misshandelte. Wieso sollte er Mitleid mit ihm haben? Für seine Mutter dagegen quollen die Emotionen beinahe über. Darron wandte den Kopf und sah die Nachbarn neugierig wie eh und je ihre Köpfe um die Ecken strecken, um einen besseren Blick auf das Geschehen zu haben. Sie labten sich an ihrem Schmerz und Leid, denn es waren ja nicht sie, die auf diese Menschen verachtende Art bloßgestellt wurden. Er bleckte die Zähne wie ein Tier und schob seine Mutter ins Innere des Trailers. Drinnen bugsierte er sie auf das ausklappbare Sofa. Sie ließ es mit sich geschehen, denn sie befand sich ganz offensichtlich in einem Schockzustand.

„Mum, er hat diesen Mann nicht umgebracht."

Sie reagierte nicht.

„Mum, hörst du mich?"

Keine Antwort.

„Mum!" Er schüttelte sie, aber sie blinzelte nicht einmal.

„Er hat ihn nicht umgebracht. Dein Mann ist kein Mörder."

„Woher willst du das wissen?"

„Ich habe es gehört." Er zögerte. Sollte er ihr davon erzählen? Würde es sie nicht in Gefahr bringen, wenn sie es wusste? Aber es könnte sie auch aus ihrer Lethargie befreien. Er musste es wenigstens versuchen. „Der Detektiv, der eben noch hier war und Fragen gestellt hat, erinnerst du dich?" Sie hob wie in Zeitlupe den Kopf und nickte. „Ich habe ihn verfolgt und ein Gespräch zwischen ihm und einem dieser Schlipsträger belauscht. Mum", er fasste sie an den Schultern und sah ihr fest in die Augen, „sie haben Dad reingelegt. Ich weiß nicht genau, wie sie es angestellt haben, aber sie haben ihm diesen Mord angehängt."

Sie runzelte die Stirn. „Wieso sollten sie so etwas tun?"

Er zuckte die Achseln. „So genau weiß ich das auch nicht. Was aber am Wichtigsten ist: Dein Mann hat keinen Mord begangen. Er ist unschuldig!" Sie senkte wieder den Kopf. „Verstehst du, was ich sage?"

Sie reagierte nicht. Frustriert ließ er von ihr ab und setzte sich neben sie. Er barg das Gesicht in den Händen und atmete tief durch.

„Er ist kein Mörder, sagst du?" Ihr Sohn nickte stumm. „Man hat ihm den Mord angehängt?"

„Ja."

Plötzlich fing sie an, laut zu lachen. Darron starrte sie entgeistert an. „Dann wird er freikommen. Alles wird wie vorher sein. Niemand wird ihm etwas nachsagen können. Und mir auch nicht. Wir haben keinen Mord begangen.

Alles ist in Ordnung." Sie raffte ihren Morgenmantel und ging zur Tür.

„Wo willst du hin?", fragte er alarmiert.

„Na, zu meinen Nachbarn, wohin denn sonst? Ich muss ihnen sagen, dass mein Mann kein Mörder ist. Stell dir mal vor, was das für ein Gerede geben würde, wenn ich es ihnen nicht sage." Sie schlüpfte kopfschüttelnd in ihre Stiefel und öffnete die Tür. „Was die sonst alles denken würden." Er wollte sie aufhalten, aber sie war bereits in der Schwärze der Nacht verschwunden.

Wie immer war Darron am nächsten Tag nach der Schule nach Hause gegangen. Er hatte keine Freunde, und das war ihm auch recht so. Draußen schneite es noch immer heftig, weshalb er für den Heimweg länger als üblich brauchte. Als er endlich angekommen war, dämmerte es bereits, aber in ihrem Wohnwagen brannte kein Licht. Seine Mutter ging nicht zur Arbeit. Nur manchmal bekam sie Näharbeiten oder dergleichen von Nachbarn, also müsste sie daheim sein und mit dem Essen auf ihn warten, wie sie es jeden Tag tat.

Ein ungutes Gefühl beschlich ihn. Er beschleunigte seine Schritte und riss ungeduldig die Tür zu ihrem Wohnwagen auf. Keuchend stürmte er hinein und brachte einen Haufen dreckigen Schnees mit.

„Mum?", rief er und drehte sich nach rechts, wo sie ihre Schlafkojen hatten. Er gefror mitten in der Bewegung, und sein Herz setzte für mehrere Schläge aus. Sein Magen verkrampfte sich, und seine Knie sackten unter ihm weg. Er knallte auf den Boden und schlug sich den Ellenbogen am Tisch auf.

In einem blutroten Bett lag seine Mutter, das Gesicht zu ihm gewandt, die Augen offen, als wartete sie auf seine Rückkehr. Sie trug noch ihr blütenweißes Nachthemd, auf das ein rotes Muster gezeichnet worden war. Ihre Haut war so weiß wie der Schnee draußen vor der Tür. Keuchend rang er nach Atem und zitterte am ganzen Leib. Mühsam kroch er zwischen Tisch und Sofa hindurch und schob sich langsam in Richtung der Leiche seiner Mutter. Ihre Augen, in denen stets ein liebevoller Blick lag, starrten ihn leblos an.

„Mum?", flüsterte er mit brüchiger Stimme und streckte eine bebende Hand nach ihr aus, riss sie aber sofort wieder zurück, als hätte er sich verbrannt. Ihre Haut war eiskalt. Er biss sich heftig auf die Finger, um nicht loszuschreien.

Er wusste nicht mehr, wie lange er dort gesessen hatte. Die Tür stand die ganze Zeit offen, und kalte Luft wehte Schnee herein. Als sie ihn fanden, war er halb durchgefroren, und er hatte sich so lange auf die Finger gebissen, dass sie bluteten. Er konnte sich noch genau an den metallischen Geschmack erinnern.

Sie schafften ihn fort. Seine Mutter brachten sie ebenfalls weg. Steif gefroren und leblos. Niemals würde er diesen Anblick vergessen, und selbst heute noch verfolgte ihn das Bild jede Nacht in seinen Albträumen. An die folgenden Tage, Wochen und Monate konnte er sich nicht mehr erinnern. Nur eine einzige Erinnerung, verschwommen und wie unter Wasser, konnte er noch abrufen. Er saß vor einer dicken Glasscheibe und hielt ein Telefon in der Hand. Ausdruckslos starrte er den Mann, der ihm gegenüber auf der anderen Seite der Scheibe saß, an. Stumme Tränen kullerten seine Wangen hinunter, und am liebsten hätte Darron ihm ins Gesicht geschlagen.

„Spar dir die Heuchelei. Du hast sie nie wirklich geliebt", sagte Darron und war erstaunt, wie tief und erwachsen seine Stimme klang. Sein Vater blinzelte und hob den Kopf.

„Was weißt du schon von Liebe, huh?", erwiderte dieser lahm und wischte sich mit einer Hand die Tränen aus dem Gesicht. Die Handschellen schimmerten matt in dem unfreundlichen Licht.

„Mehr als du", konterte er, aber er wurde dieses Gespräch leid. Es führte zu nichts. „Ich wollte dir nur von ihrem Tod erzählen", sagte er sachlich. „Ich gehe jetzt." Gerade wollte er den Hörer sinken lassen, da rief sein Vater noch einmal seinen Namen.

„Darron!" Er hielt inne und wartete darauf, dass sein Vater weitersprach. „Es … tut mir wirklich leid, was ich dir und deiner Mutter angetan habe", sagte er lahm und seine Lippen zitterten. „Ich weiß, du kannst mir nicht verzeihen, aber …" Hoffnungsvoll hob er den Kopf. „Aber vielleicht eines Tages?"

Er sah seinen Vater eine ganze Weile wortlos an, bis dieser den Blick betreten zu Boden senkte. „Niemals." Damit stand er auf und ohne seinem Vater einen letzten Blick zuzuwerfen, verließ er das Gefängnis.

Randolphs seufzte schwer und spürte, wie ihm der ganze Alkohol langsam die Kehle hochstieg. Mühsam rappelte er sich auf. Auf dem Weg zur Herrentoilette stieß er mehrere Tische und Stühle um. Er ließ sich vor der dreckigen Toilette nieder und übergab sich geräuschvoll. Eine ganze Weile saß er auf dem dreckigen Boden und beförderte seinen Mageninhalt in die Kloschüssel, bis nichts mehr in ihm war, und er von heftigen Krämpfen geschüttelt wurde. Irgendwann während seines Deliriums sah der Barkeeper nach ihm, aber er winkte ihn unwirsch weg. Sein ganzer Körper war ein einziger Schmerz, sogar das Atmen war eine Qual.

Vielleicht sollte ich einfach aufhören? fragte er sich, und noch bevor diese Idee konkretere Formen annehmen konnte, vibrierte sein Handy. Es dauerte lange, bis er es hervorgekramt hatte, und beinahe hätte er es ins Klo fallen lassen.

„Was?", lallte er ungehalten und wischte sich mit dem Handrücken über den Mund.

Mit jedem anderen hätte er gerechnet. Es hätte ihn weniger gewundert, wenn der Präsident der Vereinigten Staaten höchstpersönlich bei ihm angerufen hätte. Aber niemals im Leben hätte er erwartet, diese Stimme zu hören.

„Dir auch einen schönen Abend, Randolphs", begrüßte Victor Gayoski Duva ihn bissig und in gezwungen fröhlichem Ton. „Lust auf einen Spaziergang?"

„Way Down We Go"
– Kaleo

Duva stand auf der Wells Street Bridge und sah auf das sich kräuselnde Wasser des Chicago River hinab. Lustig wirbelte es hinter einem kleinen Boot her, das laut knatternd unter der Brücke hindurchfuhr. Die Lichter der Stadt schimmerten feierlich in der Nacht, und auch die rote Stahlkonstruktion war in ein angenehmes, oranges Licht getaucht, das sich im Fluss spiegelte. Um diese späte Stunde war nicht mehr viel Verkehr auf den Straßen Chicagos, und die Passanten eilten in ihre Mäntel gemummelt an ihm vorbei. Er hielt seine beachtliche Hakennase in den Wind und sog lautstark die Luft ein. Es roch nach Schnee.

„Victor Duva."

Er wusste, wer da hinter ihm stand. Noch nie war er ihm persönlich begegnet. Langsam drehte er sich um und lehnte sich gelassen mit dem Rücken an das Geländer, die Arme darauf abgestützt und die Hände vor dem Bauch verschränkt. Randolphs sah schrecklich aus. Das ungepflegte Haar stand vom Kopf ab, die Wangen waren eingefallen, und aus blutunterlaufenen Augen sah er ihn feindselig an. Eine beträchtliche Alkoholfahne wehte Duva entgegen, und er rümpfte die Nase.

„Darron Randolphs", begrüßte er den Mann, als wären sie alte Freunde, die sich seit einer Ewigkeit nicht mehr gesehen hatten. Ohne Vorwarnung stieß er sich von der Brüstung ab, und sein Arm schoss nach vorn. Randolphs konnte nur noch die Augen weit aufreißen, da krachte Duvas Faust gegen seinen Kiefer und riss seinen Kopf zur Seite. Randolphs stolperte nach hinten und knallte mit dem

Rücken gegen die roten Metallträger der Brücke, die den Fußgängerweg von der Straße trennten. Benommen fasste er sich ins Gesicht, und eine dünne Blutspur rann aus seinem Mundwinkel.

Duva sah ihn verächtlich an. Dann griff er in seinen Mantel und zog ein schneeweißes Taschentuch hervor, das er dem Mann vor die Füße warf. Der starrte erst das Tuch, dann den Detektiv an. Seine Augen hatten offensichtlich Mühe, den Fokus zu finden, und rollten unkontrolliert in ihren Höhlen umher. Trotzdem startete er den lächerlichen Versuch, selbst einen Schlag zu landen, aber Duva wich geschickt aus und ließ ihn hart gegen das Geländer knallen. Randolphs würgte und spuckte bittere Galle in den Fluss.

„Du hattest auch schon mal bessere Tage, oder?", meinte Duva abfällig und verschränkte die Arme vor der Brust. Ein paar Passanten waren auf dem Weg zu ihnen, aber als sie sahen, was dort vor sich ging, drehten sie schnell wieder um und flohen regelrecht von der Brücke.

Randolphs rappelte sich auf und wischte sich mit dem Ärmel über den Mund. Er schluckte mühsam, bevor er herauspresste: „Dito."

„Und wortkarg ist er auch", schloss Duva, „was mir gut passt."

Er versetzte ihm einen zweiten Schlag in die Magengrube. Randolphs stützte sich am Geländer ab und hing dort wie ein Preisboxer, der im Ring unbarmherzig von seinem Gegner niedergemäht wurde. Er versuchte, zu Atem zu kommen, schnappte aber nur stoßweise nach Luft.

„Komm schon!", brüllte Duva ihn an. „Ein ungleicher Kampf macht doch überhaupt keinen Spaß!" Ungeduldig schritt er vor Randolphs hin und her, der nur schwach am Geländer hing und versuchte, sich nicht wieder übergeben zu müssen. „Musstest du jemals einen ungleichen Kampf bestreiten? Ich tue das schon mein ganzes Leben lang." Er packte Randolphs am Kragen und hievte ihn wieder in die Höhe. „Als du meine Kollegen hinter Gitter gebracht hast,

208

das war ein ungleicher Kampf." Er schlug ihm ins Gesicht. Blut spritzte auf das ohnehin schon rote Geländer. „Als du meine Frau ermordet hast. Als du diesen Kriminellen auf meinen Sohn gehetzt hast." Mit jedem Wort steigerte sich Duva in seine Wut hinein und schlug immer heftiger auf Randolphs ein. „Als du mich ermorden wolltest!"

Ein letzter kräftiger Schlag und Duva ließ keuchend von dem blutverschmierten Gesicht ab. Randolphs sackte vor ihm zusammen und schwankte mit dem Oberkörper hin und her, als würde er jeden Augenblick umkippen. Ein blutiger Speichelfaden hing ihm von der aufgesprungenen Unterlippe. Der Detektiv kniete sich vor ihn hin.

„Weißt du, was das für ein Gefühl ist, wenn einem die Familie entrissen wird? Wenn man vollkommen alleine dasteht?"

Randolphs Lippen zerrten sich auseinander und zeigten rosa Zähne, vom Blut ganz verschmiert. Er zuckte vor Schmerzen zusammen, aber er schaffte es, den Kopf zu heben. „Wenn du wüsstest."

Duva runzelte die Stirn und stand auf. Von links war das Heulen einer Sirene zu hören und Blaulicht näherte sich dem Chicago Riverwalk. Er wandte den Kopf wieder Randolphs zu, der sich umständlich am Geländer hochgezogen hatte und ihm sein blutiges Gesicht entgegenstreckte.

„Wegen Detektiven wie dir stehe ich hier und muss mich von einem Verbrecher verprügeln lassen." Er lallte ein wenig, aber seine Stimme schien an Kraft zu gewinnen. „Wegen Detektiven wie dir landete mein Vater im Knast. Starb meine Mutter. Wurde mein Leben zerstört." Böse Funken sprühten aus seinen Augen, und er hob zitternd einen Arm, um anklagend auf Duva zu zeigen. „Du hast nicht die geringste Ahnung, was für einen unglaublichen Hass ich auf Detektive habe. Auf *dich!*" Er zischte das letzte Wort und hätte Duva wohl am liebsten die Finger in die Augen gebohrt. „Wegen Leuten wie dir habe ich mein Leben verloren."

„Du scheinst aber ganz gut über die Runden gekommen zu sein, dafür, dass du kein Leben hattest", entgegnete Duva gelassen. „Dein Lebenslauf ist sehr beeindruckend, finde ich. Du hast es sogar zum Chief Detective geschafft." Er schnalzte mit der Zunge. „Wenn das mal nicht ambitioniert ist."

Plötzlich schlug Randolphs ihm ins Gesicht, aber nicht so hart, dass es wirklich weh getan hätte. Es war vielmehr die Überraschung, dass er zu einem Gegenschlag ausgeholt hatte. Duva ließ ihn los und trat einen Schritt zurück. Er schmeckte Blut.

„Es fällt euch so leicht, Beweise zu fälschen und unschuldige Leute für etwas dranzukriegen, das sie niemals getan haben. Ihr spielt Gott und kommt damit ungeschoren davon. Für Geld tut ihr alles und werdet zu Kriminellen." Er bleckte die Zähne. „So ein Detektiv hat meinen Vater hinter Gitter gebracht für einen Mord, den er gar nicht begangen haben konnte. Er war mir egal, denn er war ein Schwein. Aber meine Mutter." Er blinzelte und starrte Duva wütend an. „Dieser Detektiv hat mein Leben und das meiner Eltern zerstört."

„Und du hast meins zerstört. Und das aller Detektive, die jemals in dieser Stadt gearbeitet haben. Henry Butchers und Karen MacLachlan hast du ebenfalls auf dem Gewissen, weil sie dir bei deinem Plan nur im Weg waren, oder?"

Randolphs rümpfte die Nase, und da wusste Duva, dass er Recht mit seiner Vermutung hatte. „Die Polizei wird erfahren, dass du der Mörder all dieser Menschen bist. Dafür werde ich sorgen." Duva sah ihn ruhig an. „Sparen wir uns also das ganze Theater und stell dich einfach."

Randolphs schien einen Moment zu zögern, doch dann zeigte er ihm wieder die Zähne. „Ich werde mich erst stellen, wenn du unter der Erde liegst!" Ohne Vorwarnung stürmte er nach vorn und traf Duva in der Magengegend. Gemeinsam krachten sie gegen die hohen Metallträger und Duvas Kopf schlug gegen das harte Metall. Einen Moment lang wurde ihm schwarz vor Augen. Randolphs trat zurück und holte zum Schlag aus, aber Duva konnte ihn abwehren. Sie knurrten sich an, während sie wie ein eng verschlungenes Tanzpaar auf dem Gehweg hin und her taumelten.

„Ich kann nichts dafür, dass irgendwer deine Eltern auf dem Gewissen hat", presste Duva zwischen zusammengebissenen Zähnen hervor, aber Randolphs war wie im Rausch und hatte nur noch das Gesicht des Detektivs vor Augen. Seine Muskeln spannten sich bis zum Zerreißen an, und er drückte die Hände um Duvas Kehle so heftig zusammen, dass der langsam rot anlief. Duva wurde gegen das Geländer gedrückt und Randolphs beugte sich so tief über ihn, dass sie gemeinsam über dem Wasser hingen.

Vergeblich schnappte Duva nach Luft. Seine Augen quollen aus ihren Höhlen und seine Kräfte ließen nach. Randolphs riss den Mund auf und stieß ein wahnsinniges Lachen aus, das gackernd in Duvas Ohren widerhallte. Er blickte hinauf in das Gesicht des Mannes, der seinen Hass, seine Wut und all sein Denken auf diesen einen Augenblick gerichtet hatte. Er würde nie aufhören, bis Duva nicht seinen letzten Atemzug getan hatte.

Dann ließ der Detektiv seinen Körper vollends erschlaffen. Diese plötzliche Widerstandslosigkeit brachte Randolphs aus dem Gleichgewicht, und unbewusst schob er Duva über das Geländer. Ein kalter Luftzug umgab Duva, als er in die Tiefe stürzte. Kurz bevor er aufschlug, sah er noch Randolphs am Geländer stehen, die Arme nach vorn gestreckt, die Hände im Würgegriff verkrampft. Blanke Überraschung stand auf seinem Gesicht.

Duva schloss die Augen, und eiskaltes Wasser umspülte ihn.

Randolphs stand am Geländer und starrte in das Wasser, das den Mann, den er soeben in die Tiefe hatte stürzen lassen, verschluckt hatte. Seine Sinne arbeiteten so langsam, dass er nicht verstehen konnte, was gerade passiert war. Im einen Augenblick hatte er noch die Hände um Duvas Hals gepresst, im nächsten segelte der Mann über das Geländer und war verschwunden. Er hatte noch im letzten Moment die Augen geöffnet und zu Randolphs hinaufgeblickt. Es standen weder Wut noch Hass oder Trauer in seinem Gesicht. Nur Mitleid.

Er richtete sich langsam auf und starrte in die Fluten, die sich um Duvas Körper geschlossen hatten. Nirgends war etwas von dem Detektiv zu sehen. Verwirrt blinzelte er und sah sich um. Er konnte Rufe und Schreie hören, aber die Geräusche drangen nur dumpf an seine Ohren. Ein Passant schien mitbekommen zu haben, dass jemand in den Fluss gefallen war. Die Polizei musste sofort die Feuerwehr und den Krankenwagen alarmiert haben. Ein Mann sprang wagemutig ins Wasser, und Randolphs konnte von oben beobachten, wie er an der Stelle eintauchte, wo Duva verschwunden war. Aber er fand nichts.

Jemand packte ihn am Arm, redete auf ihn ein, wollte ihn festhalten, aber Randolphs riss sich los und rannte den Gehweg entlang zurück aufs Festland. Sein Alkohol- und Wutrausch waren wie weggeblasen. Er konnte Schreie hinter sich hören, vielleicht wurde er sogar verfolgt, aber er blieb nicht stehen. Er wusste nicht, wohin ihn seine Füße trugen, und bog wahllos in Straßen und Gassen ein. Auf seinem Weg rempelte er Passanten an, die ihn erschrocken anstarrten, aber er rannte weiter. Irgendwann war er vor seiner Wohnungstür angekommen, und ohne sie hinter sich zu schließen, trat er ein. Zum ersten Mal, seit er hier eingezogen war, öffnete er die Balkontür und trat hinaus.

Kalter Wind fuhr ihm durchs Haar, aber er spürte die Kälte nicht. Er spürte auch den Schmerz nicht, den Duva ihm zugefügt hatte. Keinerlei Gefühle oder Gedanken drangen mehr zu ihm durch. Reglos starrte er in die Nacht hinaus und nahm nichts um sich herum wahr. Erst als sein Handy laut klingelte und in seiner Tasche vibrierte, rührte er sich wieder. Auf dem Display las er den Namen seiner Tochter.

„Dad!", rief Samantha, als er endlich abgehoben hatte. „Ich habe so oft versucht, dich zu erreichen. Wo warst du denn die ganze Zeit? Ich wollte mich wegen vorhin entschuldigen. Ich hätte dir sagen sollen, dass Mum mit ihrem Mann da ist und –" Sie unterbrach sich, als sie merkte, dass ihr Vater nicht antwortete. „Dad, ist alles in Ordnung?" Er erwiderte nichts. „Dad? Was ist los?" In ihrer Stimme schwangen Sorge und ein Hauch von Panik mit. „Wo bist du? Ich komme sofort. Sag mir, wo du bist."

Er verzerrte sein Gesicht zu einem traurigen Lächeln. „Mir geht es gut. Mach dir keine Sorgen."

Sie zögerte. „Bist du sicher? Du hörst dich nicht so an."

„Doch, doch. Mir geht es gut. Wirklich. Ich bin nur müde und –" Etwas Kaltes landete auf seinem Gesicht, und er blickte auf. Es schneite. Kleine Schneeflocken schwebten sanft durch die Luft, und Randolphs musste zu seiner eigenen Überraschung anfangen zu lachen.

„Dad? Bitte sag mir, was los ist", flehte ihn seine Tochter an.

„Es schneit", sagte er verträumt und streckte eine Hand aus. Winzig kleine Eiskristalle schmolzen sofort auf seiner Hand, die noch immer voller Blut war. Er beobachtete, wie die weißen Flocken auf dem roten Nass landeten und sich darin auflösten. Randolphs ließ das Handy sinken und reckte das Gesicht gen Himmel. Er lächelte und schloss die Augen.

„Es ist nicht vorbei, bis es vorbei ist."
– Yogi Berra

Die Schultern bis zu den Ohren hochgezogen und den Kragen gegen den kalten Wind aufgestellt, starrte Arith in das längliche Erdloch, in dem ein schlichter Sarg lag. Seine Großmutter hatte ihm tröstend einen Arm um die Schultern gelegt und sah betreten zu Boden. Ausdruckslos ruhten die Augen des Jungen auf dem Sarg, während er geistesabwesend eine weiße Rose in der Hand hin und her drehte.

Plötzlich spürte er einen spitzen Schmerz in seinem Finger, und er sah hinab. Er hatte sich an einem Dorn gestochen, und ein winziger Blutstropfen quoll aus seinem Finger und fiel in den Schnee. Wie gebannt betrachtete er das Blut, das sich langsam in dem Weiß ausbreitete.

„Arith", flüsterte ihm jemand ins Ohr, und er erblickte Jasmine MacLachlan, die in Richtung des Grabes nickte. Der Junge atmete tief durch, dann machte er einen Schritt vor und hielt die Rose über das Loch. Sie schwebte dort, aber er konnte sich einfach nicht dazu durchringen, die Hand zu öffnen. Er sog die kalte Luft ein, die in seiner Nase brannte, und blinzelte die Tränen weg, als sein Blick auf eine dunkle Gestalt fiel, die sich irgendwo weit hinten in dem Meer aus Grabsteinen herumdrückte. Er ließ die Rose fallen, und mit einem dumpfen Ton prallte sie auf dem Sarg auf.

Ohne ein weiteres Wort verließ er die Trauergemeinde und bahnte sich einen Weg durch die Grabsteine. Die Gestalt hatte sich langsam in Bewegung gesetzt und war rasch über den Friedhof geeilt. Bei einer Gruppe Tannen hielt Arith an und sah sich gehetzt um.

„Ich könnte schwören…“, begann er und wirbelte erschrocken herum, als er eine Berührung an der Schulter spürte. Beinahe wäre er im Schnee ausgerutscht, hätte ihn nicht jemand am Arm gepackt und gestützt.

„Pass auf, wo du hintrittst“, sagte Kirk und tätschelte den Arm des Jungen.

„Was tun Sie hier drüben? Wieso sind Sie nicht auf seiner Beerdigung?“

„Ich muss dich ganz dringend sprechen.“

Der Junge zog die Brauen zusammen. „Kann das nicht bis später warten?“, fragte er etwas ungehalten und war erstaunt, wie hartnäckig Kirk darauf bestand, dass er sofort mit ihm gehen sollte. Also folgte er dem Polizisten und verließ den Friedhof. Sie stiegen in sein Privatauto und verließen die Stadt.

„Wo fahren wir hin?“, fragte Arith nach einer Weile. Aber Kirk gab keine Antwort, sondern konzentrierte sich nur auf den Verkehr. So ernst hatte Arith den Polizisten noch nie erlebt, und es beunruhigte ihn.

„Habt ihr Randolphs gefunden?“, hakte er nach und sah, wie Kirk bei Erwähnung dieses Namens zusammenzuckte.

„Er ist noch immer wie vom Erdboden verschluckt. Niemand weiß, wo er sein könnte. Geschweige denn, ob er überhaupt noch lebt. Ich an seiner Stelle würde mich wohl auch in ein Erdloch verkriechen, um nicht von der Polizei geschnappt zu werden. Bei all dem, was der auf dem Kerbholz hat.“ Der Gedanke an diese schier endlose Liste an Opfern ließ ihn in Trübsinn verfallen. Auch Arith schaute aus dem Fenster. Die Häuserreihen lichteten sich und wichen einer weißen Winterlandschaft. Es dämmerte langsam, und Arith wurde schläfrig. „Ist es noch weit?“, fragte er und unterdrückte ein Gähnen.

„Ja. Schlaf ruhig ein bisschen.“

Augenblicklich döste Arith ein, und erst als der Wagen mit einem Ruckeln zum Stehen kam, schob er sich verschlafen im Sitz wieder hoch. Sie hatten vor einem entlegenen Haus mitten im Nirgendwo gehalten. „Wo sind wir?"

„Komm", meinte Kirk bloß und verließ den Wagen. Arith tat es ihm ein wenig widerwillig nach und folgte ihm ins Innere des Hauses. Es war ein winzig kleines Häuschen, und es roch angenehm nach Holz und Kaffee. „Wohnt hier eine alte Hexe, und jetzt wollt ihr mich im Ofen braten, oder was?", witzelte Arith trocken und sah sich aufmerksam um.

Kirk schnaubte. „Du wärst viel zu zäh." Dann wurde er wieder ernst. „Hier entlang." Er war vor einem offenen Durchgang stehen geblieben und deutete hinein. Arith zog die Nase hoch und betrat den Raum dahinter. Es schien ein Wohnzimmer inklusive Küche und Arbeitszimmer zu sein. Auf der rechten Seite befand sich eine offene Kochnische, und zur Linken stand eine gemütliche Sitzgruppe vor einem offenen Kamin. Dem Durchgang gegenüber war ein großer Schreibtisch, von dem sich nun ein Mann erhob und dem Neuankömmlingen zuwandte.

Ariths Herz setzte ein paar Schläge aus, so überrascht war er. Ihm klappte die Kinnlade herunter, woraufhin sein Gegenüber laut losprustete.

„Du solltest dein Gesicht sehen!", lachte Duva und deutete auf seinen sprachlosen Sohn, der nach Luft schnappte wie ein Fisch auf dem Trockenen. „Komm", sagte er und bedeutete ihm, sich zu setzen. Kirk folgte ihnen ins Wohnzimmer und nahm in einem Sessel nahe des Kamins Platz. Wie benebelt folgte Arith seinem von den Toten auferstandenen Vater und ließ sich willenlos in einen Sessel bugsieren. Er starrte den Mann noch immer mit riesigen Augen an und fand keine Worte. Sein Vater hatte sich gar nicht verändert, abgesehen von dem eingefallenen Gesicht.

Seine Augen schienen weiter in ihre Höhlen gedrängt zu sein, und die Wangenknochen stachen hervor.

„Es ist verständlich, wenn du wütend auf mich bist. Oder verwirrt."

„Ja", entgegnete Arith lahm. „Verwirrt trifft es, glaube ich, ganz gut."

Duva sah Arith fest an. „Glaub mir, ich wollte dich nicht anlügen oder dir unnötige Schmerzen zufügen." Er holte tief Luft. „Es tut mir leid. Das musst du mir glauben."

Arith nickte. Das tat er tatsächlich.

„Gut." An Kirk gewandt sagte er: „Danke, dass du ihn hergebracht hast, Kirk." Der winkte wortlos ab und wärmte sich am Feuer auf.

„Wieso hast du dich hier versteckt?", fragte Arith.

„Ich konnte ja schlecht in den Straßen von Chicago herumspazieren, nachdem ich ertrunken war, oder?" Er grinste schief. „Also musste ich mich irgendwo verstecken, bis Gras über die Sache gewachsen war."

„Und das war ausgerechnet in der Nähe von Chattanooga?"

Duva zuckte mit den Schultern, grinste seinen Sohn aber schelmisch an. „Ich musste ein Auge auf dich haben."

„*Ich* musste ein Auge auf ihn haben", mischte sich Kirk ein und schob die Unterlippe vor.

„Ja ja." Der Detektiv winkte ungeduldig ab.

„Wieso hast du mich ausgerechnet heute hierher gebracht?"

„Ich wollte dir die Qual ersparen, deinen Vater zu Grabe tragen zu müssen. Zumal er ja gar nicht tot ist."

Arith knirschte mit den Zähnen. „Da bist du leider zu spät gekommen. Ich habe eine verdammte Rose auf deinen verdammten Sarg geworfen! Und ich habe einen Anzug mit Krawatte getragen." Er zupfte an dem Kleidungsstück, als wäre es ein Beweismittel für seine Qualen.

„Das ist ja wohl das Mindeste, das du für deinen verstorbenen Vater tun kannst, oder?", meinte dieser und erntete einen giftigen Blick.

„Sogar meine Großeltern waren da. Und Jasmine." Er hielt inne. „Oh mein Gott, Jasmine! Sie hat keine Ahnung, oder?" Er zeigte anklagend mit einem Finger auf seinen Vater. „Weißt du eigentlich, wie sehr sie um dich getrauert hat?"

Duva sah ihn überrascht an. „Hat sie das?" Ein kleines Lächeln spielte um seine Mundwinkel, was Arith nur noch mehr verärgerte. „Hör zu", redete sein Vater versöhnlich auf ihn ein. „Ich habe es nur getan, weil ich wusste, dass Randolphs euch alle und mich sonst nie in Ruhe gelassen hätte."

„Wie hast du es aus dem Fluss geschafft?"

Hier warf er Kirk einen Blick zu. Der Polizist erwiderte Ariths Blick mit einigem Schuldbewusstsein. „Sie?" Arith schnappte nach Luft. „Sie haben ihm dabei geholfen?"

Kirk zuckte mit den Schultern, als wäre das eine vollkommen alltägliche Sache, jemandes Tod vorzutäuschen. „Ich habe Victors Informanten und Mitarbeiter abkommandiert und sie als Polizisten ausgegeben. Wenn das rauskommt, bin ich geliefert. Wir hatten alles bis ins kleinste Detail geplant. Es konnte also gar nicht schiefgehen."

„Es war ein wenig riskant, in das eiskalte Wasser zu springen, aber uns blieb nichts Anderes übrig", fügte Duva hinzu. „Es waren sofort Leute zur Stelle, die mich herausgefischt haben. Bei dieser Eiseskälte war es auch nicht schwer, mich tot zu stellen. Eine Erkältung habe ich trotzdem bekommen."

Arith legte den Kopf schief, als wollte er sagen: „Wirklich? Eine Erkältung? Dafür siehst du ja noch ganz schön lebendig aus."

„Wir haben einen Arzt eingeschleust, und der hat Victor für tot erklärt. Es ist alles hochoffiziell", erklärte Kirk weiter.

„Nur ist alles gelogen", fasste der Junge zusammen.

Duva hob eine Braue. „Wäre es dir lieber, ich wäre wirklich tot?"

„Nein, natürlich nicht." Arith seufzte. „Ich … war nur total fertig, als ich von deinem Tod erfahren habe."

Sein Vater legte ihm tröstend eine Hand auf den Arm. „Ich weiß. Und es tut mir auch schrecklich leid. Aber es ging nicht anders."

„Aber Randolphs ist noch immer nicht gefasst? Er wird nicht vor Gericht gestellt oder so etwas?"

„Jasmine hat die Unterlagen, die ihre Tante ihr überlassen hat, aufgearbeitet und konnte so die ganze Story veröffentlichen. Es ist wie eine Bombe eingeschlagen", erklärte Kirk und hob fragend eine Braue. „Du hättest doch davon in den Medien mitbekommen müssen?"

„Ich habe leider die Nachrichten nicht verfolgt", meinte Arith spitz und presste die Lippen zu einer dünnen Linie zusammen. „Ich war zu sehr beschäftigt, um meinen vermeintlich toten Vater zu trauern."

„Ja, schon gut." Duva ging in die Küche, um ein paar Tassen und den Kaffee zu holen. Langsam entspannte Arith sich. Vor ein paar Stunden noch hatte er seinen Vater beerdigen müssen, und nun stellte sich heraus, dass dieser quicklebendig war. Natürlich war er wütend und enttäuscht, weil man ihn nicht eingeweiht hatte, aber seine Erleichterung überwog alle anderen Gefühle.

„Was mit Jaiko passiert ist, hast du aber mitbekommen, vermute ich?", fragte Duva seinen Sohn, der nun finster dreinschaute.

„Ich weiß nur, dass er im Gefängnis gelandet ist. Aber wie viele Jahre er bekommen hat, weiß ich nicht."

Duva nickte. „Ich glaube, er bereut es trotz allem nicht, uns geholfen zu haben. Um seine Familie tut es mir natürlich leid, aber ohne dieses Video hätte man uns vielleicht ein zweites Mal nicht geglaubt. Außerdem konnte Jasmine damit ihren ersten Scoop landen."

„Sie ist klasse", stimmte Arith ihm zu.

„Ja, das ist sie. Jedenfalls konnte sie alles aufklären."

„Aber ihr wisst immer noch nicht, wo Randolphs sich aufhält, oder?", hakte Arith nach.

Beide Männer schüttelten den Kopf. „Er ist einfach verschwunden. Kein Mensch weiß, ob er lebt, und wenn ja, wo er ist oder was er treibt."

„Also könnte er theoretisch zurückkommen?", fragte Arith, und Sorge schwang in seiner Stimme mit. Duva legte seinem Sohn beruhigend eine Hand auf den Arm.

„Er wird dir nie wieder etwas antun, das verspreche ich."

„Was ist mit dir?"

Duva zuckte die Schultern und grinste seinen Sohn spitzbübisch an. „Ich bin doch tot, schon vergessen?"

Danksagung

Mein Dank gilt...

Marlies Grasse, dem kreativen Kopf hinter der Figur Victor Duva, ohne die ich niemals einen Roman geschrieben hätte.

Diana Pelger, die den Text mit den besten Synonymen der Weltgeschichte bereichert hat.

Tony Camehl, der aus einer vagen Vorstellung ein begeisterungswürdiges Cover gestaltet hat.

Meiner Familie, die meinen Schreibwahn während des NaNoWriMos geduldig ertragen hat.

Allen, die dieses Buch gelesen haben.

Sandra Camehl, 1993 in Wertingen geboren, studiert an der Universität Augsburg Germanistik und Kunstgeschichte. Sie hat schon früh mit dem Schreiben begonnen und seither etliche Kurzgeschichten verschiedener Genres verfasst. *Jagd* ist ihr erster Roman, dessen Grundstein mit dem jährlichen Schreibwettbewerb National Novel Writing Month 2015 gelegt wurde.